Vintage Mystery Series

ジョージ・サンダース殺人事件

クレイグ・ライス

森村たまき＊訳　森英俊＊解説

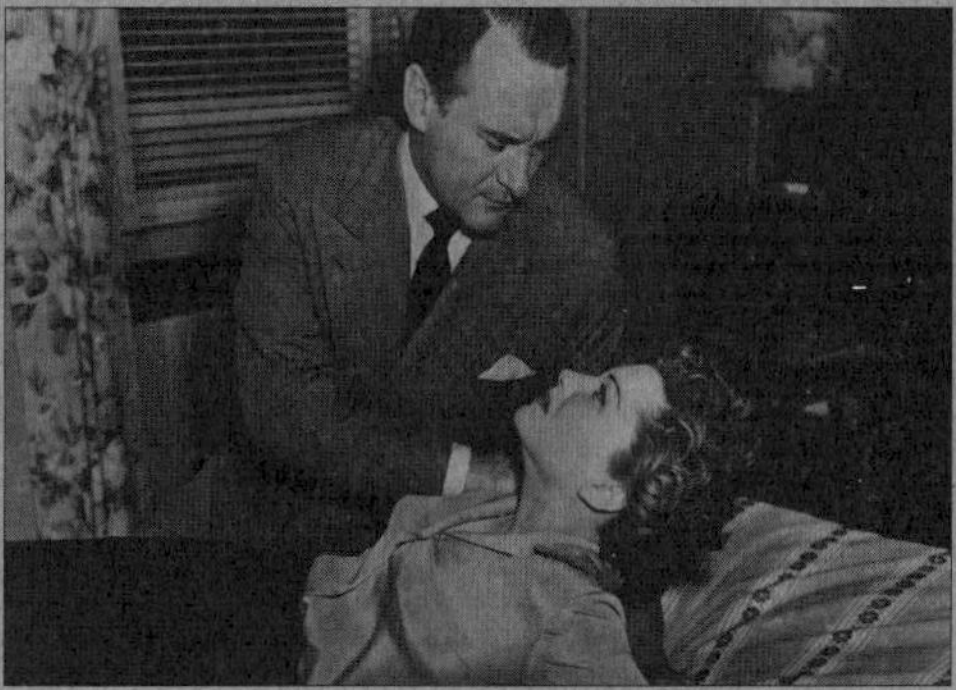

Crime on My Hands

Craig Rice

原書房

ジョージ・サンダース殺人事件

Crime on My Hands by George Sanders, 1944

クレイグ・ライスに。彼女なしに本書は成立しなかったろう。——G・S

主要登場人物

ジョージ・サンダース……俳優
カーラ・フォルサム……女優
ワンダ・ウェイト……女優
メルヴァ・ロニガン……サンダースのエージェント
フレッド・フォーブズ……サンダースのプレス・エージェント
J・ブルースター・ウォリングフォード……プロデューサー
リーゲルマン……監督
ポール……キャスティング監督
サミー……助監督
リストレス・ネルソン……衣裳係
カーティス……チーフ・カメラマン
ペギー・ウィッティアー……スクリプター
アーサー・コンノー……脚本家
マクガイア……小道具係チーフ
ジェラルド・キャラハン……保安官
ラマール・ジェイムズ……保安官代理

第一章

長々と横たわった死体を、俺は膝をつかず、かがみ込んで見た。どういうわけで、また誰の手によって彼女が死を迎えたのかに考えを集中しようとしていた。だけどどうしたってあの不幸な女の子が死んだなんて信じるのは無理だ。誰が彼女を殺したか、なぜ殺したのかなんて、全然俺の知ったこっちゃあない。

だいいち、俺は暑さにまいっていた。俺は汗まみれで、新品のシャツは六ドルのズタボロになり果てていた。このシェットランド・ジャケットはクリーニング屋の頭痛の種になることだろう。それに俺はものすごく疲れていたから、まぶしい明かりがつらかった。

だがこの事件を解決しなきゃならないし、重要な手がかりは明白だ。つまり、訓練を積んだ俺の目には明々白々だってことだ。普通の人間だったら見逃していたことだろう。普通の探偵でも、やはり見逃してたかもしれない。しかし俺様、ジョージ・サンダースにはお見通しだ。

俺は死体を検分した。

彼女の名はエルダ・マニング。スパイだった。殺されたのは不注意だったせいだ。まったく彼女らしい。いずれにしてもそんなに愛すべき人物じゃなかった。自分の圧倒的な美しさをいつだって確信し過ぎていたし、脚を自慢にし過ぎていた。ちらりと一目向けたら最後、これ見よがしにひけらかしてみせたものだ。

死してなお、その脚は人目を惹いた。彼女は右脚を伸ばし、横向きに倒れていた。左脚の膝は曲げられ、太ももの内側は目のやり場に困るくらい丸見えだった。むき出しのピンク色の肌が、身体全体のもっと重要な問題から俺の気を逸らすために露出されてるみたいだった。

俺は目線を上げて傷を見た。胸のところの赤い塊だ。胸はもったいぶってむき出しではなかったが、まるでむき出しみたいだった。実を言うと、ひけらかし屋の身体時代より、死体になってからの方がはるかにもっと刺激的だ。

手がかり。ああそうだ、手がかりだ。見つけなきゃならない。いったいそいつはどこにある。ここにあるはずだ。普通の目なら見逃すかもしれないが、俺の目はごまかせない——この俺様の目は。この鋭敏なきらめく目がそいつを見つけ出し、この怜悧（れいり）な頭脳がその意義を思量し、この事実に基づく声がすべてを明らかにするのだ。そしたらきっとこの素敵な身体は、家に帰ってプールにざぶんと浸かれることだろう。

あのむき出しの脚さえ覆われていてくれたらだ。俺は彼女のスカートの裾を引っぱり下ろしてやり、調査に戻った。脚が痛みだしていた。ちょうど膝の裏側のところだ。

俺は立ち上がって言った。「手がかりがない」

それから死体を検分するため、俺はハンカチをひろげて膝をついた。頭の弱い女が一人消されたからって、自分のズボンを汚す気はない。晩にはメルヴァのパーティーにこのズボンで行くつもりだった。このバカげた事件を片づけられたとしての話だが。

彼女の脚はむき出しだったが、そろそろそれに慣れてきた。今度こそ手がかりを見つけてやる。ほらそいつは彼女のドレスの裾の下からのぞいていた。他の人間なら見過ごしていたであろう、ちっぽけな真鍮の鈍い輝きだ。俺の目はちがう。

俺はそいつをつまみ上げ、長くすんなりした先細りの指の間で転がしてみた。俺は顔をしかめた。こいつは難問だ。彼女は刺し殺されている。じゃあどうして、ここにこんな弾がある？ 彼女は撃たれてもいるのか？ 念の入ったことだ、まだ見ぬこの人殺し野郎は。たぶん首も絞められてるんじゃないか。

そのとおり。愛らしいのどにあざがあった。このあざは前に見たことがない。だが俺様の明敏な知能がこの問題に取りかかったからには、どこを見ればいいかはこの目が承知している。俺は思案しつつ、のどの傷にふれた。絹が使われていた。絹のスカーフだ。

俺はもう一度弾を見た。俺は立ち上がった。「こいつは」俺は猛烈な勢いで言った。「こいつは口径がちがう！」

もういっぺん検分に取りかかったとき、俺は中腰になっていた。そうした方が具合がよかったのだ。それにこれならズボンがしわにならない。

脚だ。ようこそ。俺はこの脚の毛穴の一個一個、皮膚の下の繊細な網目状の血管の一本一本と知り合いになりはじめていた。このちいさい穴。ふくらはぎのやさしいカーブ、膝のくぼみのすぐ上だ。

　さてと、傷だ。彼女は撃たれている。即死だ。そして彼女は刺され、それから首を絞められている。後者二つの行為は撃った事実を隠蔽（いんぺい）するため、探偵ジョージ・サンダースを混乱させるためのものだ。だが俺はだまされない。この殺人者は自分のサインを残した。まるで自白調書を書いて彼女のドレスの隆起した胸のところにピンで留めたみたいに確実だ。この弾、この金属製のシロモノは、おかしなサイズの、独特の型式だ。この弾を発射できる拳銃を持っているのはただ一人しかいない。

　その人物はまったくあやしくない人物だったが、そいつの名が俺の頭にひらめいたからにはそいつの関与は明白だ。奴の慈善活動、奴の親切さは、奴の真の本性――スパイで、裏切り者で、殺人犯ってことだ――を覆い隠すものだったのだ。

　考え込むように、俺はその弾を器用に指の間で転がした。まるでそれが水晶玉で、中に死者の顔と名前が浮かんで見えるかのようにそいつを見た。

「チャニング・ウォマック」俺は声に出してつぶやいた。「奴の仕業だ」

　俺は数秒間じっと立ち尽くし、それから横たわっていた身体をピカピカの靴で軽く押した。「もう起きていいぞ、パット」俺は言った。「ドレスの裾を下げろよ」

　握手しに寄ってきたチャーリーに、俺は向き直った。丸顔を満足で紅潮させ、ほとんど泣きださんばかりの勢いだった。「ジョージ、最高だった。途轍もなく素晴らしかった！」

俺は肩をすくめた。「のどがカラカラで暑い。誰か、あのクソいまいましいライトを消してくれないか？」

チャーリーは屋根に向かって叫んだ。「消せ！」すると照明係が主電源を落とし、撮影舞台はありがたいことに薄暗闇に沈んだ。

「これでオスカーが取れなかったら、正義なんてない」チャーリーは言った。映画を監督する度にそう言うのだ。これまでのところ正義もアカデミー賞委員会も盲目のままだが。「ラッシュは見たいだろ、ジョージ？」

「正直言って、ノーだ。これだけ撮り直しされた後じゃあ、もうどうだっていい」

「小道具はクビにしてやる」チャーリーが言った。

パットのドレスの下に間違った弾を入れた小道具係は、前日に結婚したばかりだった。いい奴だ。

「クビにしちゃだめだ」俺は言った。「疲れてるのさ。家に帰して、眠らせてやれよ」

チャーリーは不満げな目をし、俺はその場を立ち去った。

メルヴァはオフィスにいますわと、秘書がかわいい目をきょろっとさせて俺に告げた。「素敵なシャツですわね、サンダースさん」彼女はそう付け加えて言った。俺は彼女のブロンドのパーマネント髪を軽くたたき、しあわせな気持ちにしてやった。

俺を見回すメルヴァの緑色の目には、きらめきがあった。「あたしの好み」彼女は言った。「あんたったらハンサムなケダモノだわ、ジョージ坊や」

「ハロー、赤毛ちゃん」

彼女は顔をしかめた。憤慨した妖精みたいだ。「あたしのこと、赤毛って呼ばないで」

「俺のこともジョージ坊やって呼ぶな」

「その素敵なシャツを着てるとほんとに少年っぽいんだもの、ジョージ。座ってその長い脚を休めてちょうだいな。あなたにお話があるの」

彼女は回転椅子の背に身をもたれ、するとヴェネチア・ブラインドを通り抜ける陽光が緑の目を金色に輝かせた。

「どうして君は演技に転向しないんだい?」俺は訊いた。「その服装一式でその影を身にまとってスクリーンテストを受けたら、結構な契約がどっさり取れるだろうに」

「あたしはそれよりあなたのエージェントでいたいの」彼女は言った。「それにあたしの鼻はしし鼻過ぎるのよ。見下ろすことがぜったいにできないし、あなたがするみたいに鼻先で見下ろせないんだったら、あたし演技なんかしたくない」

「俺は人を鼻先で見下ろしたりなんかしない」

「それがあなたの一番の魅力なのよ、ジョージ。『ダイ・バイ・ナイト』の話をしてちょうだい」

俺は脚を組んでタバコに火を点け、シガレットケースを彼女の机に押しやった。「ショックだろうが、元気を出せよと提案するよ。ここに飲み物があるようなら、そいつも出してくれと提案する」

彼女は身体を起こし、やや身を乗り出した。憂いがその目を暗くしていた。

「いったいどうしたの、ジョージ坊や？」

「赤毛ちゃん！」

「ごめんなさいね、ジョージ。もう言わないわ。話してちょうだい」

「俺はもう探偵役はやらない」

彼女は叫びはせず、両手をぎゅっと握りしめた。冷静沈着に、座ったままだ。「どうして？」彼女は訊いた。

「探偵役は疲れた。皮肉は言わないでくれ。理由はこうだ。バターみたいにとろけやすいハートとイリジウム製の脳ミソを持ったお気楽なプレイボーイが殺人に巻き込まれるってのがお約束だ。観客はアマチュア探偵の俺が最後には勝利するって承知してる。サスペンスがない。知的な性格のものの他にはってことだが。このドラマ的欠陥をメロドラマ的アクションでカバーしようとしてるんだが、サスペンスが欠けてるのはわかってる。どっちにしたっていずれ自分が勝つってわかってるんじゃ、真剣にはなれない」

「それで？」彼女はつづきを促した。

「それで俺が演じる役柄は、すべてにちょっと退屈してるステレオタイプ的な人間になる。俺はもう演じてなんかいない。役を通過してるだけだ」

「その退屈のおかげで」彼女は指摘した。「『ダイ・バイ・ナイト』であなたのギャラは二五〇ドル上がったのよ」

「二二五ドルだ」修正して俺は言った。「君が取り分を取った後じゃな」

彼女は肩をすくめた。「あたしが返すとでも思ったの？　出演料アップをとってきたのはあたしよ」

「あのドレスもだ。俺は君にいい身なりをさせてやってる。俺が役者をやめたら君はどうするんだ？　俺には自分なりに陽気に暮らしていくだけの金がある。だが君のクライアントで有名なのは俺だけだ。この流線型の家具の代金は払ってあるのか？」

「あなたが払ってくれたわ」彼女は言った。「でもあなたは役者をやめたりしない」

「しないだって？」

「しないの。できないのよ。それはもうあなたの一部だもの。何でもいいからとりあえずできる役をやって、出演料をもらってみることを提案するわ」

「俺は探偵役はもうやらない。あまりにもおんなじ役をやってきたから、俺が他の役をやるのを見たがる人間がいるかどうかだって疑問だ」

「あたしがいるわ、ジョージ」彼女は言った。「あたし、あなたにヒラリー・ウエストンをやってもらいたいの」

「見込み薄だな」俺は笑った。

「高額契約なの」彼女は言った。「新しい出演料で、米国政府を黒字にしてあげなさいな」

彼女は真面目だった。俺の口はぽかんと開けられたわけではないが、そんな気分だった。ヒラリー・ウエストンをやれるなら、右の横顔をくれてやったっていい。それでいま彼女はそいつを俺の膝の上に置いてくれてるんだ。自分が『七つの夢』の主役に検討されてたなんて、思いもしなかった。そいつはどんな役者だって新聞評の切り抜きファイルを差し出したいと思うような役なんだ。未開の大地を大股に闊歩し、行き去った後の荒野に人と収税吏を住まわせる紳士略奪者だ。彼の哲学はわれわれの現代文明に多大なる貢献をし、彼の恋人たちは灼熱に熱くなおかつ数限りなく、そして敵を葬り去ると同時にその妻と財宝を奪取し——彼の偉大さには色彩と多様性がある。そしてこの俺、ジョージ・サンダースが彼を演じるのだ。

「からかってるのか?」俺はメルヴァに訊いた。

「サイン以外ぜんぶ済んでるの」彼女は請け合った。「これまで言わなかったのはあなたを驚かせたかったから。驚いた?」

「君がのどにナイフを突きつけてくるより驚いたさ。ベイビー、君は最高だ。キスさせてもらう」

「フレッドがいる時だけよ、ジョージ。月曜日にロケ地に向かってちょうだい。天気がいいうちに砂漠のシーンを撮りたがってるの。この役が欲しいならね」

「必要なら、ギャラなしでだってやるさ」

彼女は恐慌をきたした。「その大きな口をしっかり閉じときなさい!」彼女は受話器を取り上げた。「リーゲルマンをお願い」彼女は言った。まもなく彼女は繰り返した。「リーゲルマンさんをお願いします。こちらはメルヴァ・ロニガンです……リーゲルマンさん?……ええ、お蔭さまで。そちらはいかが?……結構ですこと。ええ、ジョージが発つ前に話しましたわ。休暇でしたので……ええ、一時間前に発ちました。ずっとハードワークが続いていたから、休暇が必要でしたの。ご検討いただいて感謝すると伝えてくれと申してましたわ。いい役だってことはわかっていると……ええ、すばらしい役ですわ」

「俺は発明に取り組んでる」俺はつぶやいた*。

「それに、彼は大金につながる発明に取り組んでますの。ですからそちらのお申し出より、あと週一〇〇〇ドル余計にいただかないといけませんわ」

俺は椅子から立ち上がって彼女を絞め殺そうとした。彼女は俺を手振りで追い払うと、しばらく聞き手に回った。

「そうですわね」彼女は受話器に向かって言った。「彼の意志は決まってます。もちろん、彼にそれ以上の価値があるってことは、疑問の余地はありませんわ。ですけどそちらが予算内で収めなきゃいけない事情も承知してますし、お金のかかる映画ですものね。でも——まあ、よかった。ラスヴェガスで彼を捕まえられますわ。六時の飛行機で戻ってこさせます。……ええ、月曜の朝に出発してもらいますわ」

彼女は受話器を置き、俺に向かってにっこり笑った。「これでベイビーも毎週一〇〇ドル余計にいただけるってことね」

「バカげてる」俺は言った。「どこかよそで商売しろって言われてたかもしれないんだぞ」

---

* 発明は私のもうひとつの趣味である。G・サンダース

「でも言われなかったわ。うまくいった。二〇〇〇ドルって言っとけばよかった」

「一杯おごるよ」俺は言った。

「人前じゃダメよ。少なくとも六時の飛行機が着くまでは」彼女は顔をしかめた。「ねえ、もう飛行機が出ちゃったって言ったらどうかしら。座席が取れなかったって言ったら？」

「そしたら俺が割れガラスの上に両手両膝つきながら這い戻ったって言ってくれ。俺はやる。死体にかがみ込んで演繹的推理をしてるフリをするのには、もう飽き飽きしたんだ」

俺はこの大きな口を閉じているべきだった。われわれを見守り、われわれを糸で操る運命というものがあるとして、俺は俺担当の運命に着想を与えたにちがいないのだ。なぜってそれから一週間もしないうちに俺はまたもや死体にかがみ込み、悪意に満ちた太陽の焼けつく日差しの下、手がかりを探し求めていたのだから。だが、だらりと寝そべった血まみれの身体をそっと突ついた時、そいつは起き上がってはこなかった。

そいつは死んでいたのだ。

第二章

映画の脚本を参照すれば、俺はそのシーンをほぼ正確に再現できる。それは幌馬車隊がインディアン衣裳姿の白人暴漢どもに襲撃される場面だった。巨大な砂丘上に日は昇り、幌馬車が隊列を組んでカメラ前を行進していく。クリーム色のアラブの去勢馬に跨がった俺、ヒラリー・ウエストンは、幌馬車隊のボス、どでかいハンク・コリンズの妻ベッツィー・コリンズと火遊び中で、夫の目の前で現場をおさえられたところだ。コリンズの目は不機嫌に細められていた。

彼女、カーラ・フォルサムが着たらマザーハバードだって黒絹のナイトガウンに見えたことだろう。彼女はまさしく適役だった。夫役のフランク・レーンはあごひげ顔で最高にうまいことぶつぶつ言ってくれた。それで午前中は快調にいったのだ。リーゲルマンは上機嫌だった。

「脈動する命がある」彼は俺に言った。技術クルーが戦闘シーンのセットを拵（こしら）えている間、俺たちがパラソルの下に腰かけていた時のことだ。

カーラは手に持ったコカ・コーラのグラスの縁ごしに、黒い目を俺に向けてよこした。「あのシーンを演じた時」彼女はゆっくり言った。「わたしたちマッチ棒をいっしょに擦ってるボーイスカウトみたいだった。今にも炎が燃え上がるって知ってるの」

われらが排他的小集団にエキストラが一人加わった。長身でねこ背ぎみの中年男だ。そいつはリーゲルマンをきらりと光る黒い目で突き刺した。「リーゲルマンさん」彼は言った。「ここに呼ばれた理由をまだ伺ってないんですが」

リーゲルマンの陰気な青い目が、あたかも砂ノミでも見るかのように彼を見た。「サミーに会え」きびきびした声で彼は言った。「彼が説明してくれる」その男が躊躇すると、リーゲルマンはきっぱりと言った。「いいかな？　われわれは忙しいんだ」

その男はぶらぶらしていたあごひげの男たちと開拓女性たちの集団へと戻っていった。

リーゲルマンはその長い顔を俺に向けた。「ひとつ覚えておいて欲しいんだ、ジョージ。この戦闘中、君はカーラとの間に起こりかけているロマンスのことを完全に忘れてはいない。ヒラリー・ウエストンはそういう男だ。命の懸かった状況にあってすら、火遊びは忘れない。だから君はフランクを危険な持ち場に誘導する。奴が親友だからってだけじゃない。矢で心臓を射抜かれてくれたら自分で殺す手間が省けると思っているからだ。そのことを君に忘れて欲しくない。先頭馬車が炎上する時でさえだ」リーゲルマンは言葉を止め、一息つき、そして言った。「わかったな、ジョージ」

俺はうなずいた。「聖書でダビデがバトシェバの夫を、殺されればいいと思って戦闘に送るようなものですね」

「じゃあ、われわれは聖書からシーンをいただいてるわけだ」チーフ・カメラマンのカーティスが不満げに言った。

「出典元として悪くはないさ」リーゲルマンは冷たく言い、こうつけ加えた。「それに、もう著作権は切れてる」

顔の汗を拭き拭き、サミーがやってきた。「監督、準備完了です」サミーは熱を込めて言った。

「撮り直しにならないよう、神に願いますよ。今朝でもう一〇ポンドもやせちまったんだから」

リーゲルマンはサミーのずんぐりした身体に、にやりとしながら言った。「あと五〇ポンドやせたら、お前を美男俳優にしてやろう、サミー」

サミーは太鼓腹をぽんと叩いて言った。「こいつは親友だ。汚い裏切りはできませんよ」

最終チェック後、アクション開始だ。俺は指令を叫び、部下を位置につけ、幌馬車で円陣を作りながらカメラ前を馬で行ったり来たりした。俺はカーラにたっぷりと計算高い目をやり、フランクを前線に送った。

略奪者たちは砂丘の向こうから、まだら馬に乗ってわらわらと殺到してきた。大気は銃声と叫び声でかき乱された。何百フィートもフィルムを使って、偽物の原住民が幌馬車の円陣のまわりをバカみたいにギャロップするところ、無慈悲な開拓民が発砲してまわるところ、俺が二挺(ちょう)のコルト銃をめちゃ撃ちしているようでいて実は正確無比に発砲しているところ、が撮影された。

それから合図のホイッスルが騒音をつんざき、戦闘は終了した。カメラは移動して目的達成を挫かれた暴漢らの撤退を記録しに行き、その間われわれは彼らの残していった砂ぼこりに向けて陽気に空砲を撃っていた。俺はクローズアップでフランクがまだ生きていることに軽い落胆の表情を示し、カーラにもういっぺん意味深な一瞥を送り、それで昼食休憩となった。

小道具係が拳銃を集めてまわった。サミー御自ら俺のを取りにきた。博物館級のお宝なのだ。幌馬車の円陣の内外に散らばっていた死体たちは立ち上がり食堂へとゆったり向かっていった。俺は圧力蛇口で手を洗い、自分の椅子に向かった。そこに誰かが何か昼食を持ってきてくれるはずだ。

死体を見たのはその時だった。幌馬車の車輪の後ろで、カービン銃を傍らにリアルにごろんと横たわっている。担架で運ばれるまで死んだ真似をしてなきゃならないと思い込んでるやたらに良心的なエキストラだろうと、俺は思った。

「メシだ！」俺はそいつに呼びかけた。「ひげの砂を払うんだな、兄ちゃん。そしたら来いよ」

その身体は動かなかった。それで死んでいるのだとわかった。その身体には死の気配が漂っていた。いわく言いがたいが、俺の感覚は確かに死んでいると言っていた。もっと詳しく検分しようと、俺はそちらに向かって歩きだした。

俺は死体にかがみ込んだ。かわいそうな野郎が心臓発作を起こしたんだな、と思いながらだ。自分の確信が確かだってことがそれでもまだ信じられず、俺はそいつを起こそうとしてみた。突っついてもみた。そいつは動かなかったし、理由は一見して明白だった。つまり、ひたいに開いた小さい、黒い穴だ。

こんなふうにカメラの前で自分が何度も膝をついてきたことを、俺は思った。それと台本通りの俺の反応とをだ。ここには死がある。死の原因を究明し、犯人を誤りなく見つけ出す分析が必要だ。だが俺はそういう反応はしなかった。途方に暮れていたのだ。この閃光を放つ鋭い一瞥は、あわてて取り落とされた証拠品を捜し出そうとはしなかった。手がかりはそこにはなかったし、もしあったとしても、この明敏な頭脳がその意義を考量することはなかったろう。

俺の思いは完全に悲しみの方向に振れていた。この男は一日一五ドルで雇われたのだろう。家賃がなんとか支払えるようにと。おそらくだが。ここでたまたま死に遭遇するとは、哀れなことだ。

偶発的な殺人だったにちがいない。あの勢いで発砲されていたカービン銃には空弾が装塡されていた。責任は最終的にはサミーにかかってくるのだが、しかしどういうわけかひとつが空弾じゃなかった、ってことは考えられる。

それが逃げ去った盗賊どもの頭上を何ごともなく通り過ぎていってくれる代わりに、たまたま一人の役者の致命部位にぴたりと当たった、というのはずいぶんな偶然だが、しかしあり得ることだ。動物相手でそういうことはあった。

しかしリーゲルマンの方に向かいながら、俺は殺人の可能性を念頭から払拭できずにいた。跳ね回る馬あり、発砲ありのうそっこの大騒ぎの最中だ。殺人にはおあつらえ向きの舞台だろう。そうだ。犯人は被害者に狙いを定め、弾を食らわせることができた。しかも警察の手をのがれる公算は大きい。

だがもしそうだとしたら、殺人犯はフィルムに記録されている可能性もある。カメラの放列が様々なアングルからこのシーンを撮影していたのだ。その考えは将来の参照のため、しまい込んでおくことにした。

「ちょっと来てくれないか」俺はリーゲルマンに言った。「検討すべき死体がある」

彼は紙皿を置くと、俺と並んで歩き出した。「こんなことになるんじゃないかと心配していたんだ」彼はつぶやいた。「二日酔いの男には、太陽が多すぎる」

「よくない組み合わせだな」死体のある場所に案内しながら、俺は同意して言った。「だが太陽がひたいの右側を撃ってくるなんてことは、そうはない」

リーゲルマンはぴたりと止まった。「なんてこった！」驚愕した声で、彼は言った。「嘘だろう」

「残念ながら、そうじゃない」

「だが不可能だ！　銃には空弾が装塡してあったはずだ！」

「どうやら誰かが脚本を改善したらしいな」

「いったい全体どうしたら」彼は言った。「誰が撃ったかわかるんだ？」

「あのあごひげの込み入った連中の誰かが撃ったんだな」俺は言ってみた。「だが誰が撃ったかなんて追及する必要はないんじゃないか。事故だってことを証明できればだが」

「証明するだと？　もちろん事故だとも。なんてこった」彼は残忍そうに言った。「実弾がこめられてたのが誰の責任かわかったら、そいつの皮を剝いでやる」

「何よりまず」俺は言った。「地元警察を呼ばなきゃならない。保安官と検死官の出番だ」

「これで撮影予定はおじゃんだ」リーゲルマンは舌打ちした。「ともかくその不幸な御仁とご対面としよう」

　リーゲルマンは非難するようにしかめっつらで死体を見下ろした。こいつが製作進行を台なしにしたのだ。これで遅れが出て、つまりは金の大損になる。それは彼にとっては痛いことだ。

「若い男じゃないか」彼は言った。「気の毒に」

「こいつを知ってるのか？」

「一度も会ったことはない。たぶんサミーが知ってるだろう」彼はポケットからホイッスルを取り出して吹き、食堂から二皿料理を運んで出てきたサミーを手招きした。

　サミーは近くにいた男に皿を渡した。その様は必要とあらばこの皿を死守せんといわんばかりの風情だった。それから不幸せそうに、奴はこっちに向かってきた。一歩ごとに深い砂に足を取られながら。奴は言った。「ジョージ、あんたのピストルだが――」だが監督が手を振ると押し黙った。

　リーゲルマンは死体を指さした。「この男を知ってるか？」

「なんてこった！」サミーはうめいた。「死んでる！」

「霊能力は要らない」リーゲルマンがぴしゃりと言った。「こいつは誰だ？」

「知りません。たぶんポールが知ってます」

「連れてこい」

　サミーは蒼白になった丸い顔をリーゲルマンに向けた。「すみませんが監督。気分が悪いんで、どこかに座らないと」

「俺が行く」俺は言った。「ポールって誰だ」

「キャスティング監督だ」

ポールは七月のブルックリンでバスに乗るのに三ブロック走ったばかりみたいな顔でいた。

「なんてこった」彼は言った。「あの奴隷監督様は今度は何のご用だって？　俺はホースショーのダニより大忙しときた。まったく！」彼はトレーラーの仮オフィスから出てきた。「何の用だ？」彼は訊いた。

「エキストラが一人殺された。あんたなら誰だかわかるだろうと思って」

「昼飯が一人分余ってたわけはそれかあ。最初サミーが一人分しか食べなかったんだろうって思ったんだ。ここにいない奴にギャラが行かないよう、ずっとチェックしてるんでね」

「誰か足りない奴がいたのか？」

「ああ。ハーマン・スミスって名の男だ。昼飯を取りに来てない。仕事には来た。伝票はちゃんと出てる。だから多分そいつだろう。何をしでかした？　顔に馬糞を食らったってか？」

「頭に弾を食らった」

「へっ？　空弾しか撃たないはずだと思ったが」

「俺もそう思ってた」

俺たちはリーゲルマンのところへ歩いていった。彼は死体からいくらか距離をおいて立っていた。サミーは近くの幌馬車の下にいた。

「誰だかわかった」俺はリーゲルマンに言った。

「はい、リーゲルマンさん」ポールが熱を込めて言った。「シェフが昼飯が一食余ってるって言ってきまして、それで誰か出勤伝票を出してずらかったんじゃないかチェックしたんです。そういうことは厳しく見てますから」

リーゲルマンはちょっとうなずいた。「見てくれるか、ポール？　警察を呼んである」

ポールはあごひげの顔を覗き込んだ。彼は顔をしかめた。彼はリーゲルマンを見あげ、それから死体に目を戻した。「なんてこった」彼は言った。「ハーマンじゃない。こんな野郎、一度も見たことがない」

第三章

バカ騒ぎする若者の集団というものを、ご覧になったことがあるだろうか？　誰かが一発くらって意識を失い倒れたら、みんなしてしばらくその不幸な被害者をぼーっと見つめ、無目的に立ち尽くすのをご存じだろう。

われわれはまさにそれをやっていた。みんなしてその名無しの死体を、まるではじめて見るみたいに見下ろしていた。名前があれば、人間同胞として、俺たちの感情も人間味を帯びたことだろう。だが名無しとあっては赤の他人だ。俺たちはケンタッキーの山出しの田舎者がいい身なりの新参者を吟味するみたいに、もの珍しげにそいつを見た。こいつはただの訪問者なのか、それとも密造酒の取締官なのか？

リーゲルマンは他のどんな感情にも増して、敵意を表明していた。カミソリのように薄い彼の唇は怒りにきつく引き結ばれ、厳しい青い目は義憤の火花を放っているかのようだった。リーゲルマンを知る者に、これは理解できる。死体――最悪にも、名無しの死体ときた――が、すでにタイトな撮影スケジュールを脅かしているのだ。

ポールは細く白い手で黒い髪をかきあげ、名無しさんに向かって顔をしかめた。奴が考えていることもだいたいわかった。「替玉」が紛れ込んだのだ。リーゲルマンはなぜそんなことが起きたかを知りたがるだろう。ポールの思いは自分の職に関わることだ。

サミーはただ口をぽかんと開けて見ていた。その瞬間サミーに何かしら思考があったとしても、そいつは停止していた。

俺は自分の感情を分析しようとしてみた。ハーマン・スミスという男がいないとポールが言った時、俺は即座に、どうして誰かはそいつを殺したいなんて思ったんだろうかと考えはじめていた。つまり俺は殺人の可能性を考えていたのだ。事故だとわかれば、話は終わりだ。だがもしこいつが殺人なら、考察し調査する必要がある。すべては必然的にこいつが誰であるかに基づいてのことだ。

だのにここにいるのは見知らぬ他人ときた。思考の袋小路だ。完全に名も知れぬ人物の殺人の動機なんて見つけられるものじゃない。その人物の習癖、仲間、そしてその死が誰か、あるいは複数の誰かにとってなぜ望ましかったのかを決定するのに十分な、背景的知識を知らねばならない。死体が匿名でいる限り、殺人犯は無傷でいられるのだ。

リーゲルマン、ポール、そしてサミーがこっちを見ているのに俺は気がついた。俺は持ち前のいぶかしげな表情として知られる表情を彼らに向け、何も言わずにいた。

「君の領域だろう、なあ」リーゲルマンが言った。

俺はタバコを親指の爪にコツコツ打ちつけ、この状況下で可能な限り無関心な顔つきを装い、そして言った。「そうか？」

「こいつはミステリーだ」ポールが言った。「あんたのお得意だろう」

その言い方はいやだった。こいつは俺に重荷を押しつけたがり過ぎだし、自分の責任を見逃したがり過ぎだ。

「俺の印象じゃ」何気なさそうに俺は言った。「キャスティング監督ってのは、エキストラと親しいもんだと思ってた」

リーゲルマンの目が向けられると、ポールは顔を赤くした。「あごひげのせいなんです」弁解じみた調子で、彼はリーゲルマンに言った。「誰が誰だかわからなくなっちまうんです。こいつは俺の記録によればハーマン・スミスのはずなんです。昼食のとき、他の全員をチェックしました。もし誰か別人だとして、俺にどうしようがあります？」

リーゲルマンは答えず、ポールはまた顔を赤くした。奴は俺に悪意に満ちた一瞥を送り、去っていった。

サミーはこの捜査に唯一の貢献をした。「おーい」奴は幌馬車の下の避難所から呼びかけてきた。「社会保障カードはどうなってる？」

「もちろんそうだ」リーゲルマンは鋭く言い、死体の横に膝をついた。

「あー」俺は言った。「さわっちゃダメだ。ほら、手がかりが」

手がかりがあったわけじゃない。少なくとも俺にはひとつも見えなかった。俺が出てきた映画とは、なんてちがいだろう。『セイント』や『ファルコン』で、俺はこれよりもっと厄介な状況に何度も直面してきたし、いつだって事件の核心をあざやかに見抜き、手がかりを見つけ、状況を再解釈し、的確に行動してきた。だがここにあるのは幌馬車の円陣の真ん中の焼けつくように熱い砂の上にだらりと寝そべった名無しのあごひげの死体だけだ。落ちた襟ボタンも口径の合わない弾丸も、犯人を告げる履き古された靴の踵の跡もあわててなくした手袋もない。

まるで誰かがご用済みの死体を投げ捨てていったみたいだ。

こいつを厄介払いできたらなあと、俺は願いはじめていた。もしわれわれに用のないモノがひとつあるとしたら、それは死体だ。あごひげ付きで名無しで偽の出勤伝票を持ったヤツが特に要らない。

死体を見下ろすリーゲルマンの長い頭蓋骨の内側で、思考がぐるぐる回転する音が、俺には聞こえるような気がした。『七つの夢』の予算は厳しい。彼は屋外シーンを二日か三日で撮り終えるつもりだった。この男の死亡事件の捜査が始まれば、撮影は中断されるだろう。

この瞬間にも捜査は始まりつつあった。われわれ以外の一団はもはや千里眼といえるくらいの好奇心で、押し合いへし合いさんざめく集団と化し、こっちに向かっていた。俺は連中の前に躍り出た。

「これ以上来るんじゃない！」

彼らは止まった。人が死んでおり、呼ばれるまでこの場を離れているべきだと俺は彼らに告げた。「君たちの中には、彼が誰かわかる者がいるかもしれない。だがみんなして踏み荒らす前に、警察に現場を見てもらうべきだ。どうか戻ってゆっくり休んでいてくれ」

連中はそうしたから、俺はリーゲルマンの横に戻った。「あんなふうに仕切ってしまって、気を悪くしてないといいんだが」俺は言った。

彼は肩をすくめ、「サミー！」と鋭く言った。

サミーは幌馬車の下から横顔を彼に向けた。

「サミー、カービン銃の弾薬担当はお前だったな。ぜんぶ空弾だったはずだ。何か言うことはあるか？」

「何か言うことですか？」サミーは答えた。「明らかに少なくともひとつは空じゃなかった。俺のミスですか？　俺は何千もの弾をぜんぶ検査しなきゃいけないんですか？」

リーゲルマンはその線で考えるのを止めたようだった。「変じゃないか」彼はつぶやいた。「あの一撃がぴたりと急所に当たるだなんて。ほとんど幾何学的な正確さだった。ひたいの真ん中を打ち抜かれて即死だ」

「ただの奇妙な偶然ですよ」ポールが言った。「サイクロンみたいな」

リーゲルマンは困惑してひたいにしわを寄せた。「サイクロンだって？」

「そうです」ポールは続けて言った。「農家を粉々に吹き飛ばしてたまごの入ったバスケットを攫(さら)っていって、一マイル先にそいつを落としたやつのことを思い出したんです。たまごはひとつも割れてませんでした」

「何の話をしてる？」リーゲルマンは言った。

「あり得ないことは起こるし、しょっちゅう起こってるって言いたかっただけです」ポールは言った。「もしカービン銃の中にひとつ実弾があったとして、それが哀れなこいつの頭のど真ん中に命中したって信じるのは難しい話じゃない。たまごの話より信じられない話じゃないってことです」

リーゲルマンはこの発言をよくよく考察した。「そうだな」ようやく彼は言った。「そう考えた方がいい。事故説でいけばスケジュールはそのままだ。みんなそれでいいな？」

彼は俺たち三人に、もの問いたげな一瞥をよこした。サミーの丸顔は安堵に緩んだ。事故説なら奴は責任から解放される。ポールの浅黒く思慮深い顔はひどく立腹した様子だった。奴はすべての角度からこの説を検討していた。

俺は言った。「謎の見知らぬ男だ」

リーゲルマンは顔をしかめた。「それで？」

俺は説明を開始した。「誰かが飛んできた弾にたまたま当たったって可能性を受け入れるとしよう。無理筋だ、だが受け入れるとしよう。だとすると俺としては、撃たれた男が三百人いる中でただ一人の知らない男でなきゃならないってことが受け入れられないんだ」

「あんたはこれを殺人にしたいのか！」ポールは叫んだ。

「俺はこいつを何かにしようとしてるんじゃない。分析してるんだ。もうすでに誰かがこれを殺人にした――たぶんな。俺たちは考えなきゃならない」

彼らは考えた。みんなそいつが気に入らなかった。だが連中が何と言おうとしたにせよ、その声は砂丘の向こうから聞こえてきた低いうなり音によってかき消された。サイレンの音が治安当局の接近を告げていた。

そいつは保安官のジェラルド・キャラハンと保安官代理、ラマール・ジェイムズだった。彼らを乗せた大型セダンは砂ぼこりの雲をあげながらわれわれの前で急停車し、後部ドアが勢いよく開くと一人の男がビア樽みたいに転がり出てきた。

彼はずんぐりまん丸で、白髪の泡に覆われたジョッキの取っ手みたいな耳をしていた。彼は両耳の間に笑顔をぶら下げてこっちに向かってきた。背中をばしんと叩かれ、俺は肩に力を入れた。結構な力だった。俺を殴り倒そうとしてるのかと思った。

「キャラハンだ」彼は言った。雄牛みたいに親しげにだ。「ジェリーと呼んでくれ。この辺りの保安官をやってる。さてと、どういう事件かな?」

俺は自己紹介した上で他の全員を紹介し、別の誰かが話しだすのを待った。

リーゲルマンが言った。「事故があったようです。死亡事故だったのでお知らせすべきだと考えました。通報させたのは私です。こちらです」

キャラハンは死体を見た。「射殺だな?」この洞察は短い沈黙をもたらした。キャラハンはお手上げだというふうに顔をしかめ、それから保安官代理に呼びかけた。「ラマール! こっちに来てくれるか?」

保安官代理はチューブからのたくり出る茶色い絵の具みたいに車から出てきた。彼は細身で長身で浅黒かった。こちらにぶらぶら歩いてくると、皆に紹介され、死体を見た。何も言わなかった。彼は待っていた。

「誰が話をしてくれますかな?」キャラハンは楽しげに言った。

リーゲルマンが話をした。彼はスクリーン上で本物そっくりに見えるはずのシーンを撮影し、批評家たちから「リアルなドラマ」、「ぞくぞくするスリラー」といったようなフレーズを引き出すはずだった。リーゲルマンはストーリー会議の主役を俺に譲り、俺はどうやってこの死体を見つけたかを説明した。

それから皆しばらく黙って立っていた。

キャラハンが沈黙を破った。「明々白々だ。この男が弾に当たった。薬莢がひとつ空じゃなかったんだ。おい、ラマール?」

彼の部下の長くて茶色い顔には、何の表情も現れなかった。堅く結ばれた口が割れた。「口径は?」彼は訊いた。「カービン銃の弾のサイズは?」

われわれはサミーを見た。「四十五口径です」奴は言った。

ジェイムズは死体の横に膝をつき、ひたいに開いた黒い穴を見た。彼は長いことそいつを見ており、立ち上がった時には顔をしかめていた。「三十八口径」彼は言った。

そいつの言い方は『ファルコン』シリーズの俺みたいに聞こえた。むろん洗練された物腰はなしだ。彼はお気楽な英国人じゃないんだから。だが同じようにさりげなく冷静沈着に、彼は驚きの新展開を導入したのだ。

「わからないな」俺は異議を唱えた。「ちょっと一目見ただけで、どうして見分けられるんだ。他にも要素が多すぎる。あなたは弾を見てないでしょう」

保安官は苛立ちを顔に出した。「ラマールが三十八口径と言ったら、三十八口径だ。奴は間違えん」

俺は肩をすくめた。「そうなんでしょうね。俺はそういうことは専門家じゃない。だがそれでもどうしてわかるのか、俺にはわからないな」

「そんなことが問題か?」リーゲルマンが訊いた。

キャラハンは当惑した様子だった。「わかりませんね。問題か、ラマール?」

ジェイムズは思慮深げに言った。「もしカービン銃がすべて四十五口径だったとすると、誰かが何か別の種類の銃で被害者を撃ったことになります。誰か三十八口径を持っていた者は?」

俺たちは全員またサミーを見た。奴は丸い顔を横に振った。「誰もいません」奴は言った。

俺の口はあんぐりと開こうとする傾向を示していたが、歯を食いしばって堪えた。サミーは誰かが三十八口径を携行していたことを知っている。俺だ。銃把に銀の象嵌の施された二挺のコルトのリボルバーだ。俺が発砲してまわっていたのは四十五口径フレームの三十八口径のコルトだった。

またサミーもそのことを知っていた。奴は警告の表情で俺に向けて眉を逆立てた。

俺は何も言わなかった。

第四章

ラマール・ジェイムズは黒い目を細めた。一瞬後、彼は言った。「銃を見た方がいいな。どこにある?」

サミーはトラックの一群に向かって手を振った。「あそこだ」

ジェイムズは死体を見た。「毛布を」

「俺が取ってくる」俺は言った。俺は一台の幌馬車に向かい、ナヴァホ織りの毛布を引っぱり出した。

と、その下に銃が一挺あった。

それは銀の象嵌細工の施された銃把が付いた四十五口径フレーム、三十八口径のコルトだった。サミーが俺に支給してくれた二挺のうちの一方だ。

するとたちまち俺は昔なじみの役柄に入り込んだ。考えもせず、自動的にそうしていたのだ。かくしてまたもや俺は無様な警察と争う、天才アマチュア探偵になったのだった。現在進行中の行為の一部に見える上品なしぐさで、俺はそのナヴァホ織りの毛布をその拳銃にかぶせ、別の、もっと暗い色の毛布を取り上げた。幌馬車からそいつを運び出しながら、俺は銀のシガレットケースを取り出し、さりげなくタバコに一本火をつけると、思考をつづけた。

またもや俺はいつものパターンに逆戻りだ。名無しの死体、それで殺人犯に関する唯一の手がかりが俺の銃ときた。俺と知力で張り合えると思った名無しの楽天家さんに仕込まれたのだ。ただ、今回は俺のための台詞が書かれちゃいない。俺は自分でそいつをでっち上げなきゃならないのだ。

俺は毛布をジェイムズに渡した。彼はそいつを死体に掛けると、残って見張るようポールに言い、砂を横切ってトラックへと向かった。俺はサミーの横に立ち、二人してためらっていた。

俺はサミーに銃の話はしなかった。そりゃそうだ。こいつは俺の秘密で、殺人犯が逃げ切れたと確信した心理的に有効な瞬間を狙ってだしぬけに取り出してやるのだ。すると警官たちは無念げな顔をし、犯人は逃走を試みて結局は太ももに弾を食らって打ち倒されるのだ。

それから、なぜ最初から犯人を疑っていたか、またどうやって一寸刻みにそいつの包囲網を狭めていったかを俺が遠慮がちに説明する長場面がやってくる。

この場の仕上げにあと必要なのは、容疑者だ。サミーがいたが、しかし奴の行動はどんな心理学的なパターンにも収まらない。そういうわけで、奴が何をしているかを告げ、奴のあごを膝まで落っことすはずの詳細な推理を披露する代わりに、俺は言った。

「さてと、いったい全体何が起こってるのか、俺に話してくれないか」

「どうして殺ったんだ、ジョージ?」奴は訊いてきた。「何か言う前に、あんたに訊きたかったたんだ。何か立派な理由があるのかもしれない。もし理由がもっともなら、俺はあんたについてく」

「なんだって？」一瞬で理解して俺は訊いた。「俺が殺したと思ってるのか？　なぜだ？　それにどうしてお前は全員四十五口径を持ってたと言ったんだ？」

「うーん、あんたの銃は、確かに二挺とも三十八口径だった。だがおかしなことが起こったんだ。俺が渡したのは揃いの二挺で、大変な値打ちものだ。だが返ってきたのは揃いじゃなかった。一挺は最新の警察仕様スミス＆ウェッソン、サイドイジェクターだった。なぜそうなったのかあんたに訊きたかったんだ」奴はためらいつつ、言った。「もう一挺の銃はどこにある？　あれは途轍もなく高いんだ。コディとかジェシー・ジェイムズ（いずれも西部開拓時代の有名なガンマン）とか、そういう連中の持ち物だ」

「バカげてる」俺は言った。「俺が使った拳銃はお前の渡してくれた拳銃だ。シーンが終了した時、自分のホルスターに放り込んだ。お前が持って帰るまで二挺ともそこにあったはずだ」

「一挺はなかったんだ」

結局のところ、サミーの言葉を信用するしかない。奴にしゃべらせておくことにして、ぴったりくっついていようと俺は決めた。

「お前はあの銃をどうしたんだ、サミー？」

「安全な場所に置いてある。警察に話す前に、あんたと話したかったんだ」

「じゃあ俺の銃はどうしたって、訊かれることになるな」

「それはなんとかなる。銃器庫に揃いの四十五口径がある。あんたはそいつを持ってたって言えばいい」

俺は立ち止まった。奴は丸い顔を俺に向けた。「サミー、俺はこいつがぜんぶ気に入らない。お前は証拠を隠匿しているし、俺を共犯にしてる。俺は隠すことなんか何もない。だから警察に銃を出せ」

「待てよ、ジョージ。質問させてくれ。銃の一方があの可哀想なホトケさん殺しに使われたとしよう。あんたはやってないとする。誰かがやって、誰かがあんたの銃をすり替えた。誰がすり替えたかわからないとすると、あんたは困ったことになる」

「お前が明白な選択だが」

「それはわかってる」奴は懸命に言った。「だが俺はやってない。そこでこう考えるんだ。俺がこの話を警察にする前に、あんたは自分で嗅ぎ回りたいんじゃないか。誰がやったか見つけ出して警察に引き渡せるんじゃないか」

奴の提案はもっともだった。あの片方の拳銃が凶器だとわかったら——もはや殺人であることに疑問の余地はない——そしてそいつを俺が携行していたという事実を誰かが知ったら、警察は俺が撃ったと思い込むかもしれない。そうするとこの銃撃事件に偶然の余地はないという俺自身の説は、見事に俺に向かってくることになる。俺は州ガス室に行くはめになるかもしれない。

他方、俺が元々支給された二挺のピストル以外に何も撃ってないってことは、俺が知っている。それに戦闘シーンについてよくよく思い出してみれば、俺は死んだ男の方向に銃を向けてすらいないのだ。

後者の点は証明できるかもしれない。俺の知る限り、このシーンの間じゅうずっと、俺は一台以上のカメラの目の前に居続けだった。ラッシュ・フィルムが俺の行動をすべて証明してくれるだろう。とはいえ一瞬かそこら、俺がカメラの射程外に出ている可能性はあるし、その間俺にはアリバイがないことになる。

となると今度は誰が俺の拳銃をすり替えたのかという問題が出てくる。シーン終了時に、俺の馬を連れにきた男がいた。奴ならやれた。それから俺はこのシーンについて討議する主役俳優と監督陣の集団に仲間入りしたんだった。

あの集団に誰がいたか、俺は思い出そうとした。カーラ、フランク・レーン、ワンダ・ウェイト、リーゲルマン、スクリプターの女の子、チーフ・カメラマン、それと音響担当だ。俺たちは口角泡飛ばし、議論していた。すり替えはあの時にもできた。

むろん誰かが俺の拳銃をすり替えたとしての話だ。サミーが持ち帰った時にだってできたはずだ。奴にはあの幌馬車の中に、もう一挺の銃を放り込む機会があった。

奴の灰色の目はぐらりともせず俺を見つめていた。「さあ、どうする、ジョージ?」

俺はしばらく何も言わなかった。サミーが拳銃をすり替えたとすると――したがって殺人犯だとすると――俺が三十八口径を二挺持っていたことを否定して、こいつに何の益がある? 奴にとって最善の手は俺がそれを持っていたことを認め、後は官憲のやりたいようにさせることだ。たぶん奴は本当に俺を助けようとしてるんだろう。

「わかった。お前の言うとおりにするよ、サミー」

「じゃあトラックのところに行った方がいいな」

拳銃は箱詰めされていた。ぜんぶ見るのに時間はかからなかった。三十八口径はなかった。

見物しながら、なぜ誰かは俺を殺人に巻き込もうとしたんだろうと俺は考えていた。俺は敵を作るほど長いことこの一座にいない。むろん、俺に個人的な関心があった訳じゃないかもしれない。つまり全キャストの中で拳銃を腰に着装していたのは俺一人だったってことだ。ラマール・ジェイムズの言うとおり犯行に三十八口径が使用されたとして、凶器を隠すのに俺のホルスターくらいに好適な場所があるだろうか。そうか。たぶんそういうことだ。

ジェイムズはリーゲルマンに向かって言った。「あなたがここのボスですか？」

リーゲルマンは顔をよじって笑みを彼に向けた。「ああ。ウォリングフォード氏がお出ましにならん限りはな。彼がプロデューサーだ」

「その人はここにはいないのですね？」

「今のところは。来るはずだ」

ジェイムズは言った。「一人ずつ全員ここに呼んでください。誰が犯人か見つけ出さなければ」

リーゲルマンはサミーに向かってさっと手を振った。「行け」

サミーは俺に悲しげな目をよこすと、よたよた走り去っていった。それでこの件について今のところそれ以上は進められなくなった。いやだったが、拳銃が隠されている幌馬車から目を離さずにいるより他どうしようもない。俺はビーチパラソルの下の椅子に座り、見張っていた。

ペギー・ウィッティアー――ぱっとしない小柄のスクリプターの女の子だ――が、近くの椅子でノートを広げて作業中で、明るく俺にほほ笑みかけてきた。死体にだって彼女の邪魔はできない。彼女にはシーンに関連する詳細をすべて精密に記録する仕事があるのだ。もし撮り直しとなったとき、彼女にはそのシーンがどうあるべきかがわかっている。

自分で認めたい以上に、俺の悩みは深かった。これより悪い状況には何度だって直面してきた。『セイント』あるいは『ファルコン』として、俺を犯人だと指さしてくる邪悪な状況証拠が見いだされたことは幾度だってあった。だがいつも俺はそこを逃げ切り、俺を排除しようとする卑怯な悪漢どもを糾弾し形勢を逆転させてきた。ただそこでは、創意に富んだ誰かさんが俺のために脚本を書いてくれていたのだ。

この現実は不快だった。サミーを信用できるとすると、凶器の拳銃はある時俺の保有下にあったのだ。〝俺をジェリーと呼んでくれ〟・キャラハンが、俺がその事実を知らないことを信じてくれるかどうかは、やってみるしかない。あのご立派な一年一度の思いつき男は、俺をブタ箱に放り込んで自分で鍵を呑み込んじまうことだろう。

出演者たちが一人ずつ幌馬車のところにやってきては死体を検分する様を観察しながら、俺はサミーの言葉を信じることにした。賢明な判断じゃあないし、そうだってことはその時だってわかっていたが、だが俺はそうした。サミーには天真爛漫なところがある。だからって奴を信じることが正当化されるわけじゃないが、それでそうする気になったのだ。

俺様の客観的でいることときたら、銃口から硝煙の立ちのぼる拳銃を握りしめたお気に入りの息子を前に、撃ったのはこの子じゃありませんとかばいだてする母親並みだ。それに俺はサミーに対して父親的な感情を抱いちゃいないのだ。とはいえ俺はちょっぴり奴をかわいそうに思っていた。奴は以前、ダンサーだったのだ。ちゃんとやっていた。全盛期には絶好調だった。それから太りだし、足の甲が悲鳴を上げだしたのだ。

奴は横道からハリウッドに入った。ものが書けたわけではない。だがそんなことは昔も今も問題じゃあない。それから奴は低予算のやっつけ映画の監督を担当した。だがプロデューサーが資金を持って高飛びし、奴は薄い靴底をすり減らしながら随分とあてどなくさまよった。そしてとうとうリーゲルマンのところにたどり着いたのだ。アシスタント・ディレクターという名の使い走りとして。

この間のどこかで、誰かに遺恨を持つようなことになった可能性はいくらだってある。そいつを今日まで待ち構えて、殺したのかもしれない。完全にありうる。だがそんなのは信じられなかった。サミーは殺人犯ってガラじゃない。

この考察を、俺は死体を検分する俳優たちに目をやりながら行った。一人が戻ると、別の一人がキャラハンとジェイムズのところに向かった。で、ただいま一人が他の連中よりも幾分長くそこに留まっていた。ステットソン帽をかぶった細身の男だ。そいつが警官たちに話をし、ジェイムズがノートに書き込んでいる。そいつが戻ってくると、サミーが途中で彼を呼び止めた。

俺は立ち上がってその場へ向かったが、そいつは行ってしまい、サミーが俺を出迎えた。

「死体の名前がわかった」サミーは行った。「セヴランス・フリンだ」

その名を聞いても何も思い当たることはなかった。俺は言った。「すまないが、サミー、死体を確認した男と会いたい」

「役には立たないな、ジョージ。それまで一度も会ったことはないそうだ」

「じゃあ」俺は訊いた。「どうやって名前を確認したんだ？」

サミーは俺に向かってにやりと笑った。「ワンダ・ウェイトのためにやったんだ。彼女は確認したがらなかった。それであの男に頼んだんだ。彼女は死んだ男が誰かを奴に話した。それだけだ」

「じゃあワンダに会いに行こう」俺は頑強に言った。

「おいおい、ジョージ」サミーが異議を唱えた。「なんでワンダがあの男の身元確認をしたがらないかはある意味明白だ。あいつは男前だからな」彼は言葉を止めた。「ワンダのことはわかってるだろ？」

「俺が知ってるのは、彼女が勤勉な女優で、いっしょにいて気持ちのいい人物だってことだけだ」

「ああ、彼女は『中国は待つ』で宣教師の妻役をやって名を上げた。それ以来ずっと、そういう熱心で正直で親切で勇気ある女性の役ばかりやってきた」

「それで？」

サミーは顔をしかめた。「殺人事件の被害者の身元を彼女が確認したなんてことを世間が知ったら彼女の映画キャリアがどうなるか、わかるだろ。どういう憶測が飛ばされるもんか考えろよ。ハリウッドは憶測しか飛ばさない役者で溢（あふ）れ返っているんだぜ」

「彼女がフリンを知っていたとすると」俺は言った。「誰が奴を殺したがってたかだって知ってるかもしれない。俺たちが茶飲み話に訪問したら、喜ぶんじゃないか」

サミーは陰気な顔で俺を見ていたが、とうとう不承不承言った。「わかった」

ワンダはトレーラーハウスの楽屋にいた。俺たちを招じ入れた時、彼女はずっと鏡の前に座ってただ見ていたのだ、という印象を受けた。俺は彼女を責めない。

その効果は不快だった。突如彼女が別の誰かみたいに見えだしたからだ。俺にとって、ワンダはいい女優でいい子だった。ヘアカーラーを頭に巻きつけたまま誰かに見られたって気にしないし、気の利いた言葉のやり取りが得意だ。だが今のワンダときたらリリスからテダ・バラに至る、すべての妖婦の複合体だった。

サテンブロンドの髪と深紅の唇の彼女はうつくしかった。ラシュモア山の大統領像の脈拍だって上げられたはずだ。

彼女の服装も効果を増幅していた。彼女はまだマザーハバード姿でいたが、そいつは注文仕立てで、また胸部の縫い目は内側から圧迫されていた。

彼女は「何かご用かしら?」の演技のカタログを開いていた。彼女の声は獲物に襲いかかるオオカミの群れを一人で演ってるみたいに聞こえた。

俺は合わせて演技することに決めた。「驚くべきじゃあないんだろうが」

「驚くと思ったの」しゃがれ声で彼女は言った。

俺が本当に不快な要素に気づいたのはこの時だった。彼女は台詞を忘れてなんとかしようと悪戦苦闘している役者みたいだった。台詞のタイミングがほんの少しずれている。ほんのわずかだが演技過剰だ。なぜだ？　カメラの前では聖女のようなこの子を悩ませているのは何だ？　俺はこの質問も、将来の検討のためファイルにしまい入れた。

俺は言った。「セヴランス・フリンについて話してくれ」

彼女の目はちょっぴり冷たくなり、スターサファイアよりは青大理石に少しだけ近くなった。彼女はしばらく何も言わなかった。それから「わたし、彼のこと何も知らない」と言った。

「だけど、あいつを知ってたんだろう？」

「ちょっとね」彼女は言った。「昨日汽車で会ったの。話をしたわ」

「何について？」

「彼のことよ。他に何があって？　彼はネブラスカからここに来たんですって。家賃の支払いが一カ月以上遅れない程度にエキストラをやってきたんですって。ここの厳しい生存競争に潜り込んだのは二日酔いのせいなんですって。ハーマン・スミスが雇われたんだけど出発前日に飲んで騒いじゃって。起きたら頭蓋骨の中でリヴェット銃が炸裂するみたいで、それでセヴランスに代役を頼んだんですって。セヴランスはあごひげを生やしていて、必要なのはそれだけだったから、それで――」

「誰かが彼を殺した」俺は言った。

「だからわたしにどうしろって言うの？」彼女は訊いた。「駆けつけてこの人を知ってますって言えって？　わたし、女優として名声を確立しようとしてるところなの。スカートは清潔にしとかなきゃいけないのよ」彼女は言った。「人前ではね」

この心乱す誘いを、俺は無視した。俺は言った。「わかった。彼はこの一座の中の誰かを知ってると言ってたか？」

「誰も知らないって言ってたわ。もちろんあなたのことは知ってたけど。有名だもの。知らない人がいて？」

俺は立ち上がった。「ご助力ありがとう」

「どういたしまして」彼女は言った。「また来てね——いつでもよ」

彼女はほぼ俺に流し目を使った——小娘たちに流し目を使って財を築き上げてきたこの俺にだ——だが身を翻しながら、俺は彼女の目にさっと影が走るのを見逃さなかった。彼女はおびえている。俺はその事実もファイルにしまった。俺の心の収納棚はずいぶん一杯になってきた。どいつも適当な引き出しにはぴったり収まっちゃくれないようだ。春先の大掃除が要りそうだ。

猛烈な日差しの中にもういっぺん出ると、俺はサミーに言った。「こんなやり方はいやだ。銃を差し出して保安官に真実を言おう。結局のところ俺に恐れることなんかないんだし、この情報はあの部下を助けるかもしれない。あの男は賢そうだ」

「あんたの言うとおりかもしれないな、ジョージ。あんたが捕まらなきゃいいんだが。こっちだ。銃は俺のオフィスにある」

トラックの間を歩いていくと、メッセンジャーボーイにつかまった。彼はソバカスの間から白い歯をきらめかせ、言った。「警官があなた方に会いたいそうです」彼は言った。「幌馬車の中に拳銃が隠されているのを見つけたんですよ」

「すぐ行く」俺は言った。彼は立ち去り、俺はサミーを見た。「ちょっと遅かったようだな。だが俺たちは真実を語ればいいだけだ」

「そう願うよ」サミーはつぶやいた。「さあ着いた」

俺たちは彼のトレーラー・オフィスに入った。「もしこのプロットが本気で動き出す気なら」俺は言った。「銃は消え失せてるはずだな」

サミーは引き出しを開け、中を覗き込んだ。もうひとつ開けた。ひどくゆっくりした調子でだ。奴は俺に振り返り、言った。奴の目には冷ややかさがあった。奴の声は落ち着いて、思慮深げだった。

「まったくおかしいじゃないか、ジョージ。あんたがそれをご存じとはさ」

第五章

またた。状況が共謀し合って問題山積みのヒーローを窮地に落とし込んでいく。自分で意識的に主人公の役を演じているつもりはないが、そういう話をあまりにも多く演じてきたせいで、自然とそういう役にはまり込んでしまうんだってことが、今や俺にはわかってきた。

「俺は全知全能なんだ、サミー」俺は言った。「俺にわかっていることは他にもある。俺たちは賢明でものすごく優秀な人物と戦ってるってことだ。そいつには勇気がある。何かうまくいかなきゃ、即興で解決を作り上げる。それで何かがうまくいかなかったんだ。だからそいつの尻尾をつかめるかもしれない」

サミーは冷ややかなままだった。「うまいことを言うんじゃない。何の話をしてる」

「殺人者の計画を見てみようじゃないか、サミー。それを分析的な目で精査するんだ。第一に、そいつは誰かを殺したかった。そのせいで自分が死ぬのはいやだった。それで俺をスケープゴートに選んだんだ。奴はそいつを殺し、俺に銃をつかませた。だがそれは俺のところじゃ見つからなかった。予定外だ。さて、奴はお前が銃を持ちだしたとわかって、ここまでついてきたんだ。

それから中に忍び込み銃を持ち出した」

「だけど、どうして?」サミーは反論した。「もし俺が殺ったんだったら、二度とそんな銃なんかと関わり合いになりたくないが」

「それはお前が平凡な殺人犯だからさ、サミー——潜在的に、って意味だぞ。お前はパターンどおりに行く。被害者を殺し、拳銃を捨てる。だがこの犯人には何かこう、得体の知れないところがあって、わかってると思うが、センセーショナルな手を考えてるんだ。たぶん別のスケープゴートを見つけたんだろう。俺たちが奴を慌てさせたんだ、サミー。奴は匿名性の中から姿を現した。今や奴には名前がある」

「誰だかもうわかってるって言うのか?」サミーは訊いた。ちょっぴり畏怖の念を込めつつだ。

「はっきりわかった訳じゃない」俺は言った。「つまり俺たちは奴についていてこれまで知らなかったことを知ってるってことだ。今まで俺たちはそいつが人を一人殺したがっていたってことしか知らなかった。そいつはどうしたら最小限のリスクでやれるかをあらかじめ考えてたんだ。奴は手段と機会を得、それから証拠を処分した。だが今や俺たちは奴に独創力があることを知っている。必要とあらば危険も冒す人物だ。となると俺たちの探求先も狭まってくる。たとえば、お前と俺は容疑者リストから除外できる。俺は恐ろしく怠け者だから、状況に適合するよう自分の話を調整し直す以上は予期せぬ展開に対して何もしない。お前なら綿密に考え抜いた計画から逸脱するのをいやがるだろう」

サミーの目がまた冷たくなった。「もし俺があの男を撃ったなら、銃のことをあんたに話してたか？　どうして俺がそんなリストに入れられるんだ？」

「そういう意味じゃない、サミー。お前のことは心理学的な理由で除外できるって言いたかっただけだ。俺と同じだ。俺たちは今、今言ったような行動ができる人物を探してるんだ。独創的で勇気ある人物だ」

サミーは言った。「そうか。それはそれとして、警官が俺たちを呼んでるんじゃなかったか」

「忘れてた。とっとと行った方がいい。俺の映画経験からすると、自分が犯人じゃない限り警官は待たせないんだ。犯人だったら、もちろん終幕まで待たせるが」

俺たちが殺人現場に到着した時、警官たちは顔を蒼白にしたカーラに銃弾のように質問を浴びせていた。なぜかと不思議だったが、死体からほんの数フィート離れた彼女の幌馬車の中に、俺の銃は置かれていたんだったと了解した。

銃自体はラマール・ジェイムズの足の間にあった。紙箱の中に紐を巻かれて固定され、指紋を損なわずに搬出できるようになっていた。俺の指紋だ。俺の指紋だらけのはずだ。それで俺は四十五口径を持ってたっていうのが、こっちのストーリーだった。尋問されたら、それに対処しなければならない。

「被害者を知らなかったと言うなら」キャラハン保安官が頑強に言った。「どうして撃ち殺した？」

「だから撃ってないって言ってるでしょう！」ヒステリックにカーラは言った。

「俺には明々白々に見えるんだがねえ」キャラハンは続けて言った。「あの距離なら女性にだって撃つのは簡単だったはずだ。それに幌馬車の中にはあなたしかいなかったんだからな」

「あんたはレディーの言葉を疑うのか?」俺は訊いた。

キャラハン保安官は、ぱっと振り向いてこっちを見た。いや、厳密に言うとぱっとじゃない。彼の巨体を始動させるにはいくらか時間が要った。どちらかというと彼はゆったりと振り向いた。

「そうだ」彼は言った。

「じゃああんたは紳士じゃない。この女性は彼を撃っちゃいない」

「どうしてあんたはそれを知ってる?」キャラハンはぴしゃりと言った。

そのとおり、それは問題だ。どうして俺はそれを知っているのか? 突然俺にはその答えが明瞭にわかった。そしてサミーが俺のリードについてきてくれるようにと願った。答える前に俺は一同を見渡した。全員が俺を見ている。ポール、サミー、カーラ、ラマール・ジェイムズ、リーゲルマン、ぱっとしないスクリプターの女の子、チーフ・カメラマン、その他数名だ。小道具係のチーフ、マクガイアはここにはいない。好都合だ。

「まず第一に」俺は言った。「そいつは凶器じゃない。第二に、それには空弾しか入ってなかった。第三に、彼女は人を撃てるような冷血じゃあない」

今や俺はスポットライトを浴びていた。唇に笑みを遊ばせ、俺はそれを楽々と受けとめていた。俺はタバコに火を点ける儀式を行った。それを静かに見ていたラマール・ジェイムズは、前へ進み出た。

キャラハン保安官はジェイムズを制止して言った。「ジョージ・サンダースだな?」

俺はかすかに頭を下げた。

「一度映画で見たことがある」彼は続けて言った。「『サニーブルック・ファーム』とかいうやつだったと思う。あんたに似合いの役だと妻が言っていた」

「『レベッカ』だ」俺は修正して言った。「Cが二つだ。『サニーブルック・ファーム』じゃない。デュ・モーリア（イギリスの小説家。ヒッチコックの監督映画『レベッカ』（一九四〇）の原作者）だ」

「デュ、何だって？」保安官は訊いた。

俺は寛容にほほ笑んだ。

キャラハンは俺にゲジゲジ眉を向けた。俺のことを気に入らない男だと決めたようで、そのことをはっきり顔に出した。「あんたについて聞いたことからすると、うさん臭い人物らしいな。どこの出身だ？　おかしな訛りだが」

「どこで生まれたかって意味なら、ロシアだ」

「ほう」彼は言った。ロシアをどう思ってるかは、明らかだった。

ラマール・ジェイムズが彼を押しのけて前に出た。「無駄だ、ジェリー。こいつが凶器じゃないと、どうしてわかったんですか、サンダースさん？」

俺はありもしない自信に満ち満ちてほほ笑んだ。俺は即興でキャラハンに向かって語りだした。彼が責任者だし、彼にはとっとと出ていってもらって、サミーといっしょに消えた拳銃の問題に取り組みたかったのだ。ラマール・ジェイムズにここに残って嗅ぎまわられたら、俺に不都合な事実を二、三個、掘り出されるかもしれない。

「あなたがあの男を撃ったと考えてみましょう」俺ははじめた。

「俺はここに居すらしなかったんだぞ」キャラハンは怒った顔をした。

「ええ、わかっています。だけどそう考えてみましょう。次にするのは拳銃を隠すことです。ではあそこのどこに隠せるでしょうか？」俺は手を振って谷と砂丘を指した。太古の地球の皮膚上に寄せられた壮大な皺だ。

「あの砂丘ひとつの中に、都市丸ごとぜんぶ隠せる」保安官は言った。

「そうでしょうか？」俺は反論した。自分は本当にどこに向かおうとしているんだろうと思いながらだ。「三百人の人間がばたばた動き回っていたら、あなたは白昼堂々そんな危険を冒すでしょうか？　直近の場所を離れたら、少なくとも数人はあなたの姿を見ますよ。だめです、保安官。あなたはあそこに拳銃は隠しません。あなたは誰にも姿を見られない場所、そして誰にも見つからない場所にそれを置くんです。そして別の拳銃を、見つかる場所に仕込んでおく機会を作るんですよ。自分の行為から注意を逸らすためにね。あなたが見つけたこの拳銃は偽の手がかり、レッドヘリング、罠、おとりなんですよ。そのことは明白だとは思われませんか？」

保安官は深く考え込むフリをした。「そうかもしれない」彼は認めた。

「そして弾道学の専門家が弾を精査する段になって」俺は印象を刻みつけるように言った。「あなたはそれがこの拳銃から発射されたものじゃなかったと知るんです。それはまったく別の銃から発射されたものでした。この拳銃はコルトの三十八口径です。そして弾は特別仕様のスミス&ウェッソンから発射されていたんですよ」

「バカな！」キャラハンが言った。「そんなことが、傷を見ただけでわかるはずがない」

「なぜです？　われわれの友人のジェイムズさんは、精密測定器の目で、弾が四十五口径じゃないと一目で言えた。実に信じられない才能です。俺に銃の口径を判別できるのが、それよりもっと信じられないことでしょうか？」

ラマール・ジェイムズが割って入った。「俺は信じる。そうできるのはただ一つの条件下でだけだ――つまり、あんたが撃ったってことだ」

「だが俺には鉄壁のアリバイがある」

「聞かせてもらおう！」叩きつけるように彼は言った。

「俺は――」俺は始めたが、困惑する思いが突如脳裡を襲い、言葉を止めた。確かに俺はほぼずっとカメラの射程範囲内にいた。だが俺が三十八口径を持っていたこともまた事実なのだ。その事実をジェイムズが見逃すはずがない。クローズアップを見れば、彼が保管している拳銃が俺がそのシーンで発砲した拳銃だってことは誰にだってわかるのだから。だからといって必ずしも俺がフリンを撃ったことにはならないが、しかしそうすると四十五口径を持っていたという俺の主張は確かにダメになる。

「あんたは俺を殺人で告発するのか？」俺は詰問した。

「いや」ラマール・ジェイムズは言った。「今はまだだ」

リーゲルマンが話に割って入った。「しない方がいいな。ジョージはスターだ。そしてわれわれはこの映画を完成させなきゃならない。おわかりですかな」彼はキャラハン保安官に聞き質した。「ここに立って無駄話するのにいったい幾らかかっているかおわかりですか？　一時間に何百ドルかかるかわかっているのかね？」

「まあまあ、落ち着いてください」保安官が彼をなだめた。「事件が片付き次第すぐ、再開してもらいますから」

ラマール・ジェイムズは質問を繰り返した。「あんたのアリバイを聞かせてくれ」

「時が来たら話す」超然と、俺は言った。

彼はしかめっ面をし、キャラハンもしかめっ面をした。しかし二人ともそこまでで見逃してくれた。

「おぼえておこう」ジェイムズは陰気な顔で言った。「被害者を撃った拳銃のことだ。どこに隠されたと思う？」

「絶対見つからないと思う」俺は言った。「犯人には拳銃を隠す時間がたっぷりあった。砂は柔らかいし、疑われずに穴を掘るのは簡単だ。いいですか、見ててください」

俺は座り込んで、何か重要なことを考えているかのように砂をじっと見据えた。思考の助けにしようと、あてもなく俺は砂をすくった。かくして小型のアナグマを埋めるには十分の大きさと深さの穴が掘り上がったのだった。俺はポケットに手を入れて想像上の拳銃を探り出し、穴に入れ、もう片方の手で穴を元通りにふさいだ。

「われわれの立っている足の下ってことだってあり得る」俺は指摘した。

その指摘は受け入れられた。「じゃあどうやって」キャラハンが悲しげに言った。「犯人を見つけりゃいいんだ？　この界隈をぜんぶ掘り返すわけにはいかん。うちの署にそんな金はない」

「犯人を探すのに拳銃は要らない」俺は冷たく言った。「心理学的探査によって探し出すんだ。ここまでは言おう。われわれが探している人物は、有能で勇気があり、賢明だ。自分が痕跡を残していないことを確信している。彼は逃げない。あなた方はあの弾もチェックされることでしょう。俺が正しいとわかったら、動機探しを始めてください。それが第一ステップだ」

キャラハンは言った。「そうなのか、ラマール？」

「ええ」ジェイムズは答えた。「そのとおりです。霊柩車が来たらすぐ引き上げましょう」彼は穏やかな黒い目を俺に向けた。指を立てながら「一、あれは凶器ではない。二、装塡されたのは空弾だった。三、彼女は人を撃つような冷血な人間ではない。君が言ったことはこれでいいか？」

「よしきただとも」

「後で君に会いたい」彼は言った。

「俺のトレーラーに来てください」俺は彼を招待した。「浜辺にあるあの大きなマホガニーとクロム製のやつだ。一晩中そこにいますよ」

彼は回れ右して去っていった。俺はしばらく心を決めかね、立っていた。安堵のあまり、ほとんど弱り果てていたくらいだ。第一ラウンドは俺が取った。好奇心がうずいてきて、俺はカーラのところに向かった。俺は彼女を片隅に引っぱりこんだ。

「コーラをおごるよ」俺は大声で言い、ホットドッグのワゴンに彼女を連れていった。

「ありがと、ジョージ」彼女は低い声で言った。「助けてくれて」

「イヌどもにやられるところだったな」俺は認めた。「だけど、なぜ君は怖がってるんだ？　殺っちゃいないのに」

彼女は俺を見上げた。「どうしてわかるの？」

また同じ難問だ。どうして俺にはわかったのか？　俺は彼女の黒い目を深く覗き込んだ。と、その理由がわかった。俺に知識があったせいじゃない。ただの感情だ。彼女の双眸（そうぼう）は和らぎ、俺は彼女の頰にそっと手を触れた。

彼女とは知り合って三、四年になる。俺たちは友達だ。ロマノフやダービーの昼食テーブル越しに気楽な言葉をやりとりし、つき合ってきた。

ついその日の朝、俺は彼女と狂おしく、死にものぐるいに愛し合ったところだ。俺たちはお互いに火花を飛ばし合った。俺は彼女の手をとり、彼女の目は恍惚にけぶった。俺は彼女にキスをし、彼女のまぶたは夢見るように閉じられた。だがそいつは『七つの夢』のシーン中のことだし、リーゲルマンがわめき立てて半ダースも撮り直した。今の彼女は俺が大好きなただのとってもいい子で、ちょっと不安でいた。

『ファルコン』だと、こういう美女と二人きりのシーンでは――ホットドッグ・ワゴン前というセッティングはロマンティックじゃないが――次の二つのうちのひとつが行われる。彼女を抱きしめて熱烈にキスするか、あるいは彼女を冷たく見つめ、こう言うのだ。「なぜ君はセヴランス・フリンを殺した？」

俺はコーラの瓶のフタを外し、そして言った。

「カーラ、なぜ君は保安官の尋問にあんなにおびえてたんだ？」

彼女が答えるまでには長い沈黙があった。十まで数えているのだと俺は思った。やっと彼女は言った。藁をも摑む思いでいるみたいにだ。「バカ言わないで」

「ウソ言うんじゃない」俺は言った。「君は怖がっている。なぜだ？」

今度彼女は百まで数えた。それからコーラの瓶をカウンターの向こうに押しやり、俺を見つめ、言った。「サンダース、あなたはいい人よ。あなたが好きだわ。わたしとんでもなく困ってるの。もしかしてあなたならわたしに教えてくれるかもしれない――」突然、彼女のゴージャスな唇がバネ仕掛けの罠のように閉じられた。彼女の目は聞こえる距離に誰かがきたと告げていた。

サミーだった。「ハーイ、カーラ」奴は言った。「おーい、ジョージ、こっちに来て次のシーンの話をしてくれないか？　変更が必要だと思うんだ」

「わかった」俺はカーラにさよならしてそっちへ向かった。「何があった？」俺は訊いた。

「どっさりだ」奴のオフィスに向かう途中、奴は陰気に言った。「中に入ってリストレスに会ってくれ」

リストレスというのは小柄なブロンドの女の子で、サミーの机の前にみじめさの塊みたいになって座っていた。「彼女は衣裳部にいる」サミーは言った。「ネルソンさん、サンダースさんだ」

俺は頭を軽く下げた。傷心におびえた声で、彼女は言った。「ハロー」彼女はサミーを見た。その目は色々なことを物語っていた。それは彼女の頭の中はドーナツの穴だらけで、ハートの方はサミーへの熱愛に満ち満ちていると言っていた。

「さあ」サミーは言った。「お前の会いたがってた、賢明で優秀で、決断力と勇気にあふれた人物だ。話をしな、リストレス」

彼女は俺を見上げた。青い目には今にも流れ出ようとする涙がきらめいていた。「助けようと思っただけなんです」彼女は鼻をすすった。

「もちろんそうだろうとも」俺はやさしく言った。

「あたし、サミーといっしょにここに来て」彼女は続けて言った。「そしたらサミーがあの拳銃を見て、あなたに別のを渡したのに一体どうしたんだろう、おかしい、大変な値打ちものなのにって言って。その拳銃はここのじゃないし、博物館級の拳銃をいまどきのジャンクと取り替える気はないって言って。そしたら殺人があったって聞いてサミーが言ってたことを思い出して、そしたら彼を助けようってことしか考えられなくって。だから拳銃を二挺ともサミーの机から持ち出して、彼が持ってるところを警官に見つからないようにって投げ捨てたの。そしたらサミーがすごく怒って」

彼女は泣きはじめた。静かにだ。誰の邪魔もしたくないとでもいうみたいに。サミーと俺はただ顔を見合わせるしかなかった。

第六章

賢明で優秀で抜け目なく勇気がある。俺ならぜんぶお見通しなはずだ。何かしら得体の知れない理由で、殺人犯は銃を持ち去った。俺たちはその展開に何かしらセンセーショナルなものを期待していた。ああそうだった。

リストレスは相変わらず静かに泣いていた。彼女の問題は俺たちのよりもっと深刻なのだ――サミーが自分に腹を立てている。

「あたし、何も悪いことするつもりじゃなかったの」彼女は言った。

俺は彼女の頭に手を置いた。「どこに銃を捨てたんだい、かわい子ちゃん？」

彼女は震える指で指し示した。「あっちよ。あっちの砂山の向こう側」

「誰にも見られなかった？」

「と思うわ」彼女は言った。「何があったんだってみんなが幌馬車に向かってる時だったもの。戻ってきたら、みんなあそこにいたわ。この辺には誰もいなかった」

「じゃあちょっと外してもらえるかな。サミーと二人きりで話があるんだ」

彼女は立ち上がり、涙を拭った。彼女はサミーを見た。

「まだあたしのこと怒ってる、サミー？」

「まったく」サミーはうんざりした様子で言った。「腹を立てて何になる。お前が俺を助けようとしてくれたってことはわかってる。聞くんだ、いい子だ。俺に訊く前に勝手に何かするんじゃない。いいか？　このことは誰にも何も言うんじゃないぞ、いいな？」

「わかった、サミー。絶対によ」

「一人でうろつくのもだめだ」俺は言った。「人のいる所にいるんだ。俺たち——いや、俺は、いったい何に立ち向かってるのか見当もつかないでいる。だからそれがわかるまでは、うろうろうろつき回るのは安全じゃないかもしれないんだ」

リストレスは出ていった。そして俺たちは黙り込んでしばらく座っていた。

「ジョージ」ひとまずサミーが言った。

俺は奴に顔の四分の三を向けた。実際に奴を見つめたわけではない。「何を言おうとしてるかはわかってる、サミー。急いでこの犯罪を解決してくれって言うんだろ。探偵役で大層な経験を積んでるんだからって指摘するつもりだ。俺の創意工夫の才に言及するんだろう。俺が帽子の中から驚くようなものを取り出して、犯人をびっくり仰天させて軽率な行動に走らせるだろうって言おうとしている。俺が演じてきた利口で賢明で恐れを知らない役柄に、俺がほんとにそっくりだって言おうとしているんだな」

「いや、ジョージ、そうじゃない。俺はお前がこれまでのところ無能だったたって言おうとしてた。だからあの保安官代理に俺たちが知ってることをみんな話して、解決してもらうべきじゃないかって言おうとしていたんだ」

「そうなのか」

哀れなサミー。目に見えるものしか理解できないのだ。今が永遠不変だと思ってるんだろう。俺にはどうしようもない急展開が、俺をかなり不利な状況に追いやってきたことがわかってない。俺は理論的には正しかったし、そのことがわかっていた。リストレスがよかれと思い放題にした挙げ句に、介入してきたのは俺のせいだろうか？　もし拳銃がどこにあるかを犯人が知っていたら、本人が持っていったことだろう。俺の推理は既知の事実とは整合していた。その事実が予期せぬかたちで分岐していったからといって、俺を責められるだろうか。

「あんたはすべてお見通しだった」サミーは重ねて言った。「だがあんたのお見通しは間違ってたんだ。たぶん俺たちはじたばたするのを止めるべきなんだろう」

「お前はわかってない、サミー。お前は田舎の警官ってのがどんなふうに結論に飛びつくものかわかってないんだ。俺たちは拳銃のことでこんなふうにウソを言っていました、なんて話したら、連中はたちまち俺たち二人を刑務所に放り込む。何もなくても事後従犯だ。俺たちは事実を隠蔽したし、その行為は殺人犯を幇助（ほうじょ）したんだ。俺の個人的な意見じゃ、連中は俺のことで余計な時間を無駄にしたりしない。連中は俺を殺人罪で告発し、俺にそれが間違いだって証明する特権を与えるんだ」

「ふん、かもしれん。わかった。じゃあ俺たち二人で口をつぐんでいるとするか？　俺たちが何にも知らないんじゃ、連中に何ができる？　拳銃は絶対に見つからないし、となるとこいつは未解決犯罪ってことになる。それでどうだ？」

「だけどサミー！」俺は反論した。「俺たちは殺人犯を野放しにするわけにいかないんだ。そんなのは市民として正しい態度じゃない」

「ご高説は結構」サミーは言った。「それに、誰かお仲間がおいでのようだ」

お仲間は小道具係チーフのマクガイアだった。彼は短くて茶色い針金みたいだった。抜け目なさそうな皺の寄った顔と、明るい灰色の目の持ち主だ。彼は笑いながら入ってきた。

「あの拳銃を片づけたいんだ」彼はサミーに言った。「明日まで要らないだろう」

「ちょっとしたら戻しとく」サミーがごまかして言った。「シーンのことで話し合ってるところなんだ」

マクガイアは肩をすくめ、出ていった。サミーは顔をしかめた。

「どんどん深みにはまってくな」奴は言った。「あいつに何て言ったらいい？　奴があの拳銃の責任者なんだ」

「困ったら責任は押しつけてくれるさ」

「じゃあ警察には何て言うんだ？」サミーはかなしげに言った。「あんたに拳銃を二挺渡したら、一挺しか戻ってこなかったって言うのか？　その一挺はカーラの幌馬車の中にあって、あんたはスミス&ウェッソン三十八口径っていう、おかしな拳銃を持っていて、そいつはあんたが凶器だと言ってるのとそっくりだと？　なんてこった。そしたらあんたはどうなることか。あんたはそのおかしな銃を持ってたが、今じゃそいつは消え失せちまった」

「だから俺は」俺はやさしく言った。「さっきからそう言ってるんだ。その結論はあまりにも明白すぎて、連中は本当の殺人犯は誰かなんて考えるのをやめちまうだろう。本当の殺人犯を見つけたければ、黙ってなきゃだめだ」

「ジョージ、俺はいやだ。俺はこんなことに関わり合いになりたくない」

「お前はもう関わり合いになってるんだ」俺は言い聞かせるように言った。「三十八口径の件でお前が嘘をついた時、黙ってろって俺に目で合図したのはお前だ。それだけじゃない、サミー、俺にはお前が必要なんだ」

「まったくなんてこった！」サミーはうなり声を上げた。「どうして人は友達なんてものを作りたがる？　友達に助けてくれって頼まれたら、協力するか卑劣な野郎になり下がるかのどっちかしかない。卑劣な野郎連中は立派にやってるのに。この業界にはそういう奴らがどっさりいて、立派にうまいことやってるんだ」

「ありがとう、サミー。お前なら俺のやり方をわかってくれると思ってた」

「あんたのやり方なんて全然わからないさ。だけど他にどうしようがある？」奴はドアの外をちらっと見た。「まったくもう、また誰かお越しだ。ここは男子トイレじゃないんだぞ」

リーゲルマンに本事業における自分の位置について訊ねていたあごひげの男が、ドアのところにやってきた。彼はサミーを鋭く黒い目で突き刺すように見た。

「リーゲルマンさんが、あなたに聞くようにとおっしゃったんです」

「そうだろうとも」サミーはつぶやいた。「とっとと悩み事をまとめて俺の膝に置いてってくれ」

その男はサミーが続きを言うのを待っていた。沈黙はいささか間の悪いものになっていた。

「それで？」サミーがとうとう言った。

「すみません」その男は謝った。「お話が終わったとはわからなかったもので。僕はどうして自分がここにいるのかその訳をはっきりさせたいんです」

「俺たちが映画を撮ってるとは」サミーはやさしく訊ねた。「思わなかったのかい？」

「いや」その男は威厳を込めて言った。「そこはわかっています。だがハリウッドで始まったこの奇妙なものごとの流れに、いささか当惑しているんです。僕のエージェントがおたくのスタジオに行くよう言ってきた。行ってみたら、七番ゲートに行けと言われた。七番ゲートには〝あごひげ〟と、貼り紙があった。中にいた男が僕を一目見て、月曜の朝、準備してここに来いと言った。なぜです？」

「あんたはそれで日給一五ドル稼いでるんだ」サミーはぴしゃりと言った。「何が欲しい？ もっといい役か？ もっと金を払えってごねてるのか？」

「なんと」その男は言った。「そんなにもらえるんですか？ じゃあ報酬に関しては何の苦情もありません。しかしまだ理解できないんですが――」

「そのうちぜんぶはっきりするから」サミーは言った。「準備していてくれ。指示が来るはずだ」

「わかりました」考え込んでいるらしき間があった。「ええ……わかりました」わかってない。その点ははっきりしていた。「ありがとうございました」彼は去っていった。長身で痩せ型、ねこ背で、頭を揺らしながら。

「時々変な奴が来るんだ」彼を目で追いながら、サミーが言った。「それで、どこまで話したっけ？」

「やってもらいたいことがあるんだ、サミー。フリンが殺された時に撮影してたフィルムを俺のトレーラーまで持ってきてもらいたい。今夜、現像にスタジオへ送り返される前にだ」

恐怖のあまり茫然自失し、サミーの目はまん丸くなった。「ジョージ！　マスターフィルムだぞ！　未現像のフィルムだ！　それはできない。連邦議会へ行って独立宣言のオリジナルを貸してくれって頼むようなもんだ」

「犯人に罠を仕掛けたいだろう、どうだ？」

「こんな条件じゃ、ノーだ。犯人のことなんて忘れた方がいい。もしリーゲルマンに見つかったら、俺は歯で生皮をはがれちまう」

「聞くんだ、サミー。カメラはあの時の一部始終を記録してる。あのフィルムは何百人もにアリバイを提供するんだ。俺たちがそれを持っていて、そこにはきわめて重要な手がかりが含まれてるってニュースをもし流したら、犯人はフィルムを手に入れて破棄しなきゃならなくなるだろう。もしお前が犯人なら、そうしやしないか？」

「マスターフィルムはだめだ、ジョージ！　なんて冒瀆（ぼうとく）行為を！」

「犯人はそうは思わないさ、サミー」

「だったらそいつはドブネズミ野郎だ。いいか、今朝のシーンは素晴らしかった。あのフィルムを破壊させる危険を冒すわけにはいかないんだ。また撮り直ししなきゃならなくなる。リテイクだってあるだろう。金がかかるんだ、ジョージ！　いいか、俺は一年間リーゲルマンと仕事をしてきた。奴は一セント払うたびに、アスピリンを一錠呑まずにゃいられないんだ。トラの子かよ！　って思うはずだ」

「誰か他人の金ならばだ」俺はサミーに思い出させてやった。「彼がプロデューサーとして成功したのはそのせいだ、思い出すんだ。成功したプロデューサーは金持ちになる。そしてリーゲルマンは――」

「田舎にささやかな小さな家」サミーは静かに言い、にやっと笑った。

俺はにやにや笑いを止めさせた。「あんまり薄情は言うな」俺は言った。

「二十六部屋に九浴室だ」サミーはつぶやいた。「プール二つ――ひとつはもちろん使用人用だ。素晴らしく見事な射撃の腕前を披露するための私設射撃練習場。昔カポネのボディーガードをやってた端役俳優と賭けをした時の話を覚えてるか？」

「彼が勝ったんだろう、ちがったか？」俺は言った。「俺もその場にいたかったなあ」最高の一夜だったに違いない。的としてカードのデッキが積み上げられ、リーゲルマンと元ボディーガードがそのカードを撃ってポーカーをやったのだ。「だが彼が自分の望むささやかな小さな家を持っちゃいけない理由はないだろう？」

「そいつの支払いを終えたら」サミーは言った。「さっさと売り払って別のささやかな小さな家の頭金に換えちまうんだ。今度はプライベート・ゴルフコースとポロ競技場つきのやつにさ」

「ああそうだ、彼は野心家だ」俺は言い返した。「彼の金だ。仕事の話に戻るとしよう。このフィルムの件だ」俺は言葉を止めた。「実を言うと、サミー、俺はリーゲルマンのためにこうしていると言えるかもしれない」

サミーは目をぱちぱちさせた。「どういう意味だ？」

「俺は金を節約しようとしているんだ、サミー」

「どうやって？」

「保安官が事件解決まで俺たちをここに引き止めたとしよう。お前も俺も、あいつにやらせたら未来永劫解決しないってことはわかってる。経費は毎日積みあがる一方だ。それでだ、もし俺たちが今夜事件を解決できたら、犯人をお上に引き渡して撮影を続けられる。時間を無駄にしなくて済む」

サミーはその問題について考えた。「あんたは解決できると思うんだな？」

「今夜だ」

「うーん」彼は小さい足の動きをそこで止めた。「わかった。だがあんた、自分のやってることがわかってるんだろうな」

「お前がフィルムを取りにいってる間」俺は言った。「何本か杭を並べて打って、リストレスが拳銃を捨てた砂丘の道案内をしてくれるようにしておくよ。このトレーラーが別のところに移動したら、目印がなくなるからな。それに今銃を探しに出かけるのは無理だ。見つかっちまう。あの二挺の銃が必要になると思ってるわけじゃあないんだが。だが危ない真似はよした方がいい」

「博物館級の拳銃のもう片方は必要だ」サミーが言った。「見つけた方がいい」彼はうめいた。「途方もなく高価な拳銃、未現像フィルム。誰かが俺たちに追い迫っている。なんてこっただ！じゃあな、ジョージ。俺が捕まったら、俺のためにバラを植えてくれ」

俺はしばらく座って考え込み、ささやかな自己侮蔑の思いをかき集めようとしていた。俺たちはまったく個人的な考慮に動機づけられている。俺は個人的な困難を防ぐために犯人を捕まえたかった。このこんがらがった状況では、俺ですら自分がどう無実かを保安官に説明できるかどうか怪しいものだ。サミーは映画をスケジュール通りに撮影終了する望みのために動いている。俺たちのどちらも、セヴランス・フリンについては考えていない。

ハンマーと杭を何本か取りに表に出ながら、俺はフリンについて何か見つけだしてやろうと決心した。殺人の動機を究明するためには、彼の背景をある程度知らねばならない。動機が特定できれば、あと必要なのはそこに足を置くべき人物だけだ。そしたら犯人がわかる。実に簡単だ。

最後の杭を打ち込んだ時、この最後の一打に身を入れていなかったら殺人犯は俺をこの世から抹殺していたかもしれない。俺はこの一打に精魂を込めていた。お蔭で命が助かったのだ。俺の頭は動いていた。光と闇の間の一瞬のうちに、途轍もない一撃を頭に食らったことを俺は知った。

第七章

生のブランデーがのどを焼き、頭では生け贄の太鼓が鳴り響く中、俺は救急トレーラーの中にいた。

サミー、ポール、リーゲルマンとラマール・ジェイムズがそこにいた。あまりにもぎゅうぎゅうに混雑していて、ぜんぶが腕と足のもつれ合いに見えた。

「ここがどこかはわかる」俺は言った。「だが今年は何年だ？」

「ほんの数分気を失ってただけだ」ラマール・ジョーンズが言った。「誰かがあんたをハンマーで殴りつけた。強烈な一撃を食らったわけじゃない。頭皮にちょっと裂傷があるだけだ。でなきゃ、どこぞであんた用の入場書類が用意されてたはずだ」

みんな俺がガラスケースに入れられて「ジョージ・サンダース。ボロボロだが善良の見本。『七つの夢』コレクションより」と印刷された札がついてるみたいに俺を見た。

ラマール・ジェイムズが言った。「あそこで何をしてた？」

採掘権を主張するための杭を打っていたという他に、俺は何の答えも用意していなかった。サミーにならあるかもと思い、俺は言った。「サミーに説明してもらってくれ。俺は話せる気分じゃない」

「なぜだ？」ジェイムズは聞き質した。「脳震とうは起こしてない。たいしたケガじゃない」

「誰かが俺の頭蓋骨の内側にセメントミキサーを置いてきやがった」

彼はにやりと笑い、黒い目をサミーに向けた。「俺たちは次のシーンについて話してたんですよ」サミーはぺらぺら言った。「ジョージがちょっと変更を加えたがった。それで彼が、具体的に説明するために何本か杭を打ったんです」

「具体的に説明するためにしては、ずいぶんと手のかかる仕事をしたもんだな」ジェイムズが言った。「あの杭に触ってみたが、地滑りだって止められそうな勢いだったぞ」

「つい夢中になっちゃって」俺は言った。

「ええ、お蔭で俺たち四人みんな振り回されてるんですよ。まったくバカだよな」サミーが言った。

リーゲルマンとポールは不信の目で俺を見た。二人は脚本を知っている。変更があろうとなかろうと、次の場面に数本の杭がどう収まるものか皆目見当もつかなかったのだ。俺にもわからない。俺は目を閉じた。そしてラマール・ジェイムズは皆を質問で攻めたてたのだった。

「誰かを見かけましたか？」

「いや」

「誰かの物音が聞こえましたか？」

「いや」

「あんたを殺そうとしたようだが」ジェイムズは言った。「どうしてあんたを殺したがる奴がいる?」

「見当もつかない」俺は目を開けた。「あんたと保安官はもう帰ったとばかり思ってたんだが」

「帰る途中だった」彼は言った。「そしたらサミーがあんたを見つけて助けを呼んでたんだ」

俺はまた目を閉じた。サミーに疑いの表情を見られたくなかったのだ。あの時サミーは俺の一番近くにいた。奴ならやれた。だが奴が行ってしまってから俺はしばらく待った。だとしても奴が現像場に行って、戻ってくる時間はたっぷりあった。

さしあたりその件には見切りをつけることにした。「それで今度は?」

リーゲルマンが言った。「それで今度はどうなってるかを話そう。今日の仕事は終了だ。君は殴られて休息が必要だ。それだけじゃない」彼はジェイムズに言った。「ジョージにはボディーガードが必要だ。犯人が次の被害者として彼を選んだのなら、撮影が終了するまで彼を守らなければならない。ジョージはスターだ」

俺はちょっぴり皮肉っぽく、彼に笑いかけた。「何があっても映画を危険に晒すな、だな」

「そんな無神経な意味で言ってるんじゃないさ、ジョージ」リーゲルマンは謝った。「だが映画は大きな考慮事項だ。投資を台なしにするわけにはいかん」

「これじゃあ話にならん」ジェイムズが割って入った。「もっと何かしら情報が手に入るまで、どうしようもない」彼はリーゲルマンの方に向き直った。「全員に伝えてくれ——本当に全員にだ

——街を出るんじゃない、と」

彼は肩を怒らせて出ていった。ブランデーが俺の胃の中で身体を温かくほてらせてくれた。俺の気分はまあまあ良くなった。

リーゲルマンがサミーに向かって言った。「二、三人適当な連中にジョージといるよう指示してくれ」彼は俺に向き直った。「彼らなしでどこにも行くんじゃないぞ」

「わかった」俺は言った。

サミーは外で俺を待っていた。「フィルムは手に入れた、ジョージ。ボディーガードの件はどうする？」

「まだいい」俺は言った。「幾つかはっきりさせたいことがある。フリンが割りふられた部屋がどこだかわかるといいんだが」

「知りたがると思って、調べといた。オルセンホテルの十四号室だ」

「じゃあ行ってくる。俺のトレーラーにフィルムを運び込んどいてくれ。後で会おう」

ハイウェイに入るまで砂道をコンヴァーティブルで全速力でぶっ飛ばした。それから三マイル突っ走ってロイヤルトンに入った。俺はホテルの中にぶらぶら歩き入り、嬉しいことにデスククラークは不在で、フリンの部屋を見つけた。

人間としてのフリン、彼の背景、習慣その他について何か知ることができれば、可能な動機を考察してそれに当てはまる一人の人物を見いだすための材料が入手できる。

彼の部屋のドアに鍵は掛けられていなかった。俺は中に入った。部屋は清掃され、ベッドは整えられ、彼の所持品はきちんと片づけられていた。その内容は服、パイプ数本、安タバコの一ポンド缶、タバコ一カートンである。箪笥の引き出しにそれ以外彼の物はなかった。ベッドのマットレスに何か隠されている気配もない。陶器の水差しには水が入っており、洗面器は空だった。クローゼットには服が数着掛かっていて、グローマンズ・チャイニーズ・シアターの半券が数枚と万年筆が一本あった他はポケットは空っぽだった。ベッドテーブルの上には紙マッチのくずと鉛筆数本、陶器の灰皿と空のグラスがあった。

ここがフリンの部屋であることを示す物は皆無だった。古い手紙なし、イニシャル入りのハンカチなし、何もなしだ。クローゼットの中の上等なピッグスキンのカバンにはやはりイニシャルはなく、中身も空だった。一見して空に見えたのだ。しかし、ぺしゃんこな仕切りの中に、新聞の切り抜きが一枚あるのを俺は見つけた。

そいつは切り抜きサービス会社によるものだったが、社名は切り抜きに貼られたピンク色のラベルからちぎり取られていた。こう書いてあった。

モンデスレーの悲劇

バーナム選出の国会議員で国内最古の一族の長であるヘイク卿は、金曜深夜に自宅ウッズ城にて肺炎で死去した。

ヘイク卿の長男ハリーは運転中のダイムラーが土手に衝突し、モンデズレーにてほぼ同時刻に死亡した。父の枕頭に急ごうとし、濃い霧に路に迷ったものと推測される。

イギリス紙のこの切り抜きには、その後二段落に及ぶ一族の歴史が続いていた。非常に退屈だった。俺にとってそいつは完全に無意味だった。

ドアにノックがあったから、俺は切り抜きをポケットに入れ、クローゼットの中に身を隠した。またノックがあり、しばらくするとドアがそっと開けられてワンダ・ウェイトが部屋に入ってきた。

彼女は白い短いドレスを着て、ブロンドの髪はそれに似合って波打っていた。愛らしい長い脚はむき出しで褐色だった。絵のごときその姿を俺はありがたく鑑賞したが、それから彼女の顔が険しくこわばり、青ざめているのに気づいた。

彼女はおびえた目で部屋を見回し、ただちにベッドテーブルに向かった。彼女は俺とテーブルの間に立って、俺に背を向けていた。俺はクローゼットのドアの隙間から目をこらし、彼女が何をしてるのか見ようとした。

彼女はテーブル上のすべてを手にとって調べているようだった。何かを探しているのか。彼女は何かを見つけて財布にしまい込んでいるのか。俺にはわからない。彼女が空のグラスを手にとって置くのが見えた。彼女は洗面台に移動し、陶器の水差しと洗面器を持ち上げて検分した。彼女はしばらくベッドの脚置きに手を置き、立っていた。それからほとんど突然身を翻し、走るように部屋を出ていった。

テーブル上の紙マッチのくずは、かき回されたようには見えなかった。紙マッチ、鉛筆、灰皿、空のグラス。紙マッチには全部ロイヤルトン金属製品会社のマークが付いていた。俺は目を閉じ、さっきちがうマークの紙マッチを見ただろうかと思い出そうとしてみたが、思い出せなかった。

彼女は何かを財布に入れたのだろうか？　テーブル上から消えた物は何もなさそうだった。彼女は何を探していたのか？　何より重要なことだが、彼女はそれを見つけたのか？　俺は頭がくらくらしてきた。

この場を離れた方がいいと俺は決めた。ラマール・ジェイムズが必ずやすぐにやってくるだろう。ワンダみたいにさまよい入ってくる名無しの人物は言うまでもなくだ。俺は切り抜きをポケットに入れ、立ち去った。

俺がトレーラーの中に設置した装置類の中に、ドアを突き抜けて光線を放つ光電電池がある。それはライトに接続され、俺が入ってきて敷居をまたいだ瞬間に明かりが点くようになっている。暗い中でスイッチを探して手探りしなくていいわけだ。

俺はリフレクターを後ろに取り付けた三〇〇ワットの昼間光白熱灯を照明回線に差し込み、壁の照明を全部外した。俺はこのサーチライトをドアに向け、大人の目の高さに設置した。誰かが夜中にこのドアを通り抜けたら、たちまち目をくらませてやれる。俺は仕上がりをテストし、うまくいくことを確かめた。

するとサミーがフィルムを持って到着した。ごく慎重にそいつを抱えながら、モナリザを持ち逃げした男みたいな顔でいた。

「心配するな」俺は奴を安心させた。「俺が持ってれば安全だ」

俺は平べったいピカピカの缶を見た。無害に見えるが、おそらくは犯人の手がかりを含んでいるはずだ。あるいは誰かの無実の証明をだ。俺は注意深くそれを持った。「ここがハリウッドじゃなくて残念だったな」俺はつぶやいた。「こいつを現像してプリントして、そしたら二人で見られたのに」

「俺の心配事を取り除くにはそれだけじゃダメだ」サミーはうめき声をあげた。

「あのフィルムにはおそらく手がかりの見事なコレクションが収まってるはずなんだ」俺は奴に言った。「あれを見られれば、罠を仕掛ける必要もなかったろうに」

サミーは横目で俺を見た。「ああ」と言ったきり、しばらく黙っていた。「あんたが奴を撃ってなかったことは俺が証明してやるよ。思い出したんだ。あんたはあの場面でカメラに向かっていた。フリンはお前の後ろの、群集の中にいた」

「もしあの時他の全員がどこにいたか思い出してくれたら」俺は言った。「ずいぶんと手間が省けるのになあ」

「すべてを見ることなんかできないさ」すまないとでもいうように、サミーは言った。「これから殺人が起こるなんて、知らなかったんだ」

「そりゃそうだ。知ってたのは犯人だけだ。それで思い出したことがある。もし犯人があのシーンにいたなら、カメラが一部始終ぜんぶ記録してることを知ってたはずだ。そんな危ない橋は渡れない。だからカメラの後ろにいた誰かにちがいないんだ」

サミーはため息をついた。「それで音響係、カメラマン、道具係、小道具係、クレーン担当、ポール、リーゲルマン、俺、スクリプターの女の子、衣裳係、それと食堂のコックとウエイトレス二人が残るって訳か」

「そのうちの大半は外せるさ、サミー。大体みんな大忙しだった」

「忙しくない奴がいたか？」サミーが反論した。「全員大忙しだった」

「ああ、そうだろうな」

「もしかしてあれは事故だったのかも、ジョージ。もしかしてあのバカげた保安官代理は三十八口径の件でおかしくなってるんだ」

「じゃあもう一つの銃はどこから来た？　あのスミス&ウェッソンだ」

「ああ」奴は陰気に言った。「そうだった」

「それにどうして誰かが俺の頭を殴りつけた？」

「ああ」同じように陰気な声で奴は言った。

「思いついたことがある」俺は言った。「フリンが撃たれた時、俺がカメラに向かっていたのをお前は覚えてる。もしカメラの後ろから弾が来たなら、そいつは俺のほとんど真ん前で撃たれたってことになる。だから、俺は犯人の方向を見てたにちがいないんだ。多分彼は——彼女かもしれない——俺が自分を見たと思ってる。となれば俺を殺す動機はたっぷりある」

サミーの顔が明るくなった。「そうか。そうかもしれない」

「あんまり喜ばないでくれ。これからどうするかを話そう。俺たちは外に出て報せをバラ撒くんだ。殺人の決定的証拠が入ってることがわかったから俺がフィルムを持ってる、って言うんだ。それが何かをお前は知らないし俺は言わない。お前は技術系の連中の何人かと事務系の何人かにそう言う。俺は俳優何人かに言う。それで一時間以内には誰も彼もが聞いてることになるはずだ。そしたら何が起こるか見てやろう」

「このフィルムはどうする？」

「俺たちが隠す。いやむしろ、俺が隠す。お前はすぐに行け。俺は後で行く」

「どうしてだ？」サミーは訊いてきた。「俺を信用しないのか？」

「もちろんしてるさ」俺は気楽そうに言った。「お前がやってないのはわかってる。フィルムがどこか知らなければ、誰もお前に自白させようって罠にかけたり、袋だたきにして情報を引き出そうなんてしない。お前自身を護るためだ」

「あんたを護る件はどうなる？」サミーは言った。「あんたにボディーガードを用意しなかったことがリーゲルマンに知れたら、俺はとっても困るんだ」奴は言葉を止めた。「俺が本当に言いたいのは、どこにフィルムがあるかあんたが知ってるなら、誰かがあんたを袋だたきにするのを何が防いでくれるのか、ってことだ」

「俺の身体は自分で護るつもりだ。俺は銃を持ってる。そいつを肌身離さず身につけてるさ」

サミーは丸い肩を更に丸めて出ていった。俺はドアロに立ち、奴が月光の下数百ヤード歩いて愛車のクーペにたどり着くまで見守った。

俺は明かりを点け、測量を開始した。俺のトレーラーから波打ち際までは数百フィート距離がある。堅い砂地が傾いだ月に明るく照らされていた。あの方向からなら誰が来たって見える。街側についても同じことが言えた。むき出しの砂が俺を囲んでいる。街は半マイル先でほのかに輝いている。その輝きのせいで、そっちの方向から来る者は誰でもシルエットを浮かび上がらせることになる。

浜辺には角が取れた巨岩がごろごろして、不可思議な影を落としていた。あちらからなら誰にも知られず、俺に近づけるだろう。

俺は光電サーチライト装置の電源を切り、座って待ち構えた。間もなく誰かがそのドアを通り抜けてくるはずだと、俺は確信していた。

時は進行する気配も感じさせず、闇の中をゆっくり這い進んだ。時計はぎこちなく次の位置へと針を進めた。そのちくたく音は規則正しい足音みたいだったが、地面からはけっして足を離さないように感じられた。そういうわけで俺はそこに何年間も座り込み、訪問者に備えて、耳をそばだたせていたのだった。

頭に思考が戻ってきた。厳粛に、俺はカメラ前をギャロップで走り抜けたり顔をゆがめたりした連中を容疑者リストから全員外した。犯人はカメラの向こう側にいたにちがいないのだ。

今すぐにも犯人はサミーの作り話を聞くことだろう。すると必然的に犯人は俺の部屋のドアを通って、何があるかを見に来るはずだ。冷え込みだした闇の中で、俺の粗野な狡猾（こうかつ）さが身体を興奮で温めてくれた。

緊張に感度を増した俺の耳が、表の音をとらえた。どんどん大きくなる。砂をざくざく踏みしめる無頓着な足音がする。そうだ。犯人はこういうふうに人目もはばからずやってくるものなのだ。なぜなら自分が疑われていないと信じているし、もし見られてもきっともっともらしい作り話ができるのだから。俺は窓台の腰掛けから小型のピストルを取り、ドアの方向に向けた。

ドアが開くとサーチライトがパッと点いた。

「動くな!」俺は言った。「撃つぞ」

俺のエージェント、メルヴァ・ロニガンがまぶしい光線に目をくらませてまばたきし、身体を震わせた。「何これよかった」彼女は言った。「もうちょっとで凍え死ぬところだったわ!」

第八章

俺はスイッチをぴしっと切り、われわれは闇に浸かった。「こっちに来て座るんだ」俺はシッと言った。「静かにして」

「だけどどうして？」彼女はなおも訊いた。

「犯人を待ってるんだ。あの明かりを見られてないことを願おう」

「フレッドが見てたことを願うわ、ジョージ。あたしたちが誰にも見守られずに暗闇にいるの、彼はいやがるの」

「ああまったく」俺は言った。「フレッドもか。ここに三人もいたんじゃ、犯人は入ってこれない。そのドアをけとばしてくれたら、明かりが点くんだが」

サーチライトがまたパッと輝き、メルヴァは目を覆った。「その灯台の明かりは点けてなきゃいけないの？」

我慢できるくらいのところまで照度を落とした上で、俺は彼女をにらみつけた。「正義の車輪を妨害した件については、何か説明があるんだろうな。それにどうして上着も着ないで外に出たんだ？　そのドレス、それっぽっちの布きれじゃハリウッドのあったかい夜にはいいかもしれないが、ここは三百マイルも北だし、海岸なんだぞ」

「ここまで五時間で着いたのよ」彼女は得意げに言った。「フレッドが悪魔的な天使みたいに運転したの。天使的な悪魔かもだけど。ねえ古い毛布か何かない？　ストーブは？　あたしののどをかき切ったら、吹き出す血が深紅のつららになりそうなの」

俺は電気ヒーターを点け、彼女はその横に立った。「うーん！　あったかい！」

表の砂をざくざく踏む靴の音がして、フレッド・フォーブズが入ってきた。奴は長い馬面に作りものの疑念の表情を取り付けていた。「明かりが消えたり点いたり薄暗くなったり、いったい何の騒ぎだ？」

「ジョージがまた発明をしたのよ」メルヴァが言った。「けとばして隙間に穴を開けるの。そしたら照明ができるでしょ。多分お金にはならないけど、でもキュートじゃない——目もくらむばかりに」

フレッドは笑った。「この人が貧乏人のエジソンになろうとしてるのか、ただのドン・アメチー（アメリカの映画俳優。『科学者ベル』（一九三九）をはじめ多くの伝記映画に主演）なのか、俺にはわからんな」

「バカにしないで」メルヴァがたしなめた。「みんなライト兄弟を笑ったのよ。思い出して。とはいえあたしだって」彼女は思慮深げにつけ加えた。「彼らがネズミ捕りに火災警報機を取り付けようとはしなかったってことは、認めなきゃいけないけど。あのポンコツが失敗して本当によかった。動物虐待防止協会との面倒はともかくとして、ネズミの身にもなってあげなさいよ。ネズミ捕りに捕まっただけでもかわいそうなのに、小さい耳にあのでっかい音が鳴り響くのよ」

「俺のお気に入りは」フレッドは夢見るように言った。「自動ラジオつけ器だな。人間の声にアレルギーがあって、コマーシャルが始まると自動的に音楽に切り替わるんだ。あれはよかったろうなあ——成功さえしてれば」

「お前らのウィットの大安売りは」俺は言った。「うんざりだ。というか、苦痛だ。俺の発明がぜんぶ失敗ってわけじゃない」

「人の常、世の習い」フレッドが言った。「いつもあんたはそうなんだ。電話装置はどうなった？拡声器とマイクを各部屋に付けるやつ」

「お前の知ったこっちゃない。座れ。お前が立ってると、バラバラに壊れそうに見えていやだ」

奴はにやっと笑った。「俺はなんて言うかさ、繋ぎ目がゆるいんだ。聞いてくれ。いい考えがある。こう広報するんだ。あんたがこれから——」

「だめ！」メルヴァが割って入った。「ジョージ、関わり合っちゃだめよ——」

「関わり合いにならない？」フレッドが叫んだ。「ならないだと？　この機会を——」

「回復する機会よ」メルヴァが口を挟んだ。

「だまれ!!」俺は言った。「お前らといると死にそうな気がする。いったい何の騒ぎだ？」

メルヴァは手を振ってフレッドに黙れと促した。「あたしが説明するわ。今日の午後三時頃、誰かが殺されたって聞いたの。それであたしたち来たんだわ——あたしはあなたを護るために。フレッドはあなたを破滅させるために」

「二人で役割を取り替えてくれたら、俺としてはもっと面白いんだがなあ」俺は言った。「護ってもらう必要なんかない」

「じゃあその包帯はどうしたのよ？」メルヴァが詰問した。「その下はどうなってるの？」

「たんこぶ頭さ、ダーリン。犯人が俺をぶん殴ったんだ」

メルヴァは衝撃に打ちひしがれ、うめき声を放った。「まあ、ジョージ！」

「たいした怪我じゃない」俺は彼女を安心させた。

「神様ありがとう」彼女は深い感情を込めて言った。「あなたが殺されたら、あたしもエージェントを廃業しなきゃならなくなるわ」

「君の心配顔は」俺は言った。「恐ろしく美しい」

彼女は厳しく俺に指を向けた。「あなたはこの殺人に関わらないこと。いい？　うちにそんなお金はないの」

フレッドが言った。「だが――」

メルヴァは凶暴な態度で奴の言葉を止めた。彼女は俺に切れ長の目で疑いの目線を送った。「あなた、この件で探偵を演じてるの？」

「演じてやしない」俺は苦々しげに言った。

「じゃああたし、このままここに居てあなたがこの件から手を引くまで見てるわ」彼女は頑強に言った。「いい？　あなた、犯人探しをしたお利口さんがどうなるか知ってる？　犯人を見つけたとしても、それを知ることはないの。あなたを殺させはしない。以上は決定よ」

「これまでのところ、何がわかった、ジョージ?」フレッドが訊いた。

「何であれ」メルヴァが割って入った。「ジョージはもう忘れたの。いい、ジョージ? あなたほんの数日前にあたしのところにやってきて、もう金輪際探偵役はやらないって言ったじゃない。だけどあたしにはわかってたの。あなたの血の中に流れてるんだわ。殺されたその人のこと——何て名前だったっけ?——聞いた時、あなたが絶対深入りするってわかったの。だからあたし、自分でやめるって言ったことはできないでしょって言いにここに来たのよ」

フレッドは彼女の肩をつかみ、窓台の作り付け椅子に無理やり座らせた。奴の行為にも表情にも、彼女からの抗議はなかった。「あなたはそこで静かにしていて」フレッドは言った。奴は彼女を無視し、俺のほうに向き直った。「俺の考えはこうだ。あんたはこの事件を解決できる。そうだろう?」奴は何か言おうとしたメルヴァの口に手を強く押しつけた。

「お前ら二人が居るべきところに居てくれたら、とっくに解決済みだったはずなんだ」俺は言った。「今や何が起こるかは神のみぞ知るだ」

「じゃあ犯人の目星はついてるんだな?」

「あるいは、俺が目星をつけられている」包帯に触れながら、俺は言った。

メルヴァはフレッドの手を噛んだ。奴はあわてて手を放した。「あたしはそのことを言ってるの」彼女は言った。「うちを廃業させるつもり?」彼女は怒ったふうに訊いた。「ジョージはこの件に関わり合いになって頭を殴られたのよ。手を引かなきゃ」

「できない」俺は言った。「俺は容疑者なんだ」

「まあ、なんてことでしょ！」メルヴァはうめいた。「あなたのキャリアがパアよ！」

「ひとこと言わせてもらえれば」俺は言った。「つまりあんまり気にしないで欲しいんだが。俺としてはあんたら二人は俺のために働いてくれてると思ってきた。時にはその点あやしいこともあったけどさ。いずれにせよ、あんたらの報酬は俺の所得税から控除されるし控除できるわけだ。つまりあんたらは法律的には俺の被雇用者だ。だから、ボスとして命令させてもらう。出てけ！」

「何が起きてるかわかるまでは無理ね」メルヴァがきっぱりと言った。「あなた、あたしたちを実力排除しなきゃいけないわ。そしたらあなたを暴行罪で逮捕させてあげる」

「あんたらは俺の私有財産に不法侵入してるんだぞ」俺は指摘した。

彼女はスカートを膝上に引き上げて証人席で座っているポーズに足を配置した。「あたくしは彼にふくらはぎ用のマッサージゼリーを届けにいっただけなんですの」彼女は想像上の十二人の陪審員たちに向かって言った。「すると彼があたくしに攻撃してきたんです」それから俺に向かってやさしく言った。「陪審員はあたしとあなた、どちらを信じると思って？」

「カラ脅しなんか面白くもない」

「あなたこれをカラ脅しだと思ってるの？　あたしを追い出してごらんなさいな」

「この人は本気だぞ、ジョージ」フレッドは言った。「前に俺を逮捕させようとしたことがあった。俺にシガレットケースをくれて、俺はそいつを弟にやっちまった。そしたらカンカンに怒って、俺が盗んで弟に転売したって主張したんだ。弟は未成年じゃなかったら盗品の譲り受けでパクられてるところだったんだぞ。だからこの人に口実を与えちゃダメだ」

俺はドアに向かった。「でかける。腹が減ってる。二人してここに居て、好きなだけのんびりしてればいい」

二人はフォックスハウンド犬みたいに俺を追いかけてきた。「あらよろこんでご招待をお受けしてよ」メルヴァが言った。「あたしたちを夕食に連れてってくださるの、本当に久しぶりね。あなたの車で行く？　それともあたしたちの？」

「でかけるだと？」入口から声がした。ラマール・ジェイムズがドアにもたれかかって、俺たちをじっと見ていた。彼は中に入ってきた。「つかまえられてよかったよ」彼は俺に言った。

「つかまえたですって？」メルヴァが言った。「この人何もしてないわ。ずっとあたしといっしょだったんですもの」

ジェイムズは値踏みするように彼女に目を走らせた。「どちらさまですかな、お嬢さん？」

俺が紹介した。「俺のエージェントと、宣伝担当だ」

ジェイムズはうなずいた。「サンダース氏がお困りだと、どのようにお知りになられたのですか？」彼はメルヴァに訊いた。

「殺人あるところ」彼女は言った。「ジョージが遅れをとること、あり得まして？」

ジェイムズは少し笑った。彼は俺を見た。「ちょっと話をしにきたんだ。いくつか質問がしたい」

「いいとも」俺は言い、フレッドとメルヴァに向かって言った。「ご訪問ありがとう。それではハリウッドで会いましょう」

「ダメ、ダメよ！」メルヴァが言った。彼女はジェイムズに向かって言い足した。「あたくしども、この資産には相当額を投資してますし、彼には五体満足でいてもらうつもりですの。分割したら何にもなりませんから」

ジェイムズの目がちょっときらめいた。「もううんざりだ」彼は率直に言った。「このハリウッド流の態度にはな。あんた方には一人の人間が殺されたってことが、頭にないのか？　人命が奪われたんだ。被害者が誰で何者であろうと、彼の命だったんだし彼は生きたかったはずだ。だが――」彼は言葉を止め、髪に指を走らせた。「こんな連中は初めてだ。リーゲルマン氏は撮影スケジュールの心配をしている。何て名前だった――ポールだ――奴は誰かが別の誰かの労働許可証で紛れ込んだせいで自分が仕事を失くす心配をしてる。あの太った男、サミーだ、奴は次から次にウソばっかりだ。そしてジョージ・サンダース氏はありとあらゆることで俺の気に障る。だが、人が一人死んでるんだ！　奴は生きたかったはずだ。あんたたちと同じようにな。そのことがわかってるのか？」

間の悪い沈黙があった。

「ごめんなさい」メルヴァがつぶやいた。彼女は言葉を止め、弁解めいた口調で言った。「でも自分の利害を考えるのは当然でしょ」

「ええ、わかりましたよ。さてとサンダースさん、こちらのお二人はどうされますか？　お二人の前でお話しになりますか？」

俺はため息をついた。「いやだと言ったら？」

「あなたを逮捕することもできる」彼はきっぱりと言った。「そしたら独房内で話ができますね」

「何の嫌疑で逮捕する?」

「その点についてはあとほど」

「じゃあいてもらったほうがいい」俺は決意した。「婆婆の友達が必要になるかもしれないからな。何が知りたい?」

「椅子に掛けましょう」彼は言った。「ゴングを待ってるボクサーみたいにつっ立ってたってしょうがない」

椅子の数はかろうじて足りた。メルヴァはこの界隈の混雑を見て、言った。「〈残席立ち見のみ〉の看板を出しといてちょうだいな、フレッド」

ジェイムズは彼女に一瞥をくれ、それを受けて彼女は顔を赤らめた。「さてと」彼は俺に言った。「フォルサム嬢がフリンを撃ったはずがないとあなたはおっしゃった。なぜそうわかるんです?」

「彼女はそういうタイプじゃない」俺は言った。

ジェイムズは黒髪の頭を頑強に振った。「そんなのは俺には通用しない。〈タイプ〉なんてものは存在しないし、あんたはそれを知っている。あんたは情報を隠してるんだ、サンダースさん。それが何かを知りたい」

「バカなことを言わないでくださいよ」俺は言った。「俺はカーラを何年も知ってるし、彼女に殺人を犯す能力がないことも知っている。彼女はとってもかわいらしい、やさしい人間だ」

「いいですか、サンダースさん、俺はあんたが間抜けじゃないことを知っている」ジェイムズは辛抱強く言った。「あの女性はおびえている。あんたはそれがわかって急いで彼女をかばった。俺は彼女への質問を続けなかった。なぜなら時間は十分にあったからだ。待ってどうなるか見きわめようと考えた。だが考え直してみて、彼女が発砲してないと信じる何らかの理由がなければ、あんたは口を挟んでこなかったはずだってわかったんだ。つまり、実際的で具体的な理由だ。それは何だ？」

「彼女に対する俺の信頼だ」俺は厳かに言った。

「ギャラハッド（アーサー王物語の「もっとも偉大な騎士」）だわ！」メルヴァがつぶやいた。彼女が言うと、悪い言葉に聞こえた。

俺は毅然たる態度を貫いた。「他に何も言うことはない」俺は彼に言った。

「わかった。それについては措くとして、別の件に移ろう。あんたは弾はスミス&ウェッソン三十八口径から発射されたものだと言った。傷を見ただけでそうとはわからないはずだ」

「どうして？」俺は訊いた。「ご記憶ですか？　死体を見つけたとき、俺はまだ撃たれて間もない時点で弾傷を検分することができたんですよ」

「どうしてスミス&ウェッソンだと思ったんだ？」

痛いところを衝かれた。商標を見なければ、俺にはスミス&ウェッソンとウェブリーの見分けもつかない。「簡単だとも」俺は言った。「銘柄と型式により拳銃の特徴は明確だ。俺はそういうことを俺なりにささやかながら研究してきた。調査研究の結果、俺は凶器の銘柄が区別できるんだ」

ジェイムズは鼻先でせせら笑った。「いいか、あんたはこのことすべてを検死陪審の前で話さなきゃならない。だからもっとましな物語を用意したほうがいい。おわかりとは思うが、俺も検死官なんだから」

「真実を述べている限り、俺が恐れることは何もない」

「ああ、真実を述べている限りはな。コルト三十八口径スペシャルとスミス&ウェッソン三十八口径から発射された弾の弾道学的特徴の相違をひとつお話しいただけませんか」

「気が向いたらな」俺はズルを言った。「俺はあんたに出ていけと命令できる。あんたと話す必要はない。俺は逮捕されたわけじゃない」

彼はため息をついた。「いや、あんたは逮捕もされてるんだ。そうしなくて済むよう願ってたんだが。俺はフリンを殺害した人物を捕えようとしている。新聞相手にいい格好がしたいだけのアマチュアに興味はないんだ。宣伝担当者がここにいるってことは、そういうことだろう。知ってることを話してくれるかと期待してたんだが。あんたは俺の知らないことをご存じなわけだからな。だが非常に迷惑だから、逮捕する」

「何の容疑で?」俺は静かに訊いた。

「駐車違反だ」彼は言った。「何者も砂浜に住居を建ててはならないとする市条例がある。確かに保釈で出られるか一〇ドル支払うかだが、しかし明日まではだめだ。なぜならギルディング判事がもうご帰宅された後だし、判事はプライベートを邪魔されるのを嫌われるからな。それまでの間、あんたと俺で腹を割った話が何時間かできるだろう。さあ来てもらおうか!」

第九章

彼は本気で俺を逮捕したかったわけではない。だったらおあいこというものだ。俺だって本気で逮捕されたかったわけじゃないんだから。

こう言うと生真面目すぎるように聞こえるかもしれないが、他にも重要な考慮があったのだ。俺は真理がすべてに勝るとは信じていない。歴史は真と偽の間の戦いの汚点だらけだし、どちらが勝つかはコイン投げで決まるようなものだ。だから、俺はセヴランス・フリンを砂ぼこりの中に死なせ横たえてはいないが、ラマール・ジェイムズや陪審員たちにその事実を確信させられるかどうか自信はない。

最初の衝動に従って銃について真実を語っているべきだったってことは、じゅうじゅうわかっている。だがサミーとリストレスが更に状況を複雑化させた今となっては、もはやそんな真似はできない。

むろんフィルムが現像されれば、俺の無実は証明されるだろう。だがそれまでは、ラマール・ジェイムズは俺を独房に押し込めて、一晩中尋問することだってできるのだ。俺の考える最高の一夜とは、ちっぽけな町の監獄で過ごす夜ではない。

それはそれとして、俺が犯人に仕掛けた罠のことがある。もうだいぶ邪魔され尽くしている。

俺はラマール・ジェイムズを見た。「俺をブタ箱に入れる必要はないだろう」俺は言った。「話ができればいいんだ。夕食にでかけて静かなおしゃべりを楽しむのはどうだい？」

ジェイムズは顔を紅潮させた。「俺は買収されない」

「ある人物を夕食に誘うことが贈賄未遂を構成するのか？」冷たい権威をもって俺は訊いた。

「今回は」彼は断固として言った。「そのとおりだ」

一本とられた。俺は彼の質問に答えないし、彼は俺と夕食には行かない。この膠着状態は緊張した沈黙をもたらした。

フレッドがその沈黙を破った。「こっちは三人いるんだ、ジョージ。こっちの田舎警官さんに教訓を教えてやろうじゃないか。駐車禁止なんておふざけはやめてもらいたい。そんな話じゃあ田舎の週刊誌の見出しだって取れっこない。もし殺人容疑ってことになってくれたら――」

「見出しを妄想するのはやめなさい」メルヴァが命令した。彼女はジェイムズに向き直った。「この人を監獄送りにはできないわ。明日仕事があるの。もし一睡もできないと、この人悪魔みたいな顔になっちゃうんだから。この人を監獄に入れさせるわけにはいきません」

ジェイムズは彼らを一顧だにしなかった。「ご同行願います、サンダースさん」

「俺自身の福祉についてひとこと言わせてもらいたい」俺は言った。「もしお前たち――お前ら全員がだ――軽旅団みたいに突撃してこなかったら、俺はもうとっくの昔に犯人を縛り上げてたはずなんだ」突然思い当たったことがあった。「とっくの昔じゃあなかったかもしれないが。だが、これを見てくれ。何分間かみんなが静かにしてくれたら、テストしよう。今夜、犯人のために俺は罠を仕掛けた。もう一度仕掛けたって、まだ手遅れじゃないかもしれない。試してみるってことで、あんたもいいな？」俺はジェイムズに訊いた。

「どんな罠だ？」

俺はサミーが表で話を触れ歩いていることを説明した。「話は何だっていいんだ」俺は言った。「犯人をここにおびき寄せるための話ってことでいい。むろん、犯人がこの照明と俺たちの話し声に驚いて逃げ出した可能性もある。だがまだ始めてない可能性もあるんだ。俺がライトをつけてる間、皆さんには静かにお座りいただきたい」

許可を待たずに、俺はふたたび部屋を暗くしてサーチライトを回路に接続した。「息の音を立てないで」俺は言った。

「俺はあんたとドアの間にいる、サンダース」ジェイムズは言った。「逃亡するんじゃないぞ」

「素敵な絵だわ」メルヴァがつぶやいた。「ジョージが駐車違反での逮捕に抵抗して射殺される。ジェイムズさん、彼の報酬獲得能力を一セントでも落としたら、その瞬間からあたしに取り憑かれるわよ」

「撃つなら見えない箇所で頼む」フレッドが言った。

「だまれ！」俺はシーッと言った。

となれば、あとは皆さんおなじみフラー・ブラシのセールスマンにご訪問いただくだけだ。夜明けまでにそいつが来るのは間違いない。もっと大勢が俺の許を訪問したい渇望にあえいでいるというなら、俺としては靴べらにバターを塗っておいてやらなきゃならない。

俺は闇の中で、犯人の立場になって考えてみようとしていた。奴はフリンを射殺し、俺に銃を押しつけた。次なる展開はほぼ必然的だ。つまり、銃は俺の手許で発見され、俺は逮捕され、そして事態は混迷を深めて犯人は逃走するはずだった。だがサミーが銃を持ち去り、捜査は予期せぬ方向に迷走してしまった。すると犯人はどうする？　俺の知る限り、奴は何もしなかった。あたかも仕事をやり終え、その件についてはもはや関心なしでいるが如しだ。奴はその一件から手を引いてしまった。だが、俺があの杭を打ちつけていたとき、奴の関心は復活した。

なぜだ？

犯人がサミーでない限り、俺が何をしていたか犯人には知りようがない。リストレスが凶器を投げ捨てたことを、犯人は知りようがない。ならばなぜ、奴は俺を殴り倒したのか？　スクリーンの探偵としての俺の実績があまりにも固定観念化していて、それで現実と映画人とを混同したのだろうか？

かもしれない。俺が死体を発見した時から、犯人には俺の反応が観察できたのだ。奴は俺が幌馬車の中の銃を発見するのを見られた。俺がジェイムズとキャラハンに作り話をするのを聞くことができた。俺たちが奇妙な銃を持っていることをサミーが知ってるのを奴は知っている。奴は俺とサミーがひそひそ声で会話する姿を見られた。

となると犯人は思い出せたわけだ。つまり、『セイント』あるいは『ファルコン』として、俺が通常の枠にははまらない犯罪に引きつけられてきた、ということを。またこういうスーパー探偵として、俺はいつだって犯人を追いつめてきた。正義は勝利し、無辜（むこ）の者はその潔白を見事証明し、俺を最高だと思っている女の子は相変わらず俺のことを最高だと思いつづけ、そして大きく見開かれた彼女の瞳は「ジ・エンド」へとフェードしていくのだ。

俺の行動を見、映画における俺の数々の勝利を思い出し、この俺が自分にとってよろしくない存在であるとの結論を、殺人犯は容易に下せたことだろう。

今や問題は、奴がすでに照明と声にびっくりして逃げ去ったか、それともフィルムを探し求めてここにやってくるか、である。奴がフィルムを処分しようとするのは心理学的に確実だ。破壊しなければならない、と犯人は思うのだ。そこには何かきわめて重大なことが含まれているのだから。

ならば後は待つだけだ。もし犯人が今夜現れなければ、また別の罠を仕掛ければいい。むろん、俺が刑務所に行かないで済んだとしての話だが。

われわれのたてるかすかな呼吸音と物音、そしてささやき声で沈黙を命ずる波の音を衝いて、ドアの向こうから足を引きずる音が聞こえてきた。あたかもそれは、誰かがトレーラーまで忍び足で近づいてきて、今は優柔不断に、最初は一方の足で、それからもう一方の足で立っているかのようだった。これは俺が考えていた殺人犯のイメージに合わない。奴はおおっぴらに来るはずなのだ。だがそれから、これまでのところ俺が何かについて正しかったことはひとつもなかったのを思い出した。フリンの死が事故ではないと主張した以外はだ。

他の連中もこの音を聞いた。全員息を止め、俺はみんながあんまり長いこと呼吸を止めていないようにと願った。もし全員いっしょに息つぎしようと息を吸い込んだら、誰であれ表にいる人物は、どういうわけで蒸気機関車がここに入り込んだのかと不思議に思うだろう。

だがドアはそっと、そっと表に向かって開いた。月に照らされた外の砂地に投影された形のはっきりしないシルエットは、長身のスリムな人物だった。その人の足が光電ビームを遮ると、日中光バルブがこの上なく美しい人の姿を映し出した。

ワンダ・ウェイトはまた衣裳を替えていた。今度は身体にぴったりした光沢のある黒サテンのドレスと黒い毛皮を着ていた。彼女の髪は耳の後ろにつやつやにとなでつけられていた。ここに翡翠のシガレットホルダーがありさえすれば、みんなが第一巻目から疑っていた魅惑的なスパイの代役ができる。まぶしさに茫然と立ち尽くし目をぱちぱちさせながらですら、彼女は刺激的な陰謀の中心人物に見えた。

俺はライトを止め、ワンダは俺たちを挑発的な――おびえていたとはいえ――青い目で見つめてきた。彼女はメルヴァとフレッドに、凍りついた笑みで挨拶を送った。彼女は俺とジェイムズを無表情で見、バッグの中から翡翠のシガレットホルダーを取り出してタバコを挿し入れ、誰かが火を差し出してくれるのを待った。

俺が火を点けた。彼女の目の中の表情を分析しようとしながらだ。それは恐怖と虚勢の複合体だった。それから突然、彼女の目が変化した。一瞬前にはベールに覆われていたものが、涙でうるんだ。うっとりするあまり、俺はマッチで指を焼いてしまった。彼女から目線を離すことなく、心奪われたように俺は炎を消した。

彼女の目は哀願していた。盲人でない限り、彼女が宣教師の妻を演じただなんて信じられないだろう。また彼女がこんなふうに見える時に殺人のことなんか考えられるのは、よほど感性の鈍麻した人間だけだろう。

感性の鈍麻したジェイムズは言った。「あなたはここで何をしているのですか?」

彼女はその〝わたしは永遠にあなたのものよ〟目つきをたっぷり三十秒は動かさなかった。それから計り知れないほどの哀しみに満ちた表情で、俺の目から目を離した。ジェイムズには、嘆き悲しみながらも不可避のことを受け入れる中途半端な笑みを送った。彼女は肩をすくめ、件のシガレットホルダーで思わせぶりな身ぶりをした。ジェイムズは狼狽しているようだった。俺は頬が赤らむのを感じた。

メルヴァが言った。「コーンフィールド、われら来れり! だわね」

ジェイムズがもういっぺん言った。「あなたはここで何をしているのですか?」

ワンダの声には狼狽があったが、それでもなおハスキーで意味深さに溢れ返っていた。「説明しなきゃいけなくて?」

ジェイムズは俺をチラりと見た。何も言わなかったが、うらやましげな気配が窺えた。

メルヴァが意地悪く言った。「それが時には殺人の動機にもなるのよ」

ジェイムズはまばたきし、夢から醒めたような顔をした。彼はワンダに向き直った。「私は真実が知りたいのです」無理矢理むっつりしたように彼は言った。

彼女はそのまなざしに哀しみを少々投入した。「ウソだったら、女がこんなふうに入ってくるものかしら？」

「わかりません」ジェイムズはそっけなく言った。「一度も女性になったことはないもので」彼は俺に向かって言った。「お客人ですよ」

俺は白馬の騎士ランスロットになった。「彼女の言葉の真実を疑う理由はない」

「もっと広いところに移らない？」メルヴァが訊いた。「まだ追っかけギャルが来るとすると、みんな押しつぶされて窒息しちゃうわ」

気づいたのだが、フレッドはワンダが入ってきて以来、口を開けて微動だにせず立っていた。

ジェイムズは脱線を拒んだ。「指紋をいただきたいのですが」彼はワンダに言った。

彼女は動揺した。「どうしてですの？」

「指紋が欲しい。それだけです」

「ロマンティックな刑事さんですこと」メルヴァがつぶやいた。「思い出にね！」

ワンダはまた脅えた。ぎゅっと握りしめられ震えていた彼女の手は、バッグを開けて中を探り、口紅を取り出してキャップを外そうとした。キャップは手からこぼれ落ちた。

ジェイムズが身をかがめてそれを拾い上げた。ワンダは手を差し出し、ありがとうの硬い笑みをもう用意していた。しかし保安官代理は口紅を注意深く自分のポケットに入れた。

ワンダの手はまた震え出した。「返していただきたいの。よろしければ」

「後ほど」ジェイムズは言った。「おそらくですが」彼はドアのところに行った。「これは証拠品です。街を出ないでください」彼は出ていった。

困惑の沈黙がわれわれにのしかかった。ワンダは明らかに激しく落ち込んでいた。メルヴァは彼女を不思議そうに見た。フレッドはただただ彼女に目を向けていた。

「さてと」俺は思慮深げに言った。「こいつは俺の脚本家が書いてなかったことだ。いやがる容疑者から指紋を採る、新手法だな」

「わたしが何したっていうの？」ワンダがささやくように言った。「人生で一度だって誰かを傷つけようとしたことなんてないのに。だのに犯罪者扱いされて」

彼女はくるりと踵（きびす）を返し、トレーラーから走り去った。

第十章

メルヴァは言った。「これでみんな片足立ちはできるわね！」

「あのお巡りは何でワンダに興味を持ってるんだ？」フレッドが訊いた。

「誰かがセヴランス・フリンを射殺した」俺はそこのところを指摘した。「ワンダがやった可能性もある」

「そうなのか？」フレッドは緊張した顔で訊いた。

「いや。彼女はやってない」

「じゃあどうしてあなた、あの警官にそう言わなかったの？」メルヴァが聞いてきた。「彼女が無実なら時間の無駄でしょ」

「まだ彼にそう言うだけの準備ができてない。正直なところ、あんたらお二人がうちに立ち寄ろうなんて冴えた思いつきをしてくれてさえいなかったら、俺は今夜ここで犯人を捕まえてたはずだと思ってる。さてと、それじゃあ夕飯に行くとするか。もう犯人もびっくりして逃げ帰ってる頃合いだからな」

メルヴァは俺とドアの間に立ちはだかった。両手を腰にあて、脚を大きく開いて俺をにらみつけている。「そう、あなたまだあの警官さんに話す用意ができてないの！　あたしの話をお聞きなさい、ジョージ・サンダース。この殺人事件を解決しようなんてバカげた考えはあきらめなさいな。あなたはここに映画を撮りにきてるの。それで、もしちゃんと仕事ができなきゃ、あたしはあなたにもう大役を獲ってきてあげられなくなるの。それでこの件にかかずらわってたら、あなたにちゃんとした仕事はできないの。殺されるかもしれないって事実は別にしてよ。だからとっとと走っていってあの警官に知りたいことを教えてやんなさい」

「そんなことしたら、奴は俺を逮捕する」

「だけどどうして？　あなた彼を殺してないって言ったでしょ？」

「俺は彼を殺してない」俺は辛抱強く言った。「そのことは証明できると思う。だが俺が提供できるまさにその証拠が、俺にある程度罪を負わせるんだ。それはたぶん俺を無罪放免にしてくれるだろうが、同時に俺が嘘をついただけでなく捜査の邪魔をして警察が犯人を見つける機会を駄目にしてたってことまで露見させちまう。自衛のため、俺は黙ってなきゃならないんだ」

「わかったわ。じゃあ黙ってなさい」

「だが俺はただ漫然と座って犯人を逃がしてやってるのはいやなんだ。俺の自尊心がそれを許さない」

「あなたの自尊心なんてどうだっていいの。あなた役者でしょ。あなたの契約書にそう書いてあるわ。探偵については何にも書いてないもの」

「黙っててくれないかな、メルヴァ。俺はこの件をやるし、やりつづける。メシはどうする？」

「誰が彼を殺したか見つけられると思ってるのか？」フレッドが言った。

「そう思う。むしろ、そう確信してる」

「だったら俺が幾つかニュースを発信しとく。警察は五里霧中だがサンダース探偵は鋭意捜査中で解決を約束、とかさ。こういうのを流しつづければ、本当に犯人を捕まえたときには、どでかいニュースになるぞ」

「それをやったら」メルヴァは厳粛に言った。「あんたを蟻塚に突っ込んで身体中に砂糖衣をまぶしてあげるから。もしジョージがバカをやり続けなきゃいけないなら、一番安全なのはこっそり秘密にしとくことよ。めったやたら撃ちまくってる相手に、ジョージを的にする動機を笛や太鼓であげる必要なんかないの」

「どっちにしてもこの件は活字にしてもらいたくない」俺は言った。

フレッドは信じられない、という顔をした。「何だって？　宣伝は要るに決まってる。だから俺を雇ってるんだ。だって、当然の話だぜ。記者だったら誰だって飛びつく。何千ドルもの宣伝価値があるんだ」

「俺が正真正銘のアホに見える」俺は言った。「もし警察に協力を依頼されてたなら、こいつで宣伝を頼むと言っていたはずだ。だが事情がこういう具合だから、宣伝目当てにバカな真似をしてると思われる」

「だからどうした？」フレッドが言った。「いつから宣伝が役者にとって毒になった？」

「だが俺はこいつを宣伝のためにやってるんじゃない。やってるのは第一に、やらなきゃならないからだ。第二に、人殺しがそのまま逃げ切っていいはずがないと思ってるから。それともうひとつ理由がある。もし俺がこの件に関わってることを宣言したら、解決できなかったとき、俺はバカみたいに見えるんじゃないか？」

「だがあんた、解決できると言ったろ」

「ああ、できると思う。だが俺はスーパーマンじゃない。『セイント』ですらないんだ。俺はただのサンダースだ」

「あんたらしくもない、ジョージ」フレッドは言った。

「腹が減ってきた」俺は言った。「でかけよう。実に有益な話し合いだった」

フレッドとメルヴァがチェックインできるよう、俺たちはホテルに向かった。夜勤のデスク・クラークはあごひげなしの顔を見て、喜んでいる様子だった。「夜勤に出る前、うちの孫に〈ビーバー〉ごっこをやらされましてね」彼は言った。「こんなにもひげ面ばっかりじゃあ、叫び続けでのどが嗄れましたよ。マットレス工場が一週間ぶんぶん言い続けられるくらいの詰め物がこの町に集まってますからね。お二人はご結婚されておいでで？」

「いや」フレッドは言った。「ったく！」

「ちがいはありませんよ」クラークは言った。「ご希望なら同室にいたします。いつも言うんですが、どっちにしたって一緒に寝るんじゃ、部屋を分けたからって違いはないってね。結局どっちかが裸足で廊下を行ったりきたりして風邪を引くだけの話ですよ。ダブルベッドの広い部屋と、ネズミの巣になってる最上階の一泊二ドルの小部屋しかないんですが、そっちはごく汚い部屋でしてね。余計に金もかかりますし」

「小部屋の方を俺に」フレッドが言った。「彼女には広い部屋を」

「お若い方、そいつは……」彼は銀縁メガネ越しにメルヴァをしげしげと見、乱杭歯(らんぐいば)を見せてにやりと笑った。「大変な間違いじゃありませんかね」

「気にするな」歯を食いしばって、フレッドが言った。

「怒らないでくださいよ」老人は言った。「世界で一番自然なことなんですから。楽しいですしね。忘れませんよ。決して忘れませんとも。こちらにサインを」

フレッドとメルヴァはサインをし、彼女はキーを取り上げて顔を洗いにいった。隣りのバーで会おうと約束し、われわれは外に出た。

バーにはほぼ全員がいた。サミー以外全員だ。ポール、リーゲルマン、カメラマンのボスのカーティス、そして壁一面のあごひげエキストラたちだ。リーゲルマンのテーブルで、俺は足を止めた。

「この辺でまっとうな食事のできる場所は？」俺は訊いてみた。

「通りを下った先の店を試したんだ」ポールが答えて言った。「フィレステーキをミディアムで注文した。フォークを突き刺したら、ヒヒーンっていいなないたよ。あすこのステーキには腕のいい獣医が必要だな。サンタ・アニータ通りから入れる」

「おいおい」リーゲルマンがまばたきしながら異論を挟んだ。「ほんとに馬肉を出されたわけじゃあるまい？」

「ちがいましたかねえ?」ポールが言った。「じゃあ拍車を入れたとき、あんなにたじろいだのはなぜだろう?」

リーゲルマンはしばらく目を見開いていたが、やがて長い顔を緩めて言った。「わかった」彼は言った。「からかったな」

言うなら今だと俺は思った。「勝手な真似をして申し訳ないんですが」俺は言った。「だが、大義のためなんです」俺はリーゲルマンに弁解じみた笑みを送った。「殺人があった時に撮影されたフィルムのリールを、安全な場所に移動しておきました」

皆の顎がだらりと落ちた。リーゲルマンはその目に「いったい全体どうしてお前は」という表情を湛(たた)えた。彼が話しだす前に、俺は陽気に言った。「フィルムのことは心配しないでください。俺のトレーラーの中に隠してあります」

「だけど、どうして?」ポールが詰問した。

「犯人を指し示してるんだ」俺は言った。「俺の探偵としての訓練が役立ってる。あのフィルムをハリウッドに送って現像して写真ができてくれれば、警察を呼んで〈この男です〉って言ってやれる」

「誰がやったと思うんだ?」リーゲルマンはのんびりと訊いた。

「俺はやってない。あのシーンにいた他の誰もやってない。カメラの後ろにいた誰かにちがいないんだ。容疑者は二人に絞ってある」俺はにやりと笑った。「お二方にはアリバイがあると思いますが」

リーゲルマンはさっきポールを見たのと同じような目で俺を見つめ、やがてにっこり笑った。

「われわれをからかってるんだろう、ジョージ」

「かもしれませんね。あのフィルムには何かものすごく重要なことが映ってるにちがいない。犯人を指し示す何かが」

「まさか？」ポールが訊いた。彼は眉をひそめた。「そういうことは、確かだってわかるまで広めない方がいいぜ、ジョージ。殺されちまう」

「君のボディーガードはどこだ？」リーゲルマンが訊いた。「命令したはずだが」

「フレッドとメルヴァがいる」俺は彼に言った。「ちょうど来てくれた。俺を危害から守ってくれる。メルヴァがそばにいる時に俺を殺そうとする奴に神のご加護あれだ。彼女はそいつの頸動脈に噛みつくだろうからな」

「この件は警察に任せた方がいい、ジョージ」突如断固として、リーゲルマンは言った。「君はあまりにも価値がありすぎる資産だ。犯人が誰かについて何か考えがあるなら、保安官に言え。君に危ない橋を渡らせるわけにはいかん」

「これから保安官の事務所に行く途中なんだ」俺は嘘を言った。「それから食事にでかける」

メルヴァがやってきた。彼女はリーゲルマンに対して真心あふれる態度をとった。俺たちは外に出た。と、店に入ってくるサミーに会った。

「すまない、ジョージ」奴は言った。「キャブレターのトラブルで、あんたのところを出てからずっと車庫にいたんだ。まだ誰にも話してない」

「俺がリーゲルマンとポールに話しておいた、サミー。お前が他の連中に話をするんだ。俺たちは夕食にでかけるが、どこかいいところを知ってるか？」

「海岸沿いを十マイル上がると」サミーは言った。「リーズ・キッチンがある。食事はいいが、高すぎる」

「じゃあな、また後で会おう」

フレッドの車に着くと、俺は立ち止まり、少しよろめいて片手をひたいにやり、もう片方の手で車のドアにしがみついた。一秒もしないでメルヴァが隣りに駆けつけ、俺の肘をつかんだ。彼女の顔は鱒の裏側みたいな色になっていた。「ジョージ！」

「すまない」俺はあえぎながら言った。「恐ろしく疲れてるんだ。昨日の晩もよく眠れなかったし、今は――こんなザマだ。それで明日は八時までにメイクを済ませてスタンバってなきゃいけない」俺は車の横にもたれかかり、ふらふらに見えるよう心がけた。「少しでも寝られたらなあ」

彼女はコロリとだまされてくれた。「夕食はいいわ、ジョージ。トレーラーに連れて帰ってあげる。スープを作るわね」

「スープなら飲んだ」俺はつぶやいた。「眠りたいだけだ」俺は目をとじ、メルヴァとフレッドが手伝って車に乗せてくれた。トレーラーに着いたときも降りるのを手伝ってくれた。トレーラーのドアのところで俺はしゃんとして、腕時計を見て言った。「これで六時間寝られる。邪魔しないでくれよ」

「ジョージ」メルヴァが言った。「殺人のことだけど――」

「明日話す」俺は言った。「仕事に差し支えるのはいやなんだろう？」

「絶対ダメ」彼女は言った。「ジョージ、あたしたち、一緒にいなくていい？」

「いい」俺はきっぱりと言った。「やめてくれ！」

二人の車が走り去るのを見届けると、俺は室内に入り、サーチライトを光電装置に取りつけ直し、フィルムの缶がちゃんとそこにあるのを確認し、銃を取り、暗闇の中に座った。サミーが話を広めてなかったわけだから、まだ遅過ぎはしない。

となるとどうしてワンダは来たんだろう？　彼女はサミーの話につられてやって来たんだと思っていた。彼女の意味深な説明はまったく意味をなさない。実際、ワンダにはまるで似合わない話だ。なぜ突然彼女のガラじゃない行動に走ったのか？　暗く陰気な人々に光明を振りまく慎み深いちいさな生き物っていう、映画で演じているキャラクターではなくて、オフステージの彼女の素の方だ。

俺はワンダを知っている。俳優仲間、カメラマン、メイキャップ・アーチスト、衣裳デザイナーその他にいい子だって知られている彼女を知っている。おふざけ精神に満ちた子で、時々素晴らしく面白いイタズラを考えつく。この新たな妖婦役は、まったく似合わない。

あれは完全に演技だったし、彼女はオフステージじゃあ完全に大根女優だってことを証明した。

なぜだ？　なぜ彼女はわざわざあんな役を選んだんだ？

彼女はセヴランス・フリンの部屋で何をしていた？　指紋の件はいったい何だったんだ？

なぜ彼女はここにやってきた？　闇をぬい、こっそり俺の部屋のドアのところまで。

俺はこういう疑問を振り捨てねばならなかった。誰か別の人間が闇をぬって俺のドアのところへやってくる音が聞こえたからだ。誰か別の人間？　どうしてそれがわかる？　またワンダかもしれない。彼女が繰り返し訪ねてきてはサーチライトの強い明かりを浴びる気の滅入るイメージが突然脳裡に浮かんだ。俺はため息をつき、銃を取り上げた。

ライトが点灯し、リストレス・ネルソンが毛皮を着た腕で目を覆った。彼女はおそらく染色されたレミングと思われるシロモノとデニムのパンツで、厳冬に備えた服装をしていた。

俺はライトを切った。「入るんだ」俺はうんざりして言った。「もてなしの心がないと思われたくはないんだが、だが俺は君がここにいる理由を知りたい。それとなぜ招待なしにここに入り込んだのかも知りたい」

彼女に狼狽している様子はなかった。鉄面皮というのでもない。ただ恐ろしく一生懸命だった。「誰かに話さなきゃいけないの」彼女はささやき声で言った。

「ラジオにでも出演するんだな」俺は言った。「聞くんだ、ミス・ネルソン。ちゃんと答えてもらえないと君はきわめて重大な困難に直面することになると警告しておこう。フリンが殺された時、君はどこにいた？」

彼女は目を見開いた。「まあ。あたし、サミーがみんなにどうすればいいか指示してるのを見てたわ」彼女の目は柔らかいブルーになった。「だって、彼って素敵だもの」

ほんの一瞬、俺は彼女の頭の上の空間を見つめていた。もし彼女がサミーを見ていたなら、それでもしサミーがカメラの後ろにいたなら、彼女は他に何を見たのだろうか。俺が持っている証拠によれば、弾はファースト・カメラの近くから——あるいはカメラと一直線に——飛んできた。俺は彼女に対応する位置に自分を置いてみようとした。リーゲルマン、サミー、スクリプターの女の子、カメラマン、が一団となっていたはずだ。それからクレーン班と技術班が前景に散らばった。彼女は容疑者となりうる者ほぼ全員を視界に収めていたはずだ。

「ミス・ネルソン」俺は言った。「記憶力はいい方かい？」

「七年生の時に暗唱で賞をもらったけど。でもそんなことサミーが興味を持ってくれるとは思えない」

「俺は持つかもしれないよ」俺は言った。「今日、セヴランス・フリンが撃たれた時のセットに戻ったと思ってみて。何かいつもと違ったことに気づかなかったかな、思い出してくれ」

彼女は理解せず、巨大な青い目をうつろに瞠（みは）った。

俺は説明した。「シーンの中の連中が彼を殺したんじゃない方に、俺は全財産賭けたっていいと思ってる。心理学的にまったく間違ってる。もし俺の考え通りなら、カメラの後ろ側にいた誰かが彼を撃ったんだ。ファースト・カメラの後ろだ。だから、だいたいどこから撃ったかはわかってる。君がサミーを見てたとすると、大勢の人々を観察できる位置にいたってことだ。その大勢の中に、それらしくないことをしてた者はいなかったか？」

「わからない」彼女はちいさい声で言った。「あたし、サミー以外誰にも注意してなかったもの。そのことであなたとお話ししたいの」

突然思い当たったことがあった。もしかしてサミーが何か不可解なことをしていたのだ。おそらく彼女はそのことを俺に言おうとしてるんだろう。

「わかった」俺はやさしく言った。「話してくれ」

「えーと、彼がうちのスタジオで働くようになったって話したら、母が彼の話をしてくれたの。母は彼がまだ若くてダンスしてた時に彼を見てるの。小鳥みたいだったって言ってたわ。いつもそう言うの。小鳥みたいだったって。時にはハチドリみたいって言ったけど、だいたいは普通の小鳥ね。それでどうそんなふうだったかってあたし、信じられなくって、サンダースさん。だって彼とっても太ってるし。だけど母が彼の話をうんとするから、できる時には彼を見るようにしたの。ほら、彼の歩き方って優雅でしょう。身体がないみたいな感じで。それであたし、たまたまある晩彼を待ち構えていたら、彼が門から出てきてそれで——あたしたち知り合ったの。母にも言ったし、うちに夕食にも来たの。試写を一緒に見るようになって、それにコンパクトを一度買ってくれたわ。だのにこんなの。ひどすぎる!!」

　彼女をなぐさめてやる気にはなれなかった。彼女がおかしなシフォンのハンカチで鼻を啜って泣きじゃくる間、俺は静かに座っていた。彼女は腫れぼったくなりはじめた目を上げた。

「あたしをすっぽかしたの！」彼女は泣き叫んだ。「今夜あたしと会うはずだったのに、もう十時になるのに。あたしがあの古い拳銃を捨てたから怒ってるの。だけどあたしはあの人を厄介事から守ろうとしただけなのに。どうしたらいい、サンダースさん？　ねえ、どうしたらいい？」

　俺は彼女に平手打ちを食らわせたかった。「そのためだけに、ここに来たのかい？　誰もいないようだからって俺のトレーラーに忍び込んで？　本当に？」

「とっても心配だったの」泣きながら、彼女は言った。「彼がここにいるかもしれないと思って。それで明かりが消えてるのを見て、戻ってくるかもしれないと思ったの。外は寒いから中に入っただけよ。部屋のライトを点けたのだってあたしじゃないわ」

俺は向こうが目を逸らすまで彼女を見た。彼女は真実を語っているのだろうか？ もしそうなら、彼女はここには邪魔者だし、俺にできる最善のことは彼女を追い出すことだろう。他方、彼女が嘘を言ってる可能性も大いにある。この純真さはポーズかもしれない。だとしたら、どうしたらいい？ 彼女がフィルムを盗んで処分しようとしたと言って彼女を責めることもできる。彼女がサミーと他の連中の頭越しに発砲して人を殺したと告発することができる。彼女がどうして俺に罪を着せて殺そうとしたのか、その訳を聞き質すこともできる――

だができるだろうか？ 彼女に俺の銃を取り替える機会があっただろうか？ 思い出せない。あのシーンが終わった時、彼女が俺の周りの集団の中にいて、気づかれなかった可能性もある。つまり、彼女は可愛いが、無色なのだ。彼女が俺に会おうとしなかったら、俺は彼女に会ってなかったろう。だめだ。俺にできるのは彼女の話を受け入れて、父親的な助言をすることだけだ。

「月はむくれたりしないよ」俺は言った。「君が今夜サミーと会わないからってね。明日も月は出るし、もっと丸くなってる。実を言うと、今夜サミーは俺と仕事をしてたんだ。手が離せなかった。だがそろそろ終わった頃じゃないかな。君のところで待ってるかもしれない」

「まあ！」彼女は叫んだ。「それでもしあたしがいなかったら、彼、待ってくれないわ」

彼女は回れ右して走り去った。俺はため息をついてまたサーチライトの仕掛けをあれこれ始めた。と、彼女がドアから顔を突き出してきて言った。

「ほんと、ありがと、サンダースさん！」彼女は言い、ブロンドのコルクみたいに頭をポンと引っ込めると砂を踏みしめて歩き去った。

罠は作動したのだろうか？　暗闇の中、座りながら俺はこの点をじっくり考えた。ああ、物理的には罠は作動した。二回だ。ワンダとリストレスに。それを言うならメルヴァもだ。だが俺はイタチを捕まえようとしてネズミを三匹捕まえたんじゃないか？

ワンダは容疑者リストから外した。だが彼女は犯人を見ていて、恐怖でそれが言えない可能性もありはしないか？　彼女はフリンを知っていた。少なくともちょっとは。彼女が動機を知っていた可能性は？　だから彼女は彼の部屋に行ったんじゃないか？　証拠を取りに、あるいは処分するために？　彼女は犯人を隠しているのだろうか？

リストレスが彼を殺したのか？　そもそも彼女は銃が撃てるのだろうか？　ましてやウィリアム・コディも真っ青の射撃の妙技を見せるなんてことが。

疑問はどっさりあったが、答えはひとつもなかった。その上、眠たくなってきた。こういう暗い空っぽのトレーラーの中で、俺の頭脳は多くの賞賛を勝ち取らない。

次なる訪問者は、リーゲルマンだった。

第十一章

「このクソ照明を消すんだ！」光線に目を眩まされ、リーゲルマンは叫んだ。「私の目玉を焼け焦げにする気か？」

そんなことはまったくしなかった。突然、心臓がかき氷の中に詰め込まれたような気分だったのだ。殺人犯と対面するのは生まれて初めてだし、映画の中とはまるで違った。映画の俺は無鉄砲ですらあり、犯人にわざと行動を起こさせようとする。自分が三つのトリック――と一本のナイフ――を隠し持っているのを知っているのだ。ここでは違う。俺はリーゲルマンに耳をぴくりと動かしてすら欲しくなかった。

「何が望みだ？」俺は訊いた。自分の声がうわずってなくて驚いた。

「君と話したい。いったい全体何を考えてるんだ？」彼は叫んだ。「あのクソライトを消せ！」

心臓のまわりの氷が溶けた。またライトの方の処理もした。とはいえ汗に濡れた手で、俺は上着のポケットの中の拳銃を握りしめていた。

「人は普通明かりの消えた家に忍び込んでは来ないんですよ」俺はその点を指摘した。「留守中の住人と話がしたいからってね。俺が食事に行こうとしてたことを、あなたは知っていた」

「むろんその点は謝罪する」彼は認めた。「座っていいかな？　それともその銃は、両手を上げていないといけないということかな？」

俺は銃から手を放し、ポケットから出した。「俺はちょっと短気なんだ。あんたはセヴランス・フリンを殺したのか？」

彼は俺がルイス・キャロルの本から飛び出してきたスライシー・トーヴだとでもいうように俺を見た。

「俺は知りたかったんだ」俺は彼に言った。「犯人を捕まえる罠を仕掛けた。あんたはそのことを知っていた。俺があんたに話したからだ。そのドアから入ってくるのを見た時、あんたが唯一の物を求めてきたとしか思えなかった。有罪の証拠品だ。とはいえ」俺は皮肉な調子で言った。「そのドアときたら暑い日のパブの入口くらいに大忙しだったってことは認めなきゃならないが。さてと、あんたの話したいことってのは何だ？」

リーゲルマンの陰気な目が俺を責めていた。「私は保安官に会いに行ってきた。君はこれからそこへ行く途中だと私に言ったが行かなかった。なぜかを知りたい。犯人を捕まえるなんてナンセンスはぜんぶやめろと私は君に命令した。われわれはここに映画を撮りに来ているのであって、君の睡眠時間を減らしに来ているんじゃない。もちろん君を殺させるためでもない。君は大事な財産なんだ」

「一人の人間が殺されたってことを、また一人の人間の命はあなたが制作している影絵よりはるかに尊いってことを、理解してるのか？」

彼は俺をにらみつけた。「君も私もこの、あー、フリンといったか、彼のことは聞いたこともなかった。少なくとも私は、彼が殺される前と比べて、少しでも彼のことを知っているわけじゃあない。むろん彼のことは気の毒に思う。だが彼の死は、私にとってオーストラリア奥地の現住民一人の死以上のものじゃないんだ。しかし、このプロジェクトは私にとって大いに意味がある。『七つの夢』は、私の代表作になるだろう。君にとってもそうだ。ジョージ、もし君が仕事に集中してくれるなら」

「この状況における俺の立場をはっきりさせよう、リーゲルマン。俺は誰が彼を殺したかを知ることのできる立場にある。不可思議な状況のせいでそうなった。俺は自分にできることをしなくちゃならない——ここではこれ以上立ち入らない理由ゆえにだ」

「どうして？　理由が聞きたいな。興味がある」

「だめだ」俺は凶器を持っていた時があり、警察に嘘をつき、証拠提供を出し渋り、ラマール・ジェイムズが今この時にも俺を探しにやってくるかもしれない、なんてことが彼に言えようか？彼の憤怒の絶叫が想像できる。リーゲルマンは、予算防衛がため子トラを守る母トラみたいに戦うだろう。

「よろしい」彼は穏やかに言った。「君はこのバカげた振る舞いをどうしても続けると言う。私はやめろと言う。となると袋小路だ。君の契約にはこういう状況をカバーする条項があるはずだ。われわれは君に俳優キャリアをあきらめて私立探偵として飢え死にするよう求めることもできるんだぞ」

「ジョージ」憤然として彼は続けた。「この愚行にもし成功を収めたとしたって一文の稼ぎにもならないんだぞ。私にはそこがわからない。君にとって何の利益にもならないじゃないか」

この言葉は心底よりの真情にあふれていた。リーゲルマンの金に対する態度が強烈で昔から一貫していることを俺は知っている。俺はそれを挺子にすることにした。

「たぶん」俺は軽い調子で言った。「もし俺が命令に違反して映画を台なしにしたら、俺を解雇できるんじゃないか。一方、あんたは俺に出ていかれたくないんだと、確信してるが」

「もちろん出ていってもらいたくはない、ジョージ。君はあの役に最高なんだ！」

「ありがとう。またあんたとしては俺を代役に替えて、これ以上遅延して金がかかるのは願い下げだろう」

「そのとおり」

「じゃあ取引しよう。俺は映画を台なしにしないと約束する。この件での活動のせいで俺の演技にいささかでも影響が出るようだったら、その時点で俺は四の五の言わず捜査をやめる。それでいいかがかな、監督？」

「フェアな取引だ、ジョージ。そういうことにしよう。いいかな？」

「よしきただ」

俺たちはふたたび友人として別れた。だがもう一度ライトを消したとき、リーゲルマンに対する俺の思いは困惑していた。彼は真実を語ったのだろうか？　彼の最優先考慮事項が映画だってことは納得がいく。その一方、彼は暗闇の中で俺を待ち構え、俺が帰ってきたら殺そうとしたんじゃないのか？

また疑問が増え、答はない。

これまで俺の罠にかかった連中で、犯人役にうまいことはまりそうな人物はいない。リストレスにはたぶん機会があった。だが殺人犯にはミスキャストだ。ワンダは罠のことを知らなかった。メルヴァってことはまずあり得ない。また、フリンを知らなかったというリーゲルマンの言葉が嘘でなければ、彼には動機がない。

ひとつの事実が明らかになった。動機は強力じゃなきゃならないってことだ。犯人は決断力があって、狡猾で、驚くべき射撃の腕前の持ち主でなきゃならない。このタイプをあの砂の中の状況にあてはめると、その人物が失敗のリスクを大いに負っていたことがわかる。彼はかなりの距離から、一発で殺害できることを確信していなければならなかった。それもインディアンたちに弓矢で殺戮される寸前だみたいに、飛んで跳ねてまわっていた人間をだ。他の物音にかき消されるよう、発砲するタイミングを見計らわねばならなかったろうし、凶器を片づけられる状況にならなければならなかった。誰からも疑われない立場にいなければならなかった。これだけうるさい詳細指定に見合う動機は、よほど——！

ここまで延々と列挙しなければならない何かに衝き動かされざるを得なかった人物のことを、俺はかわいそうに思い始めていた。必要な属性をすべて備えていたとしても、それでもなお彼はこうしたリスクを承知していただろう。失敗する可能性がこれだけあってもなおフリンを殺す必要があったとすると、その必要性はそれはもう大きかったはずだ。

それから俺は、彼が俺を殺そうとしたことに思いを馳せ、すると彼への同情はがくんと急減した。ちょうどそのとき、俺はまたドアがゆっくりと、注意深く開けられる音を聞いた。だが今回ライトがパッと点いたとき、心臓が氷漬けになることはなかった。俺は殺人犯とご対面する耐性を獲得しているのかもしれない。ポールにこう告げながら、自分の声がしっかりしていることに今更驚きすら覚えなかった。

「動くな、撃つぞ」

「だったらこの照明はいらないだろう」彼は答えた。「いったい何だこれは？　警察のご手配か？」

「不法侵入は、そういうことになるんじゃないか」

「誰が不法侵入してるだって？」彼は詰問してきた。「あんたが夕食から帰ってくるまで待たせてもらおうと思ったんだ。話があったんでな」

「まるで俺がこの件のプロデューサーみたいだな」俺は言った。「誰も彼もが俺を探そうとしてる。さてと、明かりの具合はこれでいいか？　では聞くが、お前はセヴランス・フリンを殺したのか？」

「ああそうだとも」彼は皮肉に言った。「昼食を一人分減らしたかったんだ。近ごろの経費がどんなかは知ってるだろ」

彼の黒い目は正直そうだった。いくらか傲慢に見えたほどだ。俺は言った。「座ってくれ、ポール。俺に話があるんだろう？」

「ああ」彼は言った。「ちょっと思いついたんだ。考えてみればおかしな話だ。この映画で雇われてなかった唯一の人物、嘘っこの出勤伝票を持ってた唯一の男が殺されたってのはさ。どういう意味か俺にはわからない。だが変てこだ。それであんたに伝えとこうと思ったんだ。じゃあ、おやすみ」

「ちょっと待て。わざわざお前が街からここまでやってきて、そのためだけに明かりの消えたトレーラーに入り込むなんてのは変な話だ。明日話してくれたってよかったはずだ」

「そうだな。だが俺は明日話したくはなかった。今夜話したかったんだ。それに三メートル前に来るまで、トレーラーが真っ暗だなんて気づかなかった。カーテンが降りてるのかもしれないしな。だがあんたが戻ってくるのはわかってた。だからここで待つことにさせてもらったんだ。ドアが開いてなきゃ、外階段に座ってるつもりだった。どっちにしろ、俺の車にわざわざ引き返して靴を砂まみれにする気はなかった」

「だがどうして俺に話す？　どうして保安官に話さないんだ？」

「だってあんたは名探偵だろう。こういう角度から考えてたかどうか知りたかったんだ」

「考えてなかった。と言って、お前の気分がよくなればだが」

「よくなるとも。じゃあな」そして彼は暗闇の中に消えていった。

ライトを再設営するより前に、次の訪問者があった。今度はチーフ・カメラマンのカーティスだ。奴はまるで海抜マイナス十八センチのところを歩き回っているみたいな印象だった。俺の目を見据えるために、そっくり返らなきゃならなかったくらいだ。

「明かりが見えたんだ」言い訳がましく彼は言った。「お邪魔じゃなきゃいいんだが」

「君はその点を考慮してくれた最初の人物だ、ミスター・カーティス。是非ともお入りください」

「フィルムのことで来た」彼は言った。

俺は彼にタバコを勧めた。「もうちょっとの間、フィルムは俺のところに置かせて欲しい」俺は言った。「もし、フィルムなしでいられるようなら」

「俺はかまわないんだがさ、サンダースさん。だがリーゲルマンがどんなかは知ってるだろう。俺たちみんな、失業しちまう」

「心配するな」俺は言った。「奴さんはついさっきまでここにいた。俺がフィルムを持ってる件は承知してる。何も言わなかった」

カーティスは落ち着かず、不幸せな様子だった。「わかってる。だがそのことは、今日の深夜までにスタジオ全員に知らせとかなきゃならない。リーゲルマンがどんなかはわかってるだろう」

わかっている。俺は言った。「じゃあ持っていってみんなに披露する。それでいいか?」

「ああ」カーティスは言った。「たぶんそれでいい。だがあんたがそうしてくれないと俺たちは途轍もなく困ったことになる。もし何かあったら、俺たちをかばってもらわなきゃならない」

「必要とあらば、そうするとも」

彼は俺に礼を言い、にやっと笑い、出ていった。

俺は不寝(ねず)の番を再開した。だがそんなのは無駄な気がしてきた。犯人がこれまでに俺の許を訪問していないとして、トレーラーの照明が戦艦の信号みたいに点いては消えるのを見てないと考えるのは不合理だ。それでもし奴がフィルムを盗む気なら、もうとっくにあきらめている頃合いだろう。共和党の全国大会からペットの象を盗み出そうとするようなものだ。

俺は頭の中でリストをおさらいした。今夜、主な容疑者はみんな俺のところにふらりと立ち寄った。カーラとサミーを除いてだ。リストレス、リーゲルマン、ポール、それとカーティス。奴は殺人犯みたいには見えないし、そう行動してもいない。だが、チーフ・カメラマンであるから、怪しまれずに動き回れる。カメラが動き出す前に、奴の仕事は終わっている――あのシーンの準備をしたところで――のだから、拳銃を構える時間は見つけられただろう。

俺はポールが提起した問題を考えはじめた。三百人もいた正規雇いの連中の中で、よりによってフリンが一発の弾の弾道上にいたというのは確かにおかしい。しかし、この事実には幾つかの解釈が可能だ。あんなふうなフリンの死は、事故でもあり得た。犯人は別の誰かを狙って仕損じた可能性もある。もう一発撃つリスクをとらず、銃を始末した可能性もある。だとすると犯人は頃合いを見計らって、もうひとつ殺人を犯すのかもしれない。

別の可能性は、犯人がフリンのために偽の出勤伝票を用意し、殺人の後しばらく名前がわからないようにしたというものだ。犯人はその時間を逃亡か証拠隠滅に使える。この思いつきは気に入らなかった。もしカメラの背後から発砲されたとすると、犯人はエキストラではない。だったら彼は、フリンに正式に仕事を見つけてやれたはずだ。

明かりが点いて、俺の目は覚めた。訪問者と同じくぱちぱちまばたきしながらだ。あくびを抑え、俺は言った。「光栄だな、カーラ。君に無視されてるんじゃないかって心配してたんだ」

第十二章

カーラは俺を見た。そして四度目にこう言った。「だけど言えないわ。どうしても言えない！」

この調子で一時間近く過ごしたのだし、彼女が脅えきった子供になっているのはわかっていた。彼女は『塩味のワイン』で謎めいたレディーをやったカーラではない。『カルカッタ・カリー』の向こう見ずな娘ではない。バーバリー・ベーブでもない。彼女は心に恐怖を抱えた、ただの若い娘だった。

「話してくれないなら」俺は言った。「君を何から守ればいいのかわからない。俺に当て推量をさせたいのか？」

彼女は見映えのよい脚を見下ろしていた。「あなたはどう思うの？」彼女はささやいた。

「君がフリンの死に何かしら関わり合いがあると思う。もっと言おうか？」

彼女の頭は操り人形みたいにぐいと上がった。「わたしはやってない！　わたしがするわけない！　あの人を傷つけるなんてわたしが一番したくないことだわ！」

「どういう男だったんだ、彼は？」俺は静かに訊いた。

それで彼女のガードが外れた。「かわいい人だった」思い出すように、彼女は言った。「かわいくて、夢一杯で。あの人、前は偉大なエンジニアになりたかったの。その次は偉大なパイロットになりたがった。その後は偉大な金融家で、花形セールスマンで、それで最後に、偉大な俳優ね。あの人、一度も偉大な何にもならなかった」

自分が彼をよく知っていることを、俺に明かしてしまったと彼女は気づいた。彼女の黒い目はいくぶん反抗の色を湛え、またいくぶん嫌悪の色を湛えた。「あなた、わたしをはめたのね」彼女は言った。

「ここまで話してくれたんだから、残りを話したっていいだろう」

「わたしにとってどういうことか、話させて」彼女はゆっくりと言い、小さな苦い思い出の数々が彼女の声に宿った。「わたしはブルックリン第一六四公立学校出身の子供だった。安物店の店員をやってた。そしてある日、昼食休みにお店のウインドーをのぞいてまわってたら、ゲイリー・ブレイクが近づいてきて、ハリウッドに行きたくないかって訊いたの。わたし、警察を呼んで三人で話しましょうって言ったの。彼はそれでいいって言った。彼が警察を呼んだわ。彼、本当にタレントスカウトだったの。大根の売人って言ってたわ。彼、わたしに少しのお金と飛行機の切符をくれた。それでわたし家に帰って一番いいストッキングの伝線を直すこともしなかった。あの安物店はまだわたしに一週間分の給料の借りがあるわ」

彼女はしかめっ面して笑った。一瞬、恐怖が消えた。

「わたしがどれだけありとあらゆることにうんざりしてたかってことなの」彼女は言った。「だからわたしはここに、バーゲン売り場の服を着て、ストッキングも穿かないで、新しい名前で到着したの」

「君の本当の名前は何て言うんだ？」

「どうだっていいわ」彼女は言った。「わたし一生懸命働いたの、ジョージ。本当によ。英語の発音を正しくできるよう勉強しなきゃいけなかった。歩き方の勉強もしなきゃいけなかった。手だってぐんなりしたバナナから役に立つ物体へと変えなきゃならなかった。人は三日間腹ペコでも死なないってことがわかったし、スクリーンテストに向かう途中でストッキングを伝線させるのがどういうことかわかった。そういうことをわたしは学んだの。元々持っていたものは、持ち続けた――スリムなヒップ、豊かな胸、そしてきれいな顔。わたしは妖婦系の体つきと顔立ちをしていた。それが演じられるよう、勉強しなきゃならなかった。だけどやったわ、ジョージ。そしてそのことを一番誇りに思ってる。わたし、これをぜんぶ奪われるのは我慢できないの。無理よ！　だからあなたに助けてほしいの」

「誰が君からそいつを奪い取るんだ？」

「みんながよ。もしわたしがかわいそうなセヴ殺しに関わっているとしたら。あの保安官代理、今朝わたしが彼を射殺したみたいに責めたのよ。わたしがどんなに脅えていたか、あの人にはわかったと思う。わたしは脅えきっていたし、彼からすれば、もしわたしが無実なら、脅える理由なんてないんだわ。でもわたしはやってない。ジョージ、誓うわ。それとみんながわたしに質問するのもやめさせて欲しいの。だってわたし、自分のことが信用できない。もうバラバラになりそうなの！」

「いやだな」俺は言った。「君は俺に信用しろって頼んでいるし、俺としてもそうしたいんだが、君が俺のために同じことをしてくれない限り、できない。俺は美しい女性が好きだ、ベイビー。大自然が生みだした最高に高貴な存在だと思ってる。美人に会う度、俺は風車に戦いを挑みたくなる。だがこう事態が深刻じゃあ、君がすべてを話してくれない限り俺はぶつかっていけない。俺の名誉にかけて、君の秘密は口外しないと誓う」

彼女はみじめそうに床を見つめていた。美しい肩をがっくりと落として。彼女のポロ・コートはだらんと垂れ下がり、彼女の指はあてどなく互いをまさぐり合っていた。彼女は心に映る風景を見ていたのだ。彼女の暗い目のヴェールの向こうに走馬灯のように巡る過去の形なき形たちの群れが、俺には見えた。

俺はタバコが欲しかった。飲み物も。それに炎のように空腹だった。だが動かなかった。血球まで微動だにさせまいとがんばっていたつもりだ。おそらく彼女は話してくれる。そしたらすぐけりがつく。

犯人を指摘するのに必要な情報はすべて手にしたと思う。今夜俺を訪問した容疑者たちの誰かだ。俺は不都合な事実を知った。それが何かはわからなかった。だが、カーラが心を決めるのを待つ間、それは俺を不安にした。言葉だろうか？　ジェスチャー？　はっとした様子？　態度の表れ？　質問？　俺は手がかりへの糸口を必要としていた。おそらくカーラがそれを与えてくれるだろう。

俺は神経を張りつめ過ぎだったかもしれないし、ロマンティックに考え過ぎだったかもしれない。だがそれでも、もし犯人が俺の訪問者の中にいたなら、そいつは俺が何を知っているかを確認しにきたと考えるのが理にかなっている。そいつは自分の目的をうっかり漏らしたにちがいないし、俺はそれを見たに違いないのだ。たぶん俺は心理的な不快感のせいで自分が見たことを潜在意識の奥底深くにしまい込んだのだ。俺にはそれを無理矢理表面化させる刺激が必要だ。

カーラは何か重要なことを知っている。そのことは明らかだった。

「ジョージ」彼女はかすれたささやき声になっていた。わざとかすれさせたわけでも、わざとささやき声にしたわけでもない。彼女は今、演技していなかった。彼女が言わねばならないことは、大声で言えないことなのだ。「ずっと前のことなの。どうして忘れてもらえないの?」

「人間が一人死んでる」俺は彼女に思い出させた。「セヴランス・フリンって人間だ。そして君は彼のことをセヴ呼ばわりするくらい、よく知っていた」こういうところで『ファルコン』は、タバコを親指の爪にコツコツ当ててるのだと思い出し、俺はそうしてみた。古いタバコだったから、中身の葉っぱが半分こぼれ落ちた。俺はタバコを投げ捨てた。

「どうして彼のことセヴって呼んじゃいけないの?」ほとんど弁明するように彼女は訊いた。「彼は――」

トレーラーの外で砂利をザクザク鳴らす足音がした。カーラの声は、誰かがレコードから針を外したみたいに、突然止まった。もの柔らかく、やさしくドアを叩く音がした。

俺は「クソッ!」と思い、「入れ」と言った。

あごひげの男が一人ドアから入ってきた。

もはや連中のことをあごひげの男と考えるようになっている。連中も自分のことをあごひげの男と考えているようだ。誰かがキャスティング・オフィスで「あごひげの男はこちら」と看板を出すと、顔に半インチ以上の毛羽の立った者は誰でもその方向に移動する。彼らには不可思議な匿名性がある。あごひげ、茶色。あごひげ、白。あごひげ、長い。あごひげ、刈り整え済み。

セヴランス・フリンにもあごひげがあった。

俺のトレーラーのドアを軽くコツコツ叩いたこの男もそうだった。彼が誰だったかわかるまでに、たっぷり五秒はかかった。

「サンダースさん」そいつは弁解がましく言った。「お邪魔してすみません。だがあなたはこの映画のスターだ、そうじゃありませんか？」

「そうだと俺のエージェントは言っていた」俺は言った。邪魔されたことにまだ腹を立てていた。

「それじゃあ。それじゃあきっと、きっとあなたになら僕が何をすべきなのか、教えていただけるんじゃないかと」

そいつの目の途方に暮れた表情は、石のハートにだって切り込めたことだろう。

「いいかい」俺は言った。「君はこれまで映画に出たことはないのかい？」

彼は首を横に振った。「ありません。またとっても混乱してます。自分がここで何をすべきなのか、まったくわからなくて——」

俺は深呼吸をし、態勢を整え、講義を開始しようとしたことを告白しよう。幸運にも、その瞬間にサミーが入ってきた。

奴はトレーラーの中を見回し、あごひげの男に注目すると、こう言った。「ああ、またお前か」

「お邪魔して申し訳ありません、サンダースさん」あごひげの男は不幸せそうに言った。「ですがただ、自分が何をすべきなのかよくわからないだけなんです」

「監督を見てるだけでいい」サニーは言った。

「そうか」あごひげの男は言った。彼は立ち止まった。「そうか、ありがとうございます」彼はトレーラーのドアに向かい、また立ち止まった。「ただ、その、僕のエージェントが言ったことには――」

「エージェントが何て言ったかなんて気にしちゃだめだ」サミーは最大限に友好的な調子で言った。「出勤票を出して支払いを受け取って、それで全部最高。わかったか？」

あごひげの男はますます途方に暮れた様子だったが、「ありがとうございます」ともういっぺん言ってドアを出、一滴の水が排水溝に消えていくように夜の中へと姿を消した。

「さてと」サミーが始めた。

カーラが立ち上がった。

脅えた様子はきれいさっぱり消えていた。彼女はふたたび役に入り込んだ。洗練され、感じがよく、完璧に落ち着いている。「ハロー、サミー」彼女は言った。彼女は俺に向かって言った。「本当にありがとう、ジョージ」彼女は熱を込めて言った。「明日のシーンがどういう演技になるか、楽しみだわ」

サミーは去っていく彼女をしばらく目で追っていた。「ふーん」奴は言った。「罠はうまくいったのか？」

「今夜このトレーラーは」俺はしかめっ面で言った。「ドラッグストアの電話ブースの特徴をすべて備えてる。なんだかんだともっともらしい理由をつけて誰も彼もがやってくるんだ」

俺は奴に詳細を話した。奴は首を横に振った。「それじゃあ何もわからん。あのフィルムは返しておいた方がいいな」

「俺が返す」俺はきっぱりと言った。「お前はリストレスに会いに行け。みじめに背中をまるめてチョコレートを一ポンドもやけ食いしながら、お前の足音を待ってる彼女の姿が俺には見える」

サミーはにやっと笑った。「ふん、ありがとよ。泣いてる奴は泣かせとけってのは俺のモットーじゃないが、少しはそういうのも役に立つんだ」

奴は歩き去った。気がついたのだが、歩く姿には軽快な優美さがあった。俺は一つを残して電灯をすべて消し、薄暗がりの中、座って考えていた。

俺はカーラとフリンの関係を憶測して時間を無駄にしたりはしなかった。彼女の態度から犯人を見つけ出すのに役立ちそうな事実を推理しようとした。俺は自分が犯人を指摘するのに必要な事実をすべて手にしていることをふたたび確信していた。あと必要なのは演繹的推理だけだ。

だが俺は疲れていた。それで俺の思考過程はおかしな方向に流れていった。気がついたら俺は、うちの電話の問題に思考を集中させていたのだった。

われわれの文明の必要悪の一つは、ドン・アメチーとアレクサンダー・ベルによって発明されたあの道具である。入浴の真っ最中でも人は、ベルが鳴れば敷物にシミを拵えながら、びしょびしょのままなんとか電話に出ようとする。ドアベルだったら応えないだろうに。午前三時にすこやかな眠りから飛び起きて暗闇の中をまさぐり、どこかの間抜け野郎にうちはスパーブラ・ドーナツ・カンパニーじゃありませんと告げる羽目になる。そしてそのスパーブラとやらではいったいどういう時間に働いているんだろうかとあれこれ考えて後はもう眠れない。電話のベルに侵害できないプライバシーなんてものは、想像もできない。

俺もこういった侵害行為をそれなりに受けてきたし、『七つの夢』の一件が始まる何ヶ月か前から、この問題の解決策に取り組んできた。俺はハリウッドのアパートメントの各部屋にラウドスピーカーとマイクを取り付け、アンプを通して電話のレシーバーと送話機につないだのだ。電話が鳴ると、リレーが開始されてレシーバーがもち上がる。たとえば俺がうちの大きな椅子に座っていたとすると、必要なのは明瞭な声で応えることだけだ。居間に置かれたマイクがアンプを経由して電話とつながり、かけてきた相手とつながる。相手が話す声はそこらじゅうに置かれたラウドスピーカーを通じて聞こえてくる。だから俺は風呂場からぼたぼた水をたらしながら出てくることも、冷たい暗闇の中をさまようこともない。

だが、電話を切ることができないのだ。

俺は接続を自動的に切断する手段を考案できずにいた。電話が切れるまで、誰も俺に電話をかけられない。俺はこのことを考え、関係する様々な回路を心眼で見、答えを見つけようとしてきた。

電子回路、殺人犯、拳銃、手がかり、それと迷子のグレムリン何匹かがトレーラーの暗闇を背にキチガイじみたバレエを踊りだすまで、俺は自分が疲れていることに気づかずにいた。それから俺は目を閉じた。明日は明日の風が吹くにちがいない。望むと否とに関わらず。

それからしばらくして目が覚めたのは物音のせいではなかった。その誰かはものすごく静かに動き回っていたから、物音などまったくしなかった。俺は寝たフリをして一、二分、目を閉じていた。だがトレーラーの中にいる誰かしらは、俺が起きていないことをすでに確認した様子で、俺にまったく注意を払っていなかった。俺はほんの一インチ、まぶたを上げた。それからもはやはっきりと目覚め、身体を起こした。

「おい」俺は怒ったふうに言った。「こんな夜中にここで何してる?」

ワンダ・ウェイトが俺を見つめ、蒼白になった。彼女は頑丈なウォーキングシューズを履き、薄いナイトガウンとずっしり重い毛皮のコートを着ていた。彼女はとても美しく、とても当惑しているように見えた。

「ジョージ——わたし、あなたとお話があって来たの。あなたが寝てたから、邪魔しちゃいけないと思って」

「誰も彼もがここをうろつき回って、ここは公衆便所かと思うくらいだ。さあ俺の目はもう覚めた。何の用だ?」

「明日でいいわ」彼女は言った。「ごめんなさい」

「髪をつかんで引き戻してやるぞ」俺は脅迫したし、またそうするつもりだった。「説明をでっち上げた方がいい。今夜二回、君はここに忍び込んできた。俺はご婦人泥棒には大賛成だ。女性に大きく開かれた未開の分野だと思う。だが自分が関係するとなったら、なぜかを知りたい。なぜだ？」

「重要なことじゃないの」彼女は神経質に言った。「お邪魔してごめんなさい。おやすみなさい」

外の暗闇から別の声がした。「あなたはこちらにお住まいなのですか？」ラマール・ジェイムズがドアのところに来て、こう訊いた。

ワンダはふたたび演技に戻っていた。「ジェイムズさん、これはわたしたちの秘密なんですの。口外なさらないでいただきたいわ」

「どんな秘密だって？」俺は訊いた。

「ありがとう、ジョージ」彼女はかすれ声でつぶやいた。「わたしを守ってくれる必要はないわ。わたし、恥だとは思っていないもの。それに、ジェイムズさんはふれ回ったりなさらないわ。そうですわね、ジェイムズさん？」

ジェイムズは彼女をしばらく見ていた。薄暗がりの中で彼の黒い目は底知れぬ色を放った。「あなたを逮捕します」彼は礼儀正しく言った。「本官には、あなたの発言があなたの不利に利用される可能性があることを警告する義務があります」

これは違う。「罪名は何だ？」俺は訊いた。「彼女はフリンを殺してないし、そのことは俺が証明できる」

「その機会はこれからあるでしょう」ジェイムズは言った。「ご協力いただこうとしてきましたが、謎めいた行動をとられるばかりでした。彼女は有罪と決定したわけではありません――今のところはですが。セヴランス・フリン殺しに関連して取り調べを受けることになります。彼の部屋は彼女の指紋だらけでした。私はその理由が知りたいのです」

これで俺は活動停止した。フリンの部屋のクローゼットのドアの隙間から自分が何を見たかを思い出そうとしてみた。彼女には手袋をしたり、指紋を拭き取るだけの良識もなかったのか？　彼女がそうしていた記憶はなかった。

ワンダに狼狽している様子はなかった。彼女は自分の衣服を見回した。「部屋に行って着替えてもよろしいかしら？　ナイトガウン姿で監獄に連れていくのはおいやでしょう？　いかが？」

ジェイムズは言った。「わかった。来てください」

「俺が出してやる、ワンダ」俺は言った。「君にこんな真似をさせるもんか」

「ありがとう、ジョージ」彼女は言った。「他に誰もいなくても、あなただけはわたしの味方をしてくれるってわかってた。とっても素敵だったわ、よく眠れますように。わたしの夢を、少し見てね」

説明不能なことにぶち当たった時、人は何とかしようとするのをやめるものだ。俺は無感覚のまま、時間を忘れて座っていた。時計を見た時、俺は跳び上がった。フィルムを返す期限まで、あと十分しかない。

右のボタンを押すと開いてベッドになる窓下のベンチの中を、俺は見た。俺の無実を証明してくれるはずのフィルムのリールが消えていた。

そいつはワンダの毛皮のコートの下に隠れてこのトレーラーから出ていったのだという、不安な感覚が、突如俺を襲った。

第十三章

翌朝七時半、J・ブルースター・ウォリングフォードが悲しげに俺のトレーラーにやってきた。俺は電子グリルを折り畳み、日中用のライティングデスクの姿に戻しているところだった。この小柄な人物は、大きくて茶色い目を俺にじっと向けたまま首を横に振った。

彼は悲しげに言った。「哀れなエキストラが一人殺されて家族に金を支払うだけじゃまだ足りない。シーンもひとつ失わんといかん。銀行にしてやる話は、まだまだたっぷりだ。あのフィルムの缶に手がかりがあったんだろう。話してくれ、ジョージ。なあ話してくれ」

「ウォーリー、すまない」俺は言った。「あるはずの場所を見たんだが、なかったんだ」

俺はワンダの部屋を探しまわったことを考えていた。壁紙をはがす以外はぜんぶやったが、フィルムの缶はなかったのだ。

ウォリングフォードは両手をこすり合わせた。「わしはな、運が向くようにとこの名前を選んだんだ」彼は言った。「『ブルースターの大金』からブルースター。『ウォリングフォード、たちまち大金持ち』からウォリングフォード（アメリカの作家ジョージ・ランドルフ・チェスターの創造した詐欺師）。そしたらどうなった？　シーンがひとつ消えうせ、新進スターは監獄行き、砂の上には死んだ男ときた。その上、作者まで失くした。作者を失くすなんてできるはずがないと思うだろう。だがわしらはやり遂げたんだ。砂漠の日没のシーンを書いてもらわなきゃいかんのに。これで幸運だと言えるか？　わしは訊いとるんだが」

「フリンの身内に金を払ってやる義務はないだろう」俺は言った。「あなたのせいじゃないんだし」

「息子に死なれたことはあるか、ジョージ？」彼は訊いた。「ないだろう。それ以上の不幸はないんだ。わしはご家族に何かやらずにはいられない。旅に出ても、家を買ってもいい。息子は戻ってこないが、気持ちは紛れる」

「あなたはいい人だな、ウォーリー」俺は言った。

「ジョージ」彼は陰気に言った。「あのフィルムを持ちだすべきじゃあなかった。正直言って、すべきじゃなかった」

「あなたはこの件、どうするんです？」

「わしにどうしようがある？」彼は訊いた。「『ジョージ、さよならだ。お前はお払い箱だ』なんて言えるか？　君には金を投資してある。君に撮り直し代を払わせることもできない。君は自分が正しいことをしてると思ったんだし、誰だって時には判断を間違う。わしは撮り直しをしなきゃならない。それだけのことだ。だが君はリーゲルマンと取り引きをしただろう。だからこの殺人の件でやってることからは全部、手を引いてもらわなきゃならない」

彼の言うとおりだ。あのフィルムの缶を紛失したのは映画を台なしにしたことになる。俺は自分の言葉に誠実でなければならない。だが、となると砂丘の上の二挺の拳銃はどうなる？　カーラの幌馬車の中で見つかった拳銃についた俺の指紋はどうなる？　四十五口径を持っていたことに関する俺の嘘はどうする？

あのシーンを俺が四十五口径を持って撮り直すわけにはいかない。なぜなら前のシークエンスで俺は明らかに真珠の握りの拳銃を持って映っているからだ。撮り直しで俺が何を持とうとジェイムズにはどうだっていいかもしれないが、スクリプターの女の子には大問題だ。ペギー・ウィッティアーはごまかしは絶対に見逃さない。彼女は見落としを指摘するだろうし、カーラの幌馬車で見つかった拳銃に真珠の握りがついていたことを誰もが思い出すだろう。そしたら映画にはジェイムズと奴の尋問とが入り込んでくることになる。

明々白々だ。俺は捜査をあきらめられない。その一方で、続けることもできない。俺にとって何よりも大事な仕事から降ろされることになる。ヒラリー・ウエストンを演じる味を覚えてしまった今となっては、この映画を降ろされるだなんて、想像もつかない。

メルヴァに言ったように、俺はタダでだってこの役を演りたい。あまりにも長いこと愚鈍な警察と気にくわないギャングたちを出し抜き続けてきた後で、俺にとってこの役はこの上なく大切だ。俺には二つ選択肢がある。つまり、役者か、探偵かだ。俺にはどちらか一方を選ぶことはできない。両方でなければならないのだ。

「わかった、ウォーリー」俺は言った。「約束したことだ。約束は守ろう」

彼は俺の言葉を額面通りに受け取った。紅潮した丸い顔が、そうだと言っていた。彼の一番いいところはそこだ。どんな嘘でも信じる。俺のですらだ。

「ジョージ」彼は熱を込めて言った。「君はみんなが言っとる半分も悪い男じゃないんじゃないかと時々思うんだ。では始めんとな」

ドアをノックする音がして、それで俺は誰かが驚くほど礼儀正しかったのを思い出した。ドアを開けると、電報配達員がいた。

「ヤギを売っ払って、街へ引越したらどうです？」彼はにやにやしながら言った。「あなたを見つけるのに、途轍もなく苦労しましたよ」

「五〇セントは要るな？」俺はポケットに手を入れながら訊いた。

「三五セントで大丈夫です」彼は言った。「そんなに大変だったわけじゃありません」

彼は釣りの一五セントと電報を俺に渡してよこした。そこにはこう書いてあった。

「ワンダ・ウェイトが男性俳優の室内での不道徳行為で逮捕されたのが真実だと証言できるか？　料金受信人払いで電話せよ」

そこには「スミス」と署名があった。こういう状況でなかったら、俺はにやりと笑っていたことだろう。「スミス」というのはロサンゼルスの新聞の記者で、そいつの名前がスミスじゃないのはウォーリーがウォリングフォードじゃないのと同様である。奴はたまたま俺の友達で、この電報の言葉の選択には奴の皮肉たっぷりなユーモアが感じられた。ただ、こいつは面白くなかった。今回はだ。

誰かがワンダ・ウェイト逮捕の情報を新聞に流したのだ。

俺は電報をたたんでポケットに入れた。「俺のマギーおばさんが扁桃腺の摘出手術に成功したそうだ」俺は言った。それからこうつけ加えた。「ワンダが逮捕されたことを、誰かが新聞に流してたらどうする？」

ウォーリーはそっとうめき声を放った。「毒ヘビの歯を持たなきゃならん。誰も彼も感謝の念ってもんがない。わしは連中に仕事をやり、ちゃんと金を支払ってる。すると連中は大見出し目当てにわしのハートに嘘を突き立ててくる。誰が新聞にタレ込んだんだと？」

俺は肩をすくめた。「ワンダが知ってるかもしれない。留置所で彼女に面会できるかな？」

「あの子はもう留置所にはおらん」彼は言った。「今朝一時以降はだ。あの保安官に必ず次の選挙で落選させてやると言ってやった。そしたら彼女を釈放して、わしに一杯おごってくれた」

「じゃあワンダに会いに行こう」

ホテルに行く途中で、俺は訊いた。「ブルースターとウォリングフォードはわかったとして、Jは何の略なんだ？」

「J・P・モルガン（米国を代表する金融機関）だ。そこでケチってどうする？」

「ああそうか」俺は言った。もう質問はするまいと決めた。『たちまち大金持ち』のウォリングフォードのウォリングフォード。『ブルースターの大金』のブルースター。J・P・モルガンのJ。

「変だな」車を止め、ロビーに向かって歩き出したところで、彼は言った。「Jについてちゃんと考えたことがなかった。それが今じゃ気になってしょうがない。突き止めんと」

「忘れてください」俺は言った。「あなたのことはジャクソンって呼びますよ」

彼は俺に困ったような顔を向け、それはそれでよしとした。

フロントデスクには同じ男がいた。「あんたは眠らないのか?」俺は訊いた。「ウェイトさんはご在室か?」

彼はあくびをし、宿泊客名簿を一見すると、低く口笛を吹いた。「ああ、あれだ!」彼はキーラックを一瞥して言った。「居ますよ」

「彼女に伝えてくれないか」俺は言った。「サンダース氏とウォリングフォード氏がご面会だって」

彼は意地悪げな横目を向けた。「なんで直接会いに行かないんだい? 俺ならそうするがね」

「あんたに電話で呼び出してもらった方がいいと思う」

「意気地なしめ!」彼はつぶやいて、交換台に接続した。「紳士がお二人ご面会です」彼は言った。「一人ずつ会われますかね、それとも二人いっしょに?」彼はスイッチを切り、バーバラ・スタンウィックよりも上手に「チッ!」をやった。「二人で来いだと」ウインクしながら彼は言った。「連中は今度はどう思うだろうな?」

ワンダの顔はごしごし洗われてピカピカだった。彼女はゆったりとして慎み深そうに見える部屋着を着ていた。髪は解かれ金色の波になって肩にかかっていた。彼女は宣教師の新妻みたいに見えた。

「ハロー」少女のように彼女は言った。

「とっても可愛らしく見えるよ」ウォリングフォードが言った。「話してくれんか。どういうつもりなのかな？」

「なあに、ウォーリー？」目を大きく見開いて、彼女は言った。「何のこと言ってるかわからないわ？」

「あの俗悪紙連中だ」彼は悲しげに言った。「君みたいにいい子は、恥を知るべきだな。寝間着姿でジョージのトレーラーに行くなんて」

「だけどわたし、彼と話がしたかったの」彼女は哀れっぽく言った。「それにジョージとだったら女の子は安全よ。彼ってとってもいい人だもの」

さて彼女は何をやってるんだろうかと、俺は思った。それとない侮辱は別にして、彼女は演技を完全に別の方向に切り替えた。今や彼女は何百万人もに知られたフレッシュな若い娘だ。昨夜の情熱的な誘惑する女ではない。

「今度はこれだ」彼女に電報を手渡しながら、俺は言った。

彼女はそれを読んだ。唇が震えはじめた。今にもこぼれ落ちそうな涙で、彼女の青い目はきらめいていた。「誰がこんなことしたの？」彼女は訴えた。「わたし、誰も傷つけたことなんかないのに。わたし、人が好きよ。だけど結局」彼女は事務的な調子でつづけた。「本当のことだわ。不道徳な行為以外はね。わたし——」彼女は両手を広げた。「わたし何て言っていいかわからない。

もう記事を止めるには遅すぎるんでしょ？」

「どんな記事を止めるのが遅すぎるだと？」ウォーリーは言った。彼は蔑むような目で俺を見、ワンダの手から電報をひったくってそいつを一瞥すると顔面を灰白色にした。

「まだ止められるとも。ただ、誰がこの話をタレ込んだかだ」彼は責めるように俺を見た。

「信じてくれ」心を込めて俺は言った。「俺じゃない」

「うーん、わしが止める。わしがスミスに電話する。スミス、誰なんだこのスミスってのは？　新聞社の社主に電話を入れる。わしの会社に電話する。わしに金を借りとるかもしれん。わしが記事を止める」

「できるの？」ワンダは少女っぽい声で言った。「すごいわ！」

「ただ問題は」ウォーリーが言った。「誰がタレ込んだかだ？　何か思いつくことは？」

彼女はどうしようもないわというふうに両手を広げた。「誰かがわたしをきらいなんだわ。きっと」青ざめた彼女の頰を涙が伝った。

「そんな言い方をするんじゃないよ」ウォーリーが慰めるように言った。「みんな君が大好きなんだから」

俺はワンダをしっかり見ていた。またもや演技過剰になっていると思った。タイミングが外れているし、太字の強調付きだ。またウォリングフォードが記事を止められると言った時、彼女の目には計算高い輝きが宿った。この全部が意味をなさない。

いくらも知識を増すことなく、俺たちは彼女の許を去り、ロビーに公衆電話があるのを見つけた。ウォリングフォードが電話している間、俺は電話ブースの外をぶらついていた。ポールとカーラが会話に没頭しながら、表の通りを通り過ぎていった。二人が知り合いだとは知らなかった。今後のため何かしらの役に立つかもしれないと、このことは心の中にファイルしておいた。

少年が一人、俺に近づいてきた。だいたい八歳ぐらいで、ソバカス顔だ。「ハロー、大根」そいつは言い、回れ右してデスクに走っていった。

「トミー」老フロントマンが奴に言った。「そういうことを言って回るのをやめないと、じいちゃんはお前をぶっ叩いて生き地獄にしてやるぞ。あの人だって何とかして生きてかなきゃならないんだ。そうだろ?」彼は俺に向かって呼びかけた。「すみませんね、サンダースさん」

サミーがエレベーターから出てきた。

「やあ、デブっちょ」ガキは言った。

サミーはガキを無視した。「言ったろ。大変なことになりそうだ、ジョージ。リーゲルマンが湯気を上げてる」

「そうか? 彼は絶対に癇癪を起こさないんだと思ってた」

「本当に湯気を上げてる」サミーは言った。「まあ、本人に会ってみるんだな」

「やあ、デブちん」トミーが言った。

「もちろん」俺は言った。「滅茶苦茶すまないとは思ってる。だが俺にはどうしようもないんだ。もしかしてフィルムを見つけられるかもしれない。いや、見つけると約束できる」

「あんたは昨日の晩、犯人を罠にかけてるはずだったな、ジョージ」

「かけたさ」

「誰を？」サミーがぴしゃりと言った。

「わからん、サミー。だがわかるつもりだ。昨日の訪問客の中に犯人がいるって事実に命を賭けたっていい。正しく考え抜きさえすれば、誰だかわかるんだ」

「やあ、デブ君」トミーが言った。

サミーは電話ブースの中を覗き込んだ。「ミスター・ビッグは何をしてるんだ？」

「言論封殺だ。ワンダの逮捕に関する記事を押さえ込もうとしてる」

「なんてこった。誰かが新聞にタレ込んだのか？」

「そのことはしばらく忘れよう。サミー、聞くんだ。あの拳銃のことを何とかしなきゃならない。今日あのシーンが撮り直しになったら、俺はおしまいだ」

「俺もだ」サミーは陰気に言った。「マクガイアが昨日の晩のことを訊いてきた。今日、リストレスを探しにやらなきゃならない。俺にできるのはそれだけだ。ジェイムズからもう一挺の拳銃をどうやったら取り返せるかは神のみぞ知るだ。ジョージ、俺たちはほんとにもう大変なことになってるぞ」

「どうもそんな具合だな、サミー」

ウォリングフォードが顔を突き出して言った。「ジョージ、お前と話がしたいそうだ」頭に続いて、本人が出てきた。「奴には嘘だと言っておいた。それとうちの広告を引き上げるって脅してある。だがわしはその場にいなかったのにどうして嘘だとわかるんだと言っとる」

俺は受話器を取った。「サンダースだ」

「こちらは『モーニング・スター』紙のカール・ミラーです、サンダースさん。一度発明家の祝宴でお目にかかりましたね」俺は「スミス」の声を聴き取った。

「よく覚えてますよ、ミラーさん」俺は用心深く言った。

「このネタなんですが」彼は言った。「確かな筋から得た話です。その場にいた人から肯定か否定の言葉が欲しいんですがね」

電話ブースは暑く、ウォリングフォードのアフターシェーブローションのほのかな香りが充満していた。

「そのネタは嘘っぱちだ」俺は言った。「確かな筋、ってのはどういう意味だ？」

「嘘っぱち、というのはどういう意味です？」

「彼女は室内着とでっかい毛皮のコートを着て頑丈なウォーキングシューズを履いて俺のトレーラーの中にいた。彼女は糸くず一本肌身から離してない。出ていくところで保安官代理が入ってきた。幾つか質問したいことがあったんだ。二人で出ていった」

これは文字通り真実だ。

「わかりました」彼は言った。「じゃあこのネタは使いません。ところで、ご幸運を祈りますよ。犯人を捕まえたら、一言報せてください」

「えっ、何て言った？」

「フレッド・フォーブスが電報を入れてきましてね、たぶん他のところにもでしょう。あなたがフリン殺し解決に乗り出してる、って。うちの読者は話を聞きたくってうずうずしてますよ。誰もがあなたのことを名探偵だと思ってますからね」

「おい」俺は言った。「いい子だからそいつは記事にしないでくれるかな?」

「もう、しちゃいましたよ」彼は言った。「三つの版でね」

「なんてこった! まあどうしようもないんだろう。じゃあ取引しよう。ワンダ・ウェイトの話が事実無根だって他の新聞全紙に言ってくれたら、俺の方でもおたくに特別の配慮をしよう」

「それで行きましょう。ありがとう」

俺はすっかり煮えくり返ってブースを出た。両の手でフレッドに傷害行為に及んでやる気満々でだ。

「どんな具合だ?」ウォリングフォードが訊いてきた。

「たぶん殺人が起こる。フレッドを見かけたか?」

「例の記事のことだ」ウォリングフォードは執拗に言った。「ツブしたんだろうな?」

「そのことか。ああ、記事は出ない」俺は言葉を止めた。「フレッドを見つけないと。二人とも行ってくれ。俺は後から行く」俺はフロントにもういっぺん行った。「親爺、フォーブズ氏は在室か?」

彼は客室名簿をちらっと見た。「いや、チェックアウト済みですな。ハリウッドに戻ると言ってましたよ。ったく間抜けだ。俺ならあの赤毛を、公立図書館の中にだって置き去りにしないのに」

俺は出ていくところだったウォリングフォードとサミーに合流した。この事件にはもう関わらないと約束したが、そっとならできるだろうと踏んでいた。ところがフレッドの奴が新聞じゅうにふれ回ってしまった。この状況は気に入らない。

もうちょっと時間があれば、犯人を見つけられるのが俺にはわかっていた。それでもし見つけてしまったら、俺は自分がもっとも望んでいる仕事を棒に振ることになる。

「クソッ」ドアを通り抜けながら俺は言った。

「バイバイ、デブ」トミーが俺たちの背中に呼びかけてきた。

第十四章

リーゲルマンは激怒した。だがウォリングフォードは誰だって圧倒できるのだ。一座のオフィスになっている巨大トレーラーの中でにらみ合う二人は、不思議なくらい同じ印象を発していた。どちらも外見は穏やかで物静かな男だ。どちらもが抑制された巨大な権力の感覚を放っていた。

どちらも声を張り上げたりはしなかった。ピムリコ競馬場の三着馬について語り合っているようにだって見えたかもしれない。だが、リーゲルマンの黒い目は憤怒に燃え、茶色く長い腕は机の上で緊迫していた。ウォリングフォードの茶色い目はバチバチと小さな火花を放ち、ぽっちゃりした両腕は太鼓腹の上でぎゅっと握りしめられ、拳が白く見えていた。

「もしフィルムが出てきたら」リーゲルマンは静かに言った。「撮り直しの時間と金が無駄になる。昨日の最高の演技がもう一度できるとは思えない」

「君の言うとおりだ」ウォリングフォードは悲しげにつぶやいた。「人は一度しか殺せない。だがもしあのフィルムが歩いてきてパパ、って言ってくれなきゃ、わしらは鍋の中の魚だ。天候の心配はない。ここは本物の砂漠で、太陽がいっぱいなのは間違いない。ここからなら海の中に岩だって放り込める。もういっぺん撮り直そう」

彼の言うことはもっともだし、リーゲルマンの態度は不可解だった。確かに彼はおぼこ娘を守る父親みたいに予算を死守している。その一方、彼は危ない橋を渡るような人間ではない。もしフィルムが出てきたら、二つのうちのいい方を使えばいいのだ。一つは絶対に確保しなければならない。抑制されてはいたものの、彼の怒りは彼がこのシーンの撮り直しに死ぬほど大反対であることを示していた。

俺はくちばしを入れてみた。するとサミーとポールが驚愕したように俺を見た。二人の目は、この争いに口を挟むとはいったい俺はどれだけ計り知れないバカなのかと言っていた。

「フィルムのありかは見つけられると確信してる、ウォーリー」俺は言った。「保証はできない。だがどこに行ったかはわかってると思う」

「ジョージ、いい子だ」ウォリングフォードが言った。「わしは君がとっても好きだ。だが、どうしてまだフィルムが取り返せない？　捕まえてるはずの犯人はどこに行ったんだ？」

「俺は理論的には正しかった」俺は言った。

「そうだとも、そうだとも」彼は俺をなだめるように言った。「君は利巧だ。だが何にも結果を出してない。予算に大穴をあけただけだ。君は名探偵役が得意だ。誰かが台詞を書いてくれてればな。だがこいつは芝居じゃあない。あのシーンは撮り直さなきゃならん。それだけじゃない。脚本家が台本を書き上げるまで日没シーンは撮れないんだ。それで奴はどこへ行った。事務所は本人はここに来てると言う。だが何も言ってこない脚本家なぞ、わしは一度も見たことがない。とにかくあのシーンは撮り直す。これは最終決定だ」

ウォリングフォードは出ていった。リーゲルマンはサミーを見た。

「わかった」こわばった表情で彼は言った。「やるとしよう」

俺がメイキャップを終えたところで、サミーが楽屋にやってきた。奴は真鍮の弾がぎらぎら輝くカートリッジベルトに提げられたホルスター入りの二挺の四十五口径コルトリボルバーを持ってきたのだ。

「リストレスは拳銃を見つけられなかった」奴は陰気に言った。「これ以上マクガイアをごまかしきれない」

俺はベルトのバックルを締めた。「俺たちはどうしたって逃げられない、サミー。ペギーは鷹みたいな目の持ち主だ。銃の取り替えに気づくだろう。マクガイアが呼び出され、それで聞こえてくるあの音は困り果てた俺とお前からしてくるんだ」

「それじゃああんた、何がしたいんだ？　手を出したいのか？」

「出せない。ジェイムズが俺を逮捕するのは火を見るよりも明らかだ。昨日の晩逮捕されてたっておかしくなかった。ワンダが割り込んでこなかったらな。俺にできるのはあそこに行って希望を持ちつづけることだけだ」

「その希望のか細いことときたら、昔の俺の体型みたいだな。だが言っとく。俺はペギーが他のことに関心を向けるようやってみる。もし彼女の目があんたから逸れててくれたら、俺たちも大丈夫かもしれない」

馬を連れてこようと外に出たとき、過去の人生のことを俺は考えてみた。そして今朝ここで起こった変化について思いを巡らせた。今まではいい人生だった。マンチェスター工科学校、綿花ブローカー、パタゴニアのタバコ農園での四年間、そして最後にバカバカしいくらい給料支払い過剰なこの職業に就いたわけだ。俺は副業として発明を楽しんできた。十分金は稼いだし、適当な数の人たちとも知り合った。思うに、これは一種の幸福を構成する。ともかくも、俺はこの方向で無期限に続けていきたい気持ちで一杯だ。

だが自分をごまかすことはできなかった。俺は今朝、大変なトラブルに巻き込まれた。俺がセヴランス・フリン殺害で告発され有罪判決を下されるのは、信じられない話ではない。状況証拠ってものは、いったん明るみにでたら、ありとあらゆる仕方で曲解される可能性がある。俺の無実を証明する、写真のように精密な証拠など存在しない。

想像力というものの呪わしいところは、危険に満ちた状況の最悪の結果を想像できるだけでなく、それを精密に磨き上げられることだ。俺にはあざけりの目と凶器のような言葉の標的にされながら法廷にいる自分の姿が見えた。「なぜ君はフリンのように無害な人物を殺害したのかね？彼は人生において一度も他人を傷つけたことがない。これは挑発によらない故意殺人だ。君は彼を撃っていないのだね？　それを証明しよう。判事閣下、被告人は殺害に使用された凶器を所有しておりました。被告人がその事実を隠匿しようとしたことを証明いたします。被害者の殺害直後に、被害者のホテルの部屋に行く姿を目撃した証人に証言してもらいます。このいわゆる彼の無罪証拠に何が起こったかを尋ねることにしましょう。彼はフィルムを持っていました。それが彼の許から盗まれたと考える理由はありません。なぜ彼はそれを破壊したのでしょうか？　それはあのフィルムに彼が善良で無害な人物、セヴランス・フリンを殺害する姿が映っていたからではないでしょうか？　いかがでありましょう？

献花は辞退いたします」

俺には死刑囚収容房にいる自分の姿が見えた。決して到着することのない証拠を待っているのだ。毎日毎日、勢いよく突進してくる足音、俺の無実を宣言してくれる歓喜に満ちた声を聞きたいと待ち続けているのだ。誰の声だ？　きっと俺の弁護士のだろう。なぜって、俺の友達はみんな俺を見捨てただろうから。

俺は陽気な気分じゃなかった。

リーゲルマンも陽気な気分ではいなかった。彼は主役級の俳優たちを、まるでファイト前のレフリーみたいに招集した。彼の黒い目は腫れぼったく、長い顔は陰気だった。だが彼はどうやら最善のやり方でいこうと決心したようだ。あのシーンが撮り直しされるなら、それはいいものでなければならない。

「覚えているか」彼は言った。「昨日の私の指示だ。開拓者たちは死の恐怖に脅かされている。私は観客にその点をわかってもらいたい。インディアンの襲撃はドレスリハーサルじゃない。インディアンたちは頭の皮と金、銃と馬を欲しがっている。向こうの成功はこっちの死だ。矢が心臓に当たって死ねたらラッキーだ。でなきゃ、連中にもてあそばれて死ぬことになる。これは作り話じゃないし、君たちは観客にそう信じ込ませなければならない」

彼は俺の方に向いて言った。「ジョージ、君は自分の部隊が襲撃者を十分撃退できるくらい強いことを確信しているし、敗北など君の頭の中では二の次でしかない。何より重要なのはカーラのことだ。君は彼女を手に入れるつもりだ。彼女はそれをわかっていて、心の中で歓喜している。なぜなら君がヒラリー・ウエストンだからだ。昨日話したように、君は内なる炎を消しはしない。極限的状況にあってすらだ。君は味方が落馬するのを見る。幌馬車が火矢を放たれ炎上するのを見る。君の頬を矢がかすめる。だが君にとってこの戦いはカーラへの求愛の遂行を妨害するものでしかないんだ。君は計算ずくでカーラの夫を危険な地に送った。だがここが重要なポイントだ。君にとって彼が殺されるかどうかは本当のところどうだっていい。もし殺されたら手間が省けて結構。だがもし自分の手で殺さなければならないとしても、君はカーラを手に入れる。いいかな？」

俺たちは所定の位置につき、代役がひと仕事した後、シーン撮影の準備は整った。俺は昨日の出来事と自分の運命に関する思いを頭の中から払いのけた。それらは過去のことであり、未来のことだ。俺はヒラリー・ウエストンになり、カーラの姿は俺のうちに炎をかき立てた。だが俺はペギー・ウィッティアーのことを頭から払いのけられないでいた。

サミーは彼女の横にちゃんといて、質問している。彼女は時折ノートをチェックしている。そして彼女の平凡で小さな顔が俺に向けられた時には、サミーが質問して注意を自分に向けている。サミーは役目を果たしてくれていた。

リーゲルマン、カーティス、ポール、そして照明係数名はこの周りに散らばっていた。俺はついでに彼らに注意し、ペギーにしっかり注目した。彼女の目が俺の銃に向けられるのが、俺には感じとれた。そうではないとわかっていたのに。

「俺の演技はクソまずいだろうが」俺は自分の馬に言った。「お前がいい演技をしてくれるな」

カメラが回りだした。そして赤い群れが砂丘上をこちらにどっと殺到してくると、俺は馬であっちに行ったりこっちに来たりを開始した。俺は指令を叫び、フランクを死地に送り出しながらカーラに意味ありげな一瞥を投げかけた。侵略者たちが俺たちの幌馬車の輪のまわりを飛んだり跳ねたりメリーゴーラウンドを始めた時には、俺は銃を発砲し、その歴史的な一撃ごとに、一つの生命に終焉を迎えさせた。

もはやいつ何時、ペギーが撮影を止めて俺の拳銃が違っていると指摘したっておかしくない。シーンは続いた。燃え盛る太陽の下、革のふさ飾りと羽根に縁取られた人々は落馬してこの輪の内側と外側に心地悪そうに横たわり、昼食の合図を待った。小銃の発射される単調なスタッカート音が、砂漠の太古の平安を粉砕した。俺はカーラには情熱を、インディアンたちには鉛の弾を浴びせ続けた。

今や形勢が変わり、俺たちが死の弾を撃ちつけ、卑劣なインディアンたちの生命が奪われていく、シーンのクライマックスが近づいてきた。もうカメラは十分くらい回っているが、まだ撮影は続いている。ペギーからの合図はない。俺はヒラリー・ウエストンを麦わらとレンガではなく、血と情欲でできた男として演じはじめていた。

ペギーが重要なディティールをいっぺんだけ見逃すなんてことがあり得るのか？　俺は希望を

もちはじめていた。

もし彼女がこのシーンの撮影をこのまま続けさせてくれるなら、誰も食い違いに気づかない公算が大きい。リーゲルマンは気づかない。彼は物理的なディティールに興味はないのだ。彼の映画は心理的ディティールを中心に組み立てられている。サミーは気づくが、それはかまわない。カーティスは気づかない。彼の関心はカメラのアングル、写真の出来、その他にあるからだ。照明係たちは光と影に関心を集中する。投光機担当はフィルムが回っている間、たぶん本でも読んでることだろう。

となると、映画が公開された段になってたまたまアマチュア・コメディアンがスタジオにやってきて、どうして俺は途中で銃を替えたのかと訊くのだろう。だがその時までに俺は犯人を特定しているはずだ。

それで俺は希望をもちはじめ、その結果やりたいように役を演じていた。

俺がカメラと向き合う瞬間が訪れた――スクリーン上のカーラの目から見た姿で――危難のただ中にありながら、情熱をみなぎらせている。俺は役に没入するあまり、ここが前日のフリンの死の瞬間だったことを思い出さなかった。俺は大きな黒い箱に向かい、目はペギー・ウィッティマーに向け、表情の演技をした。

俺は彼女が警告するように手を上げるのを見た。彼女はシーンを止めようとしていた。それから彼女は腕を下ろし、手の平で口を覆った。彼女はしようとしていたことを止め、彼女の目から恐怖が悲鳴を放った。それから彼女は前にぐらりと倒れた。椅子から転げ落ち、顔を砂に埋めて。

俺は馬に拍車をかけ、シーンの外へ走り出た。

この予期せぬ演技のせいで馬は一連の緩やかなジャンプをしたから、落ちずにいるのが大変だった。俺はたづなを引っぱり、かかとに力を入れ、無理矢理馬をカメラに向けた。ようやく俺はジャンプして着地し、走りはじめた。

リーゲルマンは俺を見た。「いったい全体何をやってるんだ?」耳が聞こえなくなるほどの大声で、彼は叫んだ。

俺は彼の後ろを指さした。彼は振り返り、崩れ落ちた。ペギーの肩甲骨の間の丸い血のシミが、オーガンジーのブラウスの上にゆっくり拡がっていった。彼女は死んでいた。

第十五章

ペギーの死から六時間くらい経った後、俺は留置場の中にいた。

房の中にいる俺に、保安官はこれは本当の逮捕ではないと告げた。俺は何かの嫌疑で逮捕されたわけではない。

「どういうわけだか説明してやってくれ、ラマール」キャラハンが彼をせかした。

ラマール・ジェイムズは薄い唇の角をぴくっとさせた。「お立ちいただく必要はありません」彼は俺に言った。「どうぞお楽に。寝台におかけください」俺がそうすると、彼は話を続けた。「いいですか、サンダースさん。われわれは幾つかのことを知っています。ミス・ウィッティアーが昨日何か見たにちがいないことはわかっている。私の解釈はこうです。彼女は自分が見たことに何の重大性も感じていなかった。自分が殺人犯を見たことを、彼女はわかっていなかった。しかし、今日あのシーンで、彼女は思い出したのです。あなたは彼女が片手をさっと上げ、それから脅えるように口へ持っていったと言った。犯人には彼女の頭の中で起こっていることがわかったんです。だから彼女は後ろから撃たれた」

「もし俺があのフィルムをいじくり回してなかったら」俺は苦い気持ちで言った。「彼女はまだ生きてたろうに」

「必ずしもそんなことはありません」ジェイムズは反論してくれた。「犯人は彼女が何かを知っていることを知っていた。彼女はいずれそれについて考えただろうし、そうしたら同じように死ななければならなかったでしょう」

「彼女が死んだのは俺のせいだ」それでも俺は言った。「絶対に犯人に償わせてやる――」

「さて、そこのところがあなたが留置場にいる理由の一つなんです、サンダースさん」

「ジョージと呼んでくれ」

「わかりました、ジョージ。さてと、彼女が撃たれた時あなたはまっすぐ彼女を見ていた。あなたから彼女を見たライン沿いに、発砲されている。犯人がそれを見たことをあなたは確信できるはずだ。犯人にはディティールを見抜く目があった。また、この事件をあなたが引っかき回していることは秘密でも何でもない。すると、どうなります？　犯人は、あなたも何かを見たと考えるかもしれない――ウィッティアーさんのように――そしてあなたは犯人を見つけ出す。というわけで、彼のリストの次はあなただ。だからこれは保護拘置です」

「あんたのお心遣いはやさしく麗しい」俺は言った。「覚え書きにメモしておきますよ」

「お望みなら腹を立ててもらって結構。だがこれは法的措置です。あなたの身柄はいただく」

俺は立ち上がった。ジェイムズの茶色い目が俺の前で揺らぐことはなかった。「あそこには他にも数百人いて、俺の見たことを誰も彼も、というか全員が見られたんだ。あの群れの中からなぜ俺一人だけを選び出した？」

　彼は俺に意味ありげな笑みを向けた。「手の内を見せた方がいいかな、ジョージ。あんたが何か隠しているのはわかっている、と俺は昨夜言った。自分はそれが気に入らないと。あの時はあんたを逮捕する寸前だった。だが、これは違法駐車よりもいい口実だし、こうすれば俺たちはささやかな話し合いを持てるわけだ」

「いつだってあんたとなら話すと言ったろ」

「言葉ではな」ジェイムズは言った。「口先だけだ。直接質問する段になると、あんたは俺をごまかそうとする。たとえ嘘発見器を持ち込まなきゃならないとしたって、俺はあんたから真実を引き出す」

　俺はキャラハン保安官を見た。この大人物に合理的な行動は期待できない、と俺はあらためて感じた。彼が責任者だが、任意の状況下でこいつが何をするかは天のみぞ知るだ。俺はジェイムズとなら話ができる。彼にならもっともらしい言い逃れもできる。彼は演技する前にそれを考え直すだろう。彼は怒ったりしない。だが、キャラハンときたら——

「保安官」俺は言った。「あなたに俺の発明品の恩恵を受ける最初の一人になって欲しい。嘘発見器で思い出した。俺が今取り組んでいるヤツは、嘘発見器がケロセンランプに見えるくらいのシロモノだ。治安官にとって一番の問題は嘘を発見することじゃない。おたくのおばあちゃんだってそうしたいと思えば顔を青くして嘘をつくだろう」

「うちのばあちゃんは死んだ」キャラハンは真面目に言った。

「じゃあウィジャ盤を使えば俺の言うとおりだってわかりますよ。だが俺が言ってるのは誰か特定の人間のことじゃない。俺が言いたいのは誰でもみんな嘘をつくってことだ。それを明らかにするのに、おかしな小道具はいらない。この人は自分の夫に嘘をつく。この人は恋人に、この人は自分の妻に、この人はラジオや新聞を通じて国中に嘘をつく。嘘発見器は常にずっと存在するとあなたが承知してる状態を知らせてくれるだけだ。だが、犯罪発見器はちがう」

彼は顔をしかめた。「どういう意味だ?」

「そいつが俺が取り組んでる発明なんだ。昔ながらのダウジング・ロッドの原理を利用している。今や科学的に、感情が感知可能な放射線を発することがわかっている。犬を見よだ。あなたが怖がっているのが犬にはわかる。だから噛むんだ。怖がってなければ、犬は本業に戻ってそいつに勤しんでるはずだ。連中の仕事は無数にある。犬ってものは、ああ忙しい忙しい忙しい」

「そのとおり」キャラハンは同意した。「ガキの頃犬を一匹飼ってたが、いつも何かに首を突っ込んでた。鳥小屋、納屋、居間、台所、俺があっちを向いた瞬間にテーブルでスープを飲んでた。親父が一度酔っぱらって、うちに犬はいらないって決めた。それでシェップをオーブン皿に入れてベーコン油をたっぷり塗って、オーブンで焼きはじめたんだ。縁起もんだからって親父がポケットに入れて持ち歩いてた馬蹄でお母ちゃんにぶん殴られてなかったら、丸焼きになってたはずだ。その日一日シェップは身体中のベーコン油をなめて過ごして、最高にご機嫌で、それからずっと、ロープを見るたびにオーブン皿を探して中に入ろうとしたもんだった」

俺は彼を本題に引き戻そうとした。ラマールは俺をうさん臭げに見ていた。

「保安官、あなたは鋭敏な観察者だ。またすぐれた記憶力の持ち主でいらっしゃる。まさしく犯罪発見器を最大限に活用できるタイプのお方だ。さっき言ったように、そいつはダウジング・ロッドの原理で作動する。指示棒のまわりに電磁場を発生させて、それが襟の折り返しに付けたダイヤルにつながってるんだ。この指示棒をお洒落なステッキに使って歩き回ったっていい。もちろんダイヤルに目を配りながらだ。車に轢かれて死にさえしなけりゃ、ダイヤルの動きがわかるはずだ。たとえば、ここに赤いドレスを着た女の子がやってきた。すれ違いざまに、針がちょっと震える。そうっとだ。彼女には犯罪傾向がある。だがそいつは注目を集めたいって欲望——赤いドレスがそれを証明してる——によって抑圧されているんだ。さて、今度はダービー帽の男に近づく。針は動かない。たぶん彼はガラクタ屋なんだろう。だが今度は別のものが見える。ハトにパンくずを撒いてやってる小男が、針をビューンと振りきらせたんだ。彼は第一級の犯罪者だ。だからあんたは質問もしないでそいつを連れてきてブタ箱に入れ、ぶっ叩いて吐かせるんだ。いずれ奴は自分が薬物組織の頭目だって自白して、共犯者の名前をゲロってよこす。あなたはFBIに電話して情報と犯罪者を引き渡し、連邦議会からメダルをもらうんだ。あなたに連邦議会メダルは似合うだろうなあ、保安官。あなたにふさわしい。大量のGメンたちを不眠症にしてきたギャング団を壊滅させた保安官なんて、どこの小さい町にもいるもんじゃない」

「俺はヤクが嫌いだ」キャラハンが言った。「撲滅すべきだ。売人はみんな殺されるべきだ。その犯罪発見器ってのはどこにある？　幾らする？」

「一号器をプレゼントしますよ」俺は言った。「賞賛と尊敬のしるしとしてね。俺のトレーラーに行ってもらうと、入ってすぐ右の壁板に装飾ノブがあります。それを右に回すと壁板が落ちて机が出てきます。右上の整理棚にスケッチが一揃いあるから、それをここに持ってきてもらえば完成させて、二、三日中にお渡しできますよ。考えてもみてください！　ただ歩き回るだけで、コミュニティの有害分子を根こそぎにできるんです。郡境の外に送り出せば、世界一クリーンな町が完成ですよ」

「うむ、バカバカしい話に聞こえるが、君は役者だからな。試しにやってみよう。ダメで元々だ。じゃあな、後で会おう」

ドアに注意深く鍵を掛けると、保安官は出ていった。ラマール・ジェイムズは俺に向かって顔をしかめてみせた。「ジェリーの親爺さんをあんなふうにからかっちゃ可哀想だ。本当にいい人なんだから」

「その点は俺も疑ってない」俺は言った。「だがもし話すなら、俺はあんたと二人きりで話したかったんだ。あんたはちゃんと対応してくれるだろうが、保安官は俺の話の邪魔をするだろう」

「わかった、話を」

「提案がある」

「言ってくれ」

「今夜ここでパーティーを開いて、選ばれた客人を招待したい」

「いったい全体何の話をしてる？」彼は訊いてきた。「パーティーだって！　ここを何だと思ってる？　寄宿舎だとでも？」

「反対する気持ちはわかる。あんた、俺は本当の意味で逮捕されてるわけじゃないと言ったろ。俺は言ってみれば客みたいなもんだ。だったらどうして友達に会いにきてくれと言えない？」

「だがここは留置場だ！」彼は言った。

「心ここにあればそこがわが家だ」俺は言った。「留置場だろうがテネシー州チャタヌーガだろうが何の違いがある？」

「留置場でパーティーなんて話、聞いたことがない。人が何て言うか」

「いいパーティーになれば、人はきっと自分も行きたかったなあって言うはずだ。禁止する法律があるのか？」

彼は考え込んだ。「俺の知る限りない。だが留置場でパーティーをやった奴なんて誰もいない」

「じゃあ俺たちが前例を作ろう。たぶん流行になるんじゃないか。〝スパイク・ドノヴァン氏が貴公のご光臨の栄を賜りたくお願い申し上げます。ブラックタイ着用のこと。木曜八時、四階Bブロック二六号房にて。お返事お待ちしております〟いいじゃないか。監獄にはお祭り騒ぎが必要だ。レヴューだって用意できるんじゃないか。〈足枷の美女たち〉。あるいは〈囚人ジャンボリー〉だ。音楽担当は〈八人の放火魔〉だな」

「パーティーをする理由は何だ？」

「表向きは」俺は言った。「ペギー・ウィッティアー追悼だ。彼女の未来に幸大からんことを。彼女も喜ぶだろう」俺は嘘をついた。「そういう子だった。それが表向きの理由だ。本当の理由は彼女を殺した犯人を罠にかけることだ」

彼は考え込むように薄目を開けた。「どうやってやるつもりだ？」

「心理学だ。彼女を殺したのが誰であれ、そいつの心の中には殺人のことがあるにちがいない。俺たちが奴を罠にかけてそいつを暴く。それから逮捕だ」

「結構な話に聞こえるな」ラマール・ジェイムズは苦々しげに言った。「どうやってやる？」

「パーティーまで待つんだ。方法をまだ教えたくない。うまくいったら納得するはずだ」

「まだパーティーをやるとは言ってない。聞くんだ。どうして自分の心配をしない。どうして俺にこの犯人捜査をさせないんだ？」

「やってもらいたいさ」俺は言った。「できるのか？　あんたはこれまでどれだけ成果を上げた？」

「まるきりゼロだ」彼は悲しげに認めた。「今やわれわれはフリンについてほぼすべてを知っている。それで今までのところ彼を殺害する動機のある者は見つかっていない。彼は何者でもないただの男だった。金は持ってなかった。金を稼ぐ当てもなかった。誰か特定の女性とつき合ってたわけじゃない。友達とは親密じゃあなかった。犯歴はない。ずうっと木っ端仕事をやってきた。誰も彼の死を望むわけがなかった。俺にわかる限りではだ」

「だが誰かがそれを望んだ」

「ああ、約三百人の中の誰か一人がってことはわかってる」

「一ダースに絞れるさ」

「なんだって？」彼は声を張り上げた。「どうやってだ？」

俺は、もしフリン殺しが役者かエキストラなら、そいつがあえてカメラに撮られたがったわけはないという自説を説明した。「したがって」俺は言った。「唯一あり得るのは犯人がカメラの背後にいた連中だってことだ。つまりポール、サミー、リーゲルマン、ネルソン嬢、カーティス、俺に包帯を巻いてくれた看護師、クレーン係、照明係二人、衣裳部の二人だ。理論的に何人かは除外できる。照明係とクレーン係は忙しかった。とはいえどちらか一人がちょっと場を外して発砲することはできなくはなかった。だから全員容疑者に含めておいた方がいい」俺は言葉をいったん止めて、つけ加えた。「盗まれたフィルムを見つけて現像すれば、俺の言うとおりだって証明されると請け合うよ」

「どうしてそこに気づかなかったんだろう？」彼はうんざりしたように自問した。「全員の間を走り回って、気が狂いそうになってた。数人なら深く切り込んでやることもできるが、あれだけ大勢いたんじゃほんの上っ面を撫でられるだけだ。たいした仕事だ、ジョージ。あのフィルムが見られたらいいな」

俺は彼があれを見られたらいいなとは願わなかった。彼なら銃に気づくだろう。すると問題が生じてくる。「ところで」さりげなく俺は言った。「幌馬車の中で見つけた拳銃の指紋はどうなってた？」

「なしだ」彼は言った。「誰かが拭いたんだ。指紋一つなしだ。だがあんたの言うとおりだった。弾はあの銃から発射されたんじゃない。どうしてそれがわかったのかを知りたい」

「犯人を罠で捕まえたら」俺は言った。「本人が話すだろう。俺にやらせてくれ。いさぎよくさ」

「俺ならいいんだ」彼はゆっくりと言った。「あんたは思ってたより利口らしい。なんとかできるかもしれない。ジェリーにこのアイディアを売り込まなきゃな。机の中に何も見つからなかったら、腹を立てるだろうが」

「言ったとおりスケッチ一揃い、見つけるはずだ」

ジェイムズの目が見開かれた。「まさか、あの犯罪発見器ってのは本当なのか?」

「本当じゃ悪いか? 可能性はある」

「じゃあ今そいつを使えるな。よし」彼は陰気に言った。「誰も何も見ていない。誰もが殺人の時の自分の動きを説明でき、それを証明する証人が少なくとも一人いる。ふん、もしかしてそのパーティーが何か新事実を明らかにしてくれるかもしれん」

「招待状を送ってくれるか?」俺は訊いた。「それとパーティーが始まる前にもう一つやっておきたいことがある。ペギーのノートが見たい。何が起こったか詳細がぜんぶ書いてあるんだ。何のせいで彼女は思い出したのか、わかるかもしれない」

彼は顔をしかめた。「ノートだって?」

「そうだ。彼女は衣裳のディティール、あれこれの位置、それと——見たことは何でもぜんぶ記録してあるんだ。つまり、あるシーンが中断したとすると、中断前と寸分ちがわないシーンを設営するのに監督は彼女に相談するだけでいい」

「脚本のコピーってことか?」ジェイムズが聞いた。

「ちがう。ノートだった。黒革のルーズリーフだ」

「じゃあ誰かが盗ったんだ」ジェイムズは言った。「俺が行った時、彼女はノートなんか持っていなかった」

これは衝撃だった。何より俺の自尊心への衝撃だった。「俺は間抜けだ」つくづく嫌になって俺は言った。「もちろんノートなんてあるはずがない。彼女を殺した奴が盗っていったんだ。少なくとも犯人が誰かに関する手がかりがあったはずだからな。俺たちにできるのはただちに全員を捜索して、誰であれそいつを持ってる奴を逮捕することだけだ。だがもう、燃やされてるだろうな」

ジェイムズは突然顔を赤くして怒りだした。「もういい加減うんざりだ」彼はキンキン声で言った。「こんなふうに、手遅れになってから重要な事実を知らされるのにはな。あんたはフィルムのことを言わなかった。そしたら盗まれた。ノートのことを言わなかった。そしたらなくなっていた。なんだかうさん臭いし、どうなってるのかを俺は知りたい！」

「パーティーがいいアイディアだって、あんた認めてたじゃないか」俺は思い出すよう促した。

「始めようじゃないか」

「わかったとも！」彼は鋭く言った。「だがあんたの隠しごとのせいでもし誰かの気が違ったら、お気の毒様だ。俺はからかって言ってるんじゃないぞ、ジョージ。お前のやり方は正直じゃない。一番いいと思ってこうしてるんだろう。わかった。お前が間抜けだとは思わない。だがもしこのパーティーで何も出てこなかったら、お前には全部吐いてもらわないといけない。でなきゃ公務執行妨害で逮捕して、州刑務所を内側から見たらどんな具合か、見てきてもらうことになるぞ！」

第十六章

人間行動の隠された動機を探る哲学の才が俺にあると主張するものではない。俺は表層的な兆候を観察してそれに対処する傾向がある。それが実用的だと思うからだ。

そういうわけで、ある意味友人だったペギーが後ろから撃たれた今になってさえ、俺は根本的な動機を求めて容疑者リストを精査したりはしなかった。動機は表層に案内標識みたいにはっきりとあった。犯人は彼女が何か――演技、ジェスチャー、何かしら異常な特徴とかいった何かだ――を見て、それをノートにメモしていたことを知っていた。彼女が奴を見つけ出すのを防ぐために、犯人は彼女を殺さなければならなかったのだ。

奴が誰かを見つけ出すための俺の計画もまた、表層的な方法論をとる。犯人は自分が殺人を犯したことを知っている。殺人という言葉は彼の意識の表層近くにあるにちがいない。となると俺の目的は、彼に揺さぶりをかけてその事実を明らかにさせることだ。そのための計画は単純だった。

俺はある言葉ゲームを「発明」した。この語は厳密にいうと正確ではないが、しかし十分である。このゲームのお蔭で俺はずいぶんとタダ酒を飲ませてもらってきたし、また酒代を支払ってもきた。それはある日俺がダービーのバーで、スクリーン上や舞台でアホ役をやっている実に博識な女性と出くわした時に始まる。俺が彼女に三文字言って、その文字がぜんぶ入っている語を彼女が——十五秒以内に——見つけられない方に、俺は一ドル賭けたのだ。

「c、x、q」俺は言い、時計のタイマーを押した。

彼女は何百万人もの観客を腹の底から笑わせてきた悲しげな表情のスイッチを入れ、俺が彼女の心臓の血をくみ出して路上に垂れ流していると言わんばかりの口調で、「quincunx」と言った。

「そんな単語はない」俺は言った。

哀しみに打ちひしがれた様子で、そういう単語が存在する方に更に五ドル賭けると彼女は申し出た。またバーテンダーも彼女の判断を支持して二ドル賭けると申し出た。俺たちは近くの本屋にでかけていき、そこで彼女は「quincunx」とは物を五つ並べたことをいうのだと証明し、俺のポケットからは八ドルがさよならしていった。

俺はもう彼女とはこのゲームをやらなかった。もっと学識のない連中から損失をやっとこさ取り戻し、二、三年の間ときどきこのゲームをやったりやらなかったりしていた。

今、ペギーの死につづき、俺は可能な限り多くの容疑者を集め、連中にd、m、uでmurder、l、l、gでkilling、m、h、cでhomicideといった文字の組み合わせを投げつけてやりたくなった。これは適切な理論だと思う。何も証明はしないにせよ、そいつはこれらの語、あるいはその関連語に自覚的な人物に注目させてくれるだろうし、そしたらそいつのアリバイ、動機、セヴランス・フリンとの過去の関わり合いその他を調査できる。

俺が留置場にいることに対するメルヴァ・ロニガンの反応について、俺は考えていなかった。

彼女はフレッドと見知らぬ中年男といっしょに飛び込んできた。彼女は言った。「あたしにこんな真似させるもんですか。あの間抜けの保安官はどこなの？」

「どんな真似させないだと？」俺は訊いた。

「あなたを留置場に入れることよ。他に何があって？」

「彼女に言い聞かせようとしてるんだが」フレッドが割って入った。「こいつはあんたにとって途轍もない宣伝になる。俺はここにいてもらったほうがいいと思うんだ」

メルヴァの緑色の目が火花を発した。「留置場でこの人はお金を稼げて？　あたしはそうは思わない。この人は釈放してもらうわ」

「出てけ」俺は言った。「みんな出てけ」

メルヴァはひたいにかかる赤いほつれ毛を払った。「ヒステリーにならないでね、ジョージ」三歳児に言い聞かせるように彼女は言った。

俺は思わず声を張り上げた。「ヒステリーだって？　お前たち食屍鬼(グール)二人して、もう取り返しのつかない被害を出してくれてるんだ。昨日の晩は弾丸特急でうちに押し掛けて、誰が撃ったか見つけるのを邪魔した。その結果、可哀想なペギー・ウィッティアーは死んだんだ。そして今、簡単な依頼をすれば俺をヒステリー呼ばわりする。ああ俺はヒステリーだとも！　さあ出てけ！俺は本気だ」

「あなたは自分にとって何がいいことかわかってないの」メルヴァが言った。「あなたの弁護士がそう言ってるわ。ねえ、マックラッケンさん。

　その中年男は司法関係者らしく見えた。「貴方の身柄拘束により、三件の憲法違反がなされています、サンダースさん。よきアメリカ市民として、かかる冒瀆行為を許すことはできないでしょう？」

　そいつは背が高く、やせ気味で、非常に威厳があり、こめかみはいくらか灰色だった。顔の下半分は日焼けしたひたいよりも薄い色で、また俺のまったく知らない人物だった。

「俺の弁護士だって？」俺は言った。「俺は弁護士なんか雇っちゃいない」

「あら、雇ったわ」メルヴァが俺の発言の誤りを修正した。「あたしがあなたのために雇ったの。あたしたちあなたをシラミのいる牢屋になんか放っておけないわ」

「この独房にいるシラミは全員」俺は辛辣に言った。「外から来たんだ。俺がここに来てからずっとだ。俺は弁護士なんかいらない。二つめの鼻をもらうより用なしだ。俺はここが気に入ってる」

「見上げた心意気だ、ジョージ」フレッドが言った。「これで一面記事が取れる」

「お前に言うことがある」俺は悪意を込めて言った。「お前は俺の元プレス・エージェントだ。俺がこの一件解決に乗り出してることについて、記事はいらないと言ったはずだ。お前はご用済みだ」

「彼をクビにはできないわ！」メルヴァがきっぱりと言った。「あたしはあなたと契約があるし、彼はあたしのフィアンセよ。ときどき頭の中が腐った牛乳でいっぱいになる時があるのは認めるけど。だけど彼のしたことは全部あなたのためにしたことなの」

「君だってクビにしてやれるんだ！」俺は言った。遺憾ながらこれは怒鳴り声に近かった。

「まあ！」彼女はかわいらしく言った。「じゃああなたを訴えてあげるわ、おバカさん。そして法廷に水着を着て出てってあげる。あたしがホルターバックの水着を着てる時、陪審員があなたの話を聞くと思って？　そしたらあたし、あなたが私の服をぜんぶ盗んだんですって言うわ。中古水着を売れる先さえ知ってたら、この水着だって持ってかれてたはずですって」彼女の口調は、俺をなだめるかのようになった。「ケンカするのはやめましょ、ジョージ。あたしたちお互いを好きすぎるんだわ。でもこれはあなたのためなの、ほんとよ」

「議論は拒否する」俺は言った。「君たちには出ていってもらいたい。そして遠くにいてもらいたい。今夜ここで君たちは歓迎されていない」

俺は彼らに背中を向け、無表情に寝台を見た。驚いたことに、メルヴァとフレッドとマックラッケン氏は静かに出ていった。

俺は椅子に腰かけ、安堵の小さいため息をついた。結局のところパーティーは行われるのだろう。俺は言葉ゲームのヒントをうまく使って第一容疑者を見つけ出し、ラマール・ジェイムズを説得して俺をトレーラーの作り付けスプリング内蔵マットレスの許に帰してもらう。そしてこの事件は彼に引きわたし、一夜の快適な睡眠を手にするのだ。

そう考えるのに集中していたせいで、キャラハン保安官が帰ってきた物音が聞こえず、気がついたら耳許で鈍牛のように力強い声で話しかけられていた。

「いやあ、まったく短いご滞在だったな」忙しそうに鍵を回しながら彼は言った。「あんたの言ってた設計図はここだ。どこでも好きなところで仕上げてもらっていいぞ」

彼は俺にフォルダを渡し、ドアを開け放った。彼は俺ににっこりほほ笑みかけた。

「じゃあ犯人を捕まえたのか？」俺は訊いた。

「いいや」彼は陽気に言った。「だが捕まえるさ。それにあんたをこれ以上拘束している理由がない。誰もあんたがやったとは思ってない」

「だけど俺は保護拘置中なんだろう！　俺の生命が危険に晒されてるんだぞ」

「おいおい、よせよせ」彼は言った。「誰もお前を殺したりしないさ。もし殺したとしても、俺たちが捕まえる。ラマールは途轍もなく頭がいいんだ。だから心配しなくていい」

「俺は出ていかないぞ」俺は言った。「ここにいる」

「まあまあ、サンダースさん」今度は彼はおだてにかかった。「ここにはいてもらえないんだ。連邦の連中とトラブルを起こしてる暇はない。連中は合衆国憲法を——あー、軽視されるのを嫌うんだな。あんたの弁護士がそういうことにはとっても詳しくて、俺としてもこっちが性急だったってことがわかったんだ」

「あの間抜け野郎は俺の弁護士なんかじゃないぞ、保安官。俺には犯人を捕まえる計画があるんだ。とにかく今夜パーティーを開きたい。そしたら犯人を差し出してやる」

「パーティーだって？」キャラハンは驚愕のこだまを返した。「どんなパーティーだ？」

「ジェイムズに聞いてないのか？」

「ない。奴はホットな手がかりを入手して、その件ででかけた」

俺はパーティーについて説明した。キャラハン保安官はあきれかえった。「この留置場じゃあダメだ。だめだめ！　ハリウッド流のワイルドなパーティーがうちの留置場で開かれたなんて聞いたら、ここの有権者たちは何て言う？　サム・ジェンキンス——次の選挙で俺の対立候補になる奴だ——あいつは俺の留置場を焼け落ちる前のソドムとゴモラみたいに言うことだろうよ。そんな話、聞いたことがない。ここを出てってもらうか、それとも俺があんたを逮捕するかだ」彼は頭をぼりぼりと掻いた。「それはダメだな。あんたには出てってもらう、サンダースさん。トラブルはごめんだ」

「俺が出ていかなかったらどうする？　あんたと俺は同じくらいの大きさだ。あんたに俺を放り出せるとは思わないが」

彼は拳銃に手をかけた。「できると思うが」

「あんたに俺が撃てるはずがない。有権者が何て言うか考えてもみろ。キャラハン保安官は自分が逮捕した容疑者に銃を突きつけて追い出した。決断できない男に投票できるか？　あんたならどうだ？」

彼はしばらく不幸そうに沈黙していた。それからゆっくりと「クソッ！」と言った。「とにかくあんたには出ていってもらわないといけない」彼は長いこと黙り込んでいたが、やがて小さい目を幸せそうに輝かせた。「あんたは出ていくしかない。なぜってほら、俺があんたのパーティーの客を誰も入れてやらないからだ。たぶん俺はあんたを追い出したり放り出したり追っ払ったりするわけにはいかないんだろう。だが、連中を入れないでいられるのはぜったい確かだ。だからあんたはここで一人で座ってることになるな」

俺は立ち上がった。一本も二本も取られたかたちだ。俺は外に出た。

「じゃあな」彼は俺に呼びかけた。「次回はゆっくりしてってもらえるんじゃないかな」

メルヴァ、フレッド、マックラッケンが歩道で待っていた。メルヴァはほっそりした手を俺の腕に乗せ、懇願するような目で俺を見た。「ジョージ、せめてあなたの可哀想なお母様のために、これからは真っ当に生きてちょうだい」

俺は彼女の腕を振りほどいた。「このお約束の四流喜劇だが、誰か説明してくれるんだろうな。この間抜け野郎は誰だ？　マックラッケンなんて名前の弁護士、聞いたこともないぞ」

「この人弁護士じゃないの」メルヴァが説明した。「でも『ジャックレッグ』で弁護士を演って、とってもよかったのよ」

「私はよろこんで進んで」深い声でマックラッケンは言った。「正義のため、わが装飾毛を犠牲にしたんですよ、サンダースさん」

「だまされちゃダメよ」メルヴァが言った。「この人。ひげを剃っても一日一二ドル五〇セント稼げるってわかったら、喜んであきらめてくれたわ」

「わかった」俺はため息をついた。「お手上げだ。何の話をしてるんだ？」

「マックはあごひげの男だったの」メルヴァは言った。「でもひげを剃ってあなたを留置場から出してくれたら、映画の間の給料はあなたが支払うって話したの」

俺は目をみはった。俺は口を開く自信がなかった。彼女は留置場にいたかった俺を無理やり釈放し、その上元エキストラの給料まで押しつけたのだ。

「もちろん」メルヴァはつけ加えて言った。「あたしが十パーセントいただくから、マック、あなたの取り分は一一ドル二五セントよ」

「わかってます」彼は言った。

「食事に行こう」フレッドが提案した。「ジョージ、腹が減ってるだろう。それに話し合いたいアイディアがあるんだ。なあ、次の日曜日には犯人を明らかにするって新聞に書かせたら——」

「そしたら誰でもお茶にご招待か?」俺は訊いた。「お前らには自分のことをやってもらいたい。お前らといっしょにいる暇はない。俺は本気で言ってる」

地元ナンバーの車が縁石にすべり込んできた。ラマール・ジェイムズがエンジンとライトを切り、歩道の俺たちの仲間に入った。「外で何やってるんだ?」彼は俺に訊いた。

俺は手短かにがつんと言ってやった。彼はにっこりした。

「そんなのは問題じゃない。俺は犯人がわかったと思う。あと数分で彼女を逮捕してやる」

「彼女だって?」俺は言った。「誰だ?」

「ワンダ・ウェイトだ。ペギー・ウィッティアーはホルマン夫人のところに部屋を借りていた。今夜、日が暮れた直後に、ホルマン夫人がウィッティアーの部屋に女性が忍び込むのを見たんだ。俺が行ったが誰も見つからなかった。だが部屋中そこかしこに、ワンダ・ウェイトの指紋が発見されたんだ。彼女の指紋がフリンの部屋とウィッティアーの部屋の両方で見つかるなんて、ちょっと偶然が過ぎるんじゃないかな」

「友人として警告させてもらう」俺は言った。「ワンダはフリンを殺していないし、それゆえペギーを殺す理由はない。無理筋は通しちゃダメだ」

「心配するな」彼は言った。「尋問のため同行願うだけだ。効果的な尋問方法を考案したんだ。俺が間違ってたら、あんたにわかるだろうからな」

彼は愛想よく会釈すると、建物に入っていった。

第十七章

「ジョージ、なあ友よ」俺は自分に言った。「お前にできる最善のことは、この件から手を引くことだ。今すぐだ。犯人を罠にかけるため、お前は三つも策謀を重ねてきた。お前は証拠を隠匿し、擁護不能で危険な立場に身を置いた。お前は友人に嫌疑を向けた。お前は法執行官に嘘をついた。この捜査におけるお前の不正直な役割が知られたら、裁判官はお前に本を投げつけることだろう。だがお前がトレーラーに戻って贅沢な孤独を享受して眠りに就けば、お前の役割は誰にも知られない――お前がベッドで寝ている限りは。業病にかかったと申し立ててもいいし、突然酔っぱらったとか、俳優でいるのに疲れ果てて気を病んだとか主張したっていいんだ。さあ来い。頭蓋骨の中身が血迷ったチョウチョばっかりじゃないみたいに振る舞うんだ」

俺はメルヴァとフレッドとマックラッケンに曖昧に手を振って追い払い、ラマール・ジェイムズの後を追った。

キャラハン保安官は俺を見ると怒りを顔に出した。「貴君のことは追っ払ったと思ってましたがな、サンダースさん。さてと、俺はトラブルは――」

「俺は客だ」俺は言った。「非公式の訪問だ。ジェイムズはどこだ？」

キャラハンは廊下に手を振った。「奴なら研究所に戻った。マイクロフォンとか何やらをいじくってる」

「マイクロフォンだって？　そんなもので何をしてる？　会話の録音か？」

「ちがう」キャラハンはうんざりしたふうに言った。「そいつで弾を見てるんだ」

俺は研究所に入っていった。そこは小さく、清潔で、立派だった。ラマール・ジェイムズは比較顕微鏡（マイクロスコープ）にぴたりと目をつけ、つぶれた鉛の塊二つを見ていた。

彼は目を上げて顔をしかめた。「二つはちがう銃から発射されたものだ」彼は言った。「だが型はどちらもおなじだ。おそらく二挺のスミス&ウェッソン三十八スペシャルだろう。さて、どうして奴は同じ拳銃を使わなかったんだ？」

俺は一瞬のバカげた愚かさゆえに、彼の言うとおり俺が知っていることをぜんぶ話して「クリーン」になろうと決意した。人口の半分が馬であるこの町の警察研究所は、驚きと尊敬を喚起したのだ。装置の中で俺に同定できたのは、白色アーク燈一セット、三脚に載った大型カメラ、ライカの小型カメラ、単眼顕微鏡、双眼顕微鏡、彼が使っている比較顕微鏡、照射灯、指紋装備一式、ブンセンバーナー、るつぼ、ピペット、目盛りつきビーカー、試験管、金剛紗の車輪と緩衝器の付いた小型電気モーター、バランス秤二種類、化学薬品一棚、そしてマイクロメーター数点である。ラマール・ジェイムズがこれだけの道具をぜんぶ使いこなせるとすると、彼は善人であるし、俺よりはるかに優れた犯罪捜査技能を備えている。見た道具の半分だって、俺には使い方もわからなかった。

生まれついての注意深さが、たちまち主張を開始した。口を慎むに越したことはない。

「どうやってわかった？」俺は訊いた。「つまり、拳銃のことだが」

彼は俺の方に向き直って、引き締まった茶褐色の手でタバコに火を点けた。「弾の重さ、ランドの数、それと転度だ。この二つの弾の転度は両方とも十八と四分の三インチだ。これはスミス＆ウェッソン三十八スペシャルの特徴だ。施条溝は時計回りに付いてる。溝の直径は〇・三五七インチで、これまたＳ＆Ｗの特徴なんだ。コルト製の三タイプの三十八口径の転度は十六インチで施条溝は反時計回りだ。コルトの溝の直径は三十八口径の中でも異なる。スペシャルは〇・三五四インチだし、オートマティックは〇・三五六インチ、そしてリヴォルバーは〇・三五四インチだ。だからこの弾を顕微鏡で見て比較すれば、スミス＆ウェッソンの違う二挺の拳銃から発射されたことはほぼ確実だと言うことができるんだ」

彼は接眼レンズをどう調節するか、どうやってレンズを別々に、あるいは一緒に回すかを教えてくれた。銃身によって刻まれたごく微小な傷が、二つの弾では違っていた。この二つが同じ銃から発射されたのではないことを、俺は彼に教えてやることもできた。なぜならフリンを殺した拳銃は砂丘の中にあるのだから。

「こいつはフリンの頭から取り出したものだ」左側の弾を指さしながら、彼は言った。「発射速度が速く、あまり変形していない。なぜならこいつは彼の頭蓋骨のひたいの薄い部分を通過したからだ。ウィッティアーから取り出したこっちは、あばら骨に当たったに違いない。だが特徴は判別できる」

俺は顔をあげた。「ランドと転度ってのはどういう意味だ？」

「ランドってのは施条溝と施条溝の間の平坦部、転度ってのはランドが一回転するまでにどれだけ移動しなきゃならないかを表わす表現だ。そいつは転度の角度によっても、弾の縦軸とランドが形成する角度でも表わされる。だが俺は特製の測定顕微鏡は持っていないから、インチで表わしてるんだ」

「こんなことどうやって知ったんだ？」俺は訊いた。

彼は手を振って小さい本棚一杯の本を示した。「図表。すべての情報はメッガー、ヒース、ハスラッチャー共著の『武器図版集』にある。それとゼーダーマン、オコンネル共著『現代犯罪捜査』にもだ。俺はずいぶんと勉強してるんだ」

「犯罪の増加を予見してか？」

「俺はここに一生いるつもりはない」彼は静かに言った。「今のところたいして出世してないが、行きたいところまで行くつもりだ。自分の犯罪研究所が欲しいんだ。またこの業界の誰よりも多くを知りたい。この道具の多くは俺が皿洗いやら何やらして稼いだ金で、俺が買って持ってるんだ」

「驚いた。俺は自分の知ってることを話しにここに来たんだが、あんたがどんな男か先に知っとこうと決心したんだ。俺がこれから言うことを、秘密にしてくれるな？」

「あんたが犯罪を犯してないなら、ジョージ、何にも恐れることはないさ」

「じゃあ俺の最初の提案は、ワンダ・ウェイトを外すことだ。彼女は無実だ。彼女はフリンを殺してない」

「じゃあ彼の部屋で何をしてた？」

「わからん。クローゼットのドアの隙間から彼女を見てたが、指紋は拭き取ったんだと思ってた」

「彼女を見てただと？」彼は叫んだ。「いったい全体あそこで何やってたんだ？」

「もちろん動機を探してたのさ。俺の第一の関心は、なぜフリンは殺されたのか、にあった」

「何か見つけたか？」

「新聞の切り抜きだ。これが何か意味するかは疑問だが」

俺は新聞の切り抜きについて話し、ある程度の説明をした。

「この件で俺たちに必要なのは」彼は言った。「英国貴族だ。フリンが親戚だと考えてみろ」

「そこはチェックできる。だが彼の人生にはある程度踏み込んで調査したんだろう？」

「ああ。奴はどうってことのない独身者だ。俺にわかったのはそれだけだ。ワンダはこの話のどこに入ってくるんだ？」

「彼女はここへ来る汽車の中で奴と話したんだ。それが最初だと彼女は言っていた。ネブラスカ出身だと話したそうだ。奴は別人と偽ってこの仕事に就いた」

「そのことはわかってる」ジェイムズはじれったそうに言った。「どういうわけであんたは、なぜ奴が殺されたかを知りたいんだ？　俺は誰が殺したかを知りたい」

「俺たちはどうやったかは知っている」俺は言った。「奴は絞殺されたのでも毒殺されたのでもない。撃ち殺されたんだ。一ダースくらいの人間に機会があったことを俺たちは知っている。動機を探せたら、五分で逮捕できるはずだ」

「その動機を探して、あんたはどう動き回ってるんだ？」彼は言葉を止め、ちょっときまり悪そうに、こうつけ加えた。「俺は捜査の心理学的角度について勉強する機会があんまりなかったんだが、あんたは自分が何を言ってるかわかっているようだ。俺は本当に情報が欲しい」

「人が殺されるとき」俺は言った。あんまり衒学的に聞こえないよう心がけながらだ。「その理由は彼の過去にある。完全な記録を提出できれば、どうしてこの人物あるいはあの人物が彼を殺したかったかという理由が指摘できる。さえない仕事だが、情報を得る唯一の方法は、彼を知ってた連中に訊いて回ることだ」

「その問題は」賢明にも彼は言った。「少なくとも一人が嘘を言うだろうってところだ。犯人だ。他の全員は真実を話すだろうが、彼はちがう」

「そのとおりだ。だが犯人が質問をはぐらかす仕方や、質問の時の様子全般で、あんたは展開すべきアイディアを手にするはずだ。こいつが成功間違いなしの手法じゃないってことは認めるが、一般的な捜査パターンの一部だ。また、奴を知ってた人物は二人いる。一人はワンダ、もう一人はハーマン・スミスだ。奴はそいつの代わりに来たんだ」

もうちょっとでカーラもフリンをよく知っていたとつけ加えるところだったが、突然思いついたことがあった。もしジェイムズを町の外に送り出せたら、この混乱状態における俺の複雑な立場を明らかにすることなく、俺は現在の方向で捜査を続けられる。確かに俺の複雑な立場は最初は不慮の偶然的なものだったが、もはや何か別物になってしまっている。また俺はラマール・ジェイムズを賛美し尊敬するが、何度か癇癪を起こすところを目にしているし、真実を知った時の彼の反応を一か八か見る気はない。

この事件で俺の活動が官憲の捜査に不都合を及ぼすことはないと、俺は確信していたし、もしジェイムズがすでに持っている以上の情報を入手できれば、それは役に立つ。彼がハーマン・スミスから情報を得られるのは論理的だと思われた。

「スミスは」俺は続けて言った。「フリンの友人らしい。彼は何かを知っていると考えていい——習慣、他の友達、とかその他色々だ。あんたがハリウッドに急いで行って見てきたらどうだ?」

彼は皮肉に笑った。「行きたいさ。だがここじゃあ保安官代理の旅費は出ないんだ。警察の資金は潤沢じゃない。郡の人口は少ないから、税率はあまり高くできないしな」

「俺が旅費を支払ったら?」

「もちろんその条件なら行ける。だがどうしてあんたが支払わなきゃいけない?」

「俺が好奇心から知りたがっていて、ちょっと怒ってもいるとしたらどうだ? 俺は犯人を捕まえるために完全に見事な罠を三度も試した。まったく俺のせいじゃないのに、ぜんぶめちゃめちゃになった。俺の試みは科学的推理に基づいている。だが俺が推理には飽き飽きして、少しは正直な仕事を見たがっているとしよう。俺は自分じゃあ出かけられないから、あんたの請求書は喜んで支払うさ」

しばらく話し合った後、彼はポールのところにフリンの住所を取りに出ていった。そして俺は自分のトレーラーに戻り、考えはじめた。

攻撃の方向には三つ可能性があった。第一、フリンを殺した拳銃を見つけてその所有者を辿り当てる。第二、ペギー・ウィッティアーのノートを見つけ、殺害者の手がかりを同定する。最後はワンダとカーラに会うことだ。俺は鍵はこのどちらか一方の心の中にあると感じた。

ノートに関する限り、可能性はなしだと俺は思った。それは犯人にとって危険だ。間違いなくもう処分してしまったことだろう。拳銃を見つけるのも難しい。夜中に懐中電灯を持ってでかけるわけにはいかない。ロケ地に滞在しているクルーが俺の姿を見るかもしれない。犯人が俺を見るかもしれないし、俺はいい標的になりそうじゃないか！

今のところ俺がカーラからもワンダからも何か聴き出すことにまったく成功していないことは、認めねばならない。もちろん、だからといってもういっぺんやってもうまくいかないと決まったわけではない。『セイント』と『ファルコン』はいつだって可愛いレディーたちからうまく情報を引き出してきた。同じ戦術が今回も使えるかもしれない。

その一方で、明日は忙しい一日になるだろうということを、俺は思い出した。あのシーンをもう一回撮り直さなければならないのだ。女の子たちはベストのコンディションでいる必要があるし、一晩よく眠らなければならない。これは俺の利他主義からだけではない。神経症気味で過労の女優に、俺がスターを務める映画の一シーンを台なしにしてもらいたくないという重要な事実がある。

俳優ジョージ・サンダースは探偵ジョージ・サンダースと短い議論をした。後者が勝った。

結局のところ、俺だって疲れていた。俺にだって明日重要なシーンがあるのだ。となると銃だ。銃に関心を集中しよう。そいつは砂丘の端のあそこにある。そいつとマクガイアがまもなく地獄のように激怒しはじめる、真珠の握りのコルトだ。そこに灌木の密集地はない。人目をさえぎってくれるものは何もない。日中の捜査は不可能だ。夜の捜査は危険だ。人目をさえぎってくれるもの。砂嵐が俺を覆ってくれる。ふむ、となると砂嵐が要る。

このアイディアは俺を喜ばせた。俺は脚本中に砂嵐のシーンを書き込んで、リストレスが二挺の拳銃を投げ捨てた場所までゆっくり歩いていくことができる。俺の指示でその場所の砂を吹き飛ばすよう送風機を配置させることもできる。俺は自分の歩幅と距離とタイミングを合わせて、金属が砂の中から覗いて見えるような頃合いに到着するよう見計らえる。そうしたら俺はリアルによろめき倒れ、上着の下に銃を突っ込み、またよろめき進むのだ。犯人ですらごまかしに気づかないだろう。俺を直接見ていたとしてもだ。

俺は心の目でそのシーンを思い浮かべることができた。嫌悪され、崇拝され、愛され、大胆不敵で華麗な小隊のリーダー、ヒラリー・ウエストンが、勝利せんとの鋼鉄の意志以外すべてが失われた時、砂嵐の中をあがき進む。彼はよろめく。彼の力は尽きたのか？　だとしたら他の皆もだ。なぜなら彼は部下たちの憧れの勇者なのだから。彼が砂の中をもがき進むあの姿を見よ！　もう一度立ち上がろうとする英雄的な努力を見よ。彼は立ち上がった！　倒れた！　立ち上がった！　勝利の歌を歌え。汝砂漠にて奏でられたる秘密のヴァイオリンよ！　抵抗を叫べ、風よ！　暗雲立ちこめよ、空！　ヒラリー・ウエストンを運命の定めたる道からそらすことはできない。

サンダースがこの目茶苦茶な混乱から脱出するのを妨げられはしない！

いいシーンだ。観客から共感のざわめきを絞り出し、もし拳銃を見つけたらサミーから喝采を引き出せる。だがもし拳銃が見つからなかったら？　ならばサンダースの頭脳が、別なる計画を考えださねばならない。

拳で激しくドアを叩く音がした。俺はアカデミー賞の夢、相変わらず監獄から自由な身の上のままでいる夢からぱっと目覚め、ノックした人物を招じ入れた。そいつはポールだった。

奴は神経過敏な様子だった。「やあ、ハロー、ジョージ」奴はつぶやいた。

「どうぞくつろいでくれ」俺は奴を招じ入れた。「タバコと飲み物はいかがかな？」

「ありがとう」

俺は飲み物を調整し、奴の隣りに座り、奴を見た。奴の黒い目は俺の目を避けた。

「俺は――あー」奴はつっかえつっかえ言った。

「何だ？」俺は言った。「どうした？　シロアリ被害に悩んでるのか？」

奴は目を上げた。その目には反抗と不安、そして屈託のない決意がまぜこぜになっているように見えた。巧妙なごまかしだ。だがそんなふうに見えたのだ。

「あー、そのー」奴はまた始めた。「今夜はいい夜だな」

「そうか？」

「ああ。霧が晴れた。ところで、あんたの捜査はどんなふうだ？」

「今すぐにも犯人逮捕できそうだ」俺は冗談めかして言った。

「そうか？　ならこれ以上の捜査は必要ない。俺を捕まえてくれ。俺がやった」

第十八章

俺の最初の反応は、「事件解決。これで仕事に戻れる」ではなかった。俺の最初の反応はまやかしを見つけることだった。

俺は思い出せないくらい無数のニュースで、被告人のアリバイが、そいつが被害者を刺したり、撃ったり、首を絞めたり、火を点けたり、死ぬまで殴ったことを覚えていない、というものなのを読んできた。「こいつはまやかしだ」俺はそういうアリバイを鼻でせせら笑ってきた。こんなのはだめだ。

ポールがこう宣言した時、俺たちは互いに向き合い、飲み物を手に、口には煙草をくわえ、五フィートくらい離れて座っていた。奴が告白を終えるまでに、たぶん俺は活動開始していた。次に俺が思い出せるのは、ポールが顔に振り下ろされた一撃を避けて身を縮めていたことだ。奴は気絶しそうに見えた。次に気づいたのは一撃を向けてるのが俺だってことだ。俺は自分が腕を振り上げているのに気がついた。

俺は後ずさりした。俺の目の前の心理的なもやもやが晴れ、俺は論理一貫した反応をした。「こいつは」俺は思ったのだ。「ペギー・ウィッティアーを後ろから撃ったドブネズミだ。後ろから撃ったんだ、このドブネズミ野郎は。こいつを殺してやるべきだ」

ポールの目から恐怖が去った。床に落としたタバコを手探りして拾い上げようとした。奴が話しだすまでに数分かかった。

「あんたは俺をどうしようとした？」奴は耳障りな声で言った。「殺す気か？」

「お前の告白に証人がいたら、お前は今ごろ魚のエサになってたはずだ」俺は奴に言った。「こんなに他人に対して激しい感情が抱けるなんて思ってなかった。だがペギー・ウィッティアーはかわいらしい、無力な人間だった。それに彼女は気づく暇もなかったんだ。何が当たったのかわからないままだった」

奴の黒い目は見開かれ、壁の電灯が明るい金色の点々になって映っていた。「俺は――」奴は話しはじめた。そして言葉を止め、虚勢を張ってみせた。「それで？」奴はどなり立てた。

俺は奴を客観的に見られるようになってきた。俺は奴を恐れてはいない。奴の身体は俺の半分とちょっとくらいしかない。俺には奴をどうとでもできることがわかっていた。俺は腰を降ろした。

「わかった、ポール」俺は静かに言った。「話を聞こう。どうしてフリンを殺した？」

「あいつは第一級の極悪人だったからだ」

「どういうふうに？」

「どうだって？」奴はこぼれた飲み物の細い流れに目をやった。「なあ、これをもうちょっともらえるかな？　俺の神経はもう――」

「死刑囚はたっぷり飲むもんだ」俺は言った。「俺の酒はダメだ。お前には一滴だって――あれ、なんてこった」俺は言った。「もちろん飲んでもらっていいとも」俺は一杯拵えた。「さてと」俺はもういっぺん言った。「どういうふうに？」

「何がどうだって？」

「お前はフリンが第一級の極悪人だったと言った」

「ああ、そのとおりだ」

「どう？」

「なんてこった！」奴は激昂した。「あんた極悪人がどんなもんだか知らないのか？　百も承知なくらい長いことハリウッドにいるはずだろ」

「俺はそういう分類はしたことがないんだ。第一級ってのは無意味な形容に思える」

「あいつは人の息の根を止める。奴は噂を広める。背中を向けた瞬間に、トレードマークにナイフを突きつけられてる」

「エキストラが？」俺はあざ笑った。「下宿代もろくに払えない無名の男が？　お前ならお偉方で通るだろう。あんな男がお前にどう危害を及ぼせるんだ？」

「いくらだって方法はあるさ」奴は陰気に言った。「あいつがいなかったら、俺は今ごろプロデューサーになってたはずだ。もしかして自分の会社を持ってたかもしれない」

「そうか？　話してみろ」

奴は一瞬黙りこみ、手の中で揺れていた飲み物を啜った。「一度アイディアがあったんだ」奴は始めた。「アニメーション漫画用の写真みたいに精密な背景を使う必要があった。俺は漫画はずいぶんやってきたから、背景を撮影する用意はできてたんだ。ものすごいアイディアだった。アカデミー賞を穫れたかもしれない。スクリーン・クレジットだって取れたかもしれない。ギャラだってもらえたかもしれない。それで俺はプロデューサーとアポを取った。そしたらあのドブネズミ野郎のフリンが俺を押しのけて、自分のアイディアだって言って売り込んだんだ。俺があいつを殺したいと思ったのは、あの時が最初だ」

「じゃあ前から奴を知ってたのか？」

「ふん、そうさ。生まれてこの方ずっとな」

「それじゃあお前もデモインで育ったのか？」

「うちのすぐ隣だった」ポールは言った。「ある年のクリスマスに、奴は俺の新しい自転車を壊した」

「わかった」俺は言った。「おしえてくれ。二人を撃った銃はどこだ？」

「後で持ってくる」いくぶん落ち着かなげに、奴は言った。

俺はまた立ち上がった。もうリラックスしていた。俺は空になった奴のグラスを持ち上げた。

「もう一杯どうだ、なあ」俺は言った。「もっと上手な嘘がつけるようになるぞ。フリンはネブラスカ出身だ。奴とペギーは同じ銃で撃たれたんじゃない。お前は誰をかばってるんだ？　もう本当のことを俺に話してくれた方がいいと思うぞ」

「あんたは俺をはめようとしてる」奴は怒ったように言った。

俺は気の抜けたソーダの瓶を下に置き、奴を見た。「お前をはめるだと？　お前は自分でここに歩いて入ってきて自分がやったって言ったんだ。お前をはめるだって？　お前を何にはめるって言うんだ？」

「ふん、あんたは信じちゃくれないだろう。俺がオフィスからそっと出て、救急トレーラーの陰に隠れて、あの極悪人に狙いを定めて弾を打ち込んでやったってことを、あんたは信じちゃくれまい」

「ペギーにもやったのか？」

奴はみじめな目で俺を見た。奴のがくんと落ちた肩から指の先まで、みじめさが滴り落ちていた。みじめさがマントのように、奴を覆っていた。そいつは奴の背中に、濡れた経帷子（きょうかたびら）のように貼りついていた。

「こん畜生！」奴は言った。ほとんど泣きそうだった。「ったくチクショウ！　俺は彼女を殺ってない、ジョージ。どうして考えてみなかったんだろう」奴は肩をまっすぐにしたが、それでもみじめさのマントを完全に脱ぎ去ったわけではなかった。「その酒をくれ。ソーダはいい。神経がズタぼろだ」

「本当のことを言ってくれるか？」

「言わなきゃならないだろう」俺は奴に酒を渡した。奴はそいつをガブ飲みし、ぶるっと身をふるわせた。「ジョージ、聞いてくれ。お前は彼女がやったって言う気じゃないだろ？　彼女はやってない。神かけて誓う。彼女はやってないんだ！」

当然ながら、俺にはポールが言っている彼女が誰なのか、皆目見当がつかなかった。また俺は無知と知りたいという欲望の板挟みになっていた。もし奴に直接訊いたら、彼女の名前を言ってくれないかもしれない。他方、奴をけしかけてこのまま話を続けさせたら、役に立つことを言ってくれるかもしれないし、俺がすべてを知っていると、変わらず思ってくれるだろう。

「彼女じゃないのか？」俺は訊いた。「どうしてわかったんだ？」

「彼女がぜんぜん気にもかけなかったからだ！　彼女はあいつをこれっぽっちも相手にしなかった。二人の仲は終わったんだ。ジョージ、俺を信じてくれ。証拠は彼女が犯人だって言ってるかもしれないが、そいつは罠なんだ。誰かが彼女に罪をなすり付けようとしてる。だから助けてくれ。みんな二年も前に終わったことなんだ。あいつがここに現れて殺されるまで、彼女は奴と会ってもいなかったんだ」

「どうして彼女が奴と会ってなかったとわかる？」俺は訊いた。

「なぜなら彼女がそう言ったからだ。俺は彼女を信じる。彼女は俺に絶対嘘はつかない。俺たちは結婚するんだ」

「おめでとう」俺は言った。「それでお前たちの幸福な結婚を確かなものにするために、お前はここに殺人を犯しましたって告白に来たんだな。ハネムーンはどこで過ごすつもりだ？　ガス室か？　ちょっと窮屈だと思うんだがな」

「ふん、自分が何をやってるのかわかってなかった。とにかく彼女が罪を着せられるのを黙って見てられなかっただけなんだ」

「どうして彼女が罪を着せられると思ったんだ？」

奴はリラックスしはじめていた。酒が効いてきたのだ。「ふん、あんたがこの件に取り組んでるのはわかってたし、こいつが解決できることもわかってた。俺はあんたの映画をずっと観てきたし、『セイント』の本はぜんぶ読んだ。あんたのことを俳優としてはあまり買わないが。探偵としては大したもんだ。大したもんじゃなかったら、あんなにもっともらしい演技はできない。だからこういう状況になったら、あんたが過去のことを嗅ぎまわるのはわかってたし、この件を突き止めるのもわかってた。そこまで来たら後は簡単だ。それでクソいまいましいことに、証拠は彼女を指し示してる。俺は頭がおかしくなっちまったんだ。俺が自白すれば、裁判にはなるだろうが俺がやったとは証明できないと思った。そしたらこの事件はお手上げで放り捨てられる。その間にこの件は忘れられてることだろう。彼女は仕事を続けられる。だって彼女には素晴らしい未来が開けてるんだからな」

「そうかな？」俺はつついてみた。「個人的には、彼女はひどく下手だと思ってる」

奴はたちまち立ち上がった。「カーラのことをそんなふうに言うんじゃない。俺より身体がでかいからって、俺がビビると思うな」

俺は手を振って奴を椅子に座らせた。「カーラなのか」

奴の目は大きく見開かれた。「なんてこった。この汚いドブネズミ野郎」奴は叫んだ。「俺が誰に話をしてるか、わかってなかったんだな？」

「誰のだ」俺は訂正してやった。「言葉は正しく使おう」

「クソ、黙れ!」奴は怒鳴りつけた。「よりによってこんな卑劣なごまかしを」奴は俺が手渡したばかりの酒を、一気に飲み干した。「偉大な探偵だなんて!　俺はどうしようもない間抜けだった。お前は俺より何にも知らなかったんじゃないか」

「そのとおりだ」俺は認めた。「お前が知ってることを、話しちゃくれないか」

「何も言うもんか!」

「どっちにしろわかることだ」

「やってみろ。お前なんか地獄に堕ちろ」

「カーラはここに来た」俺は奴に言った。「彼女は夢誘う作り話を話してくれた。お前が今夜した話と合わせると、重大なことのようだ。お前は俺にこの話を持って保安官のところに行かせたいのか?」

「彼女はお前に何を話した?」

「いいから、お前が話すんだ」

奴は真剣に身をのりだした。目はうっすらと輝きを帯びてきた。「彼女はお前に何て言ったんだ、ジョージ?　彼女は何が自分のためかわかっちゃいない。酒を――酒のおかわりを、ぐれ」

俺は奴にダブルで注いでやった。奴はそいつを長いことじっと見つめていたが、一気に飲み干した。「ゾージ」しばらくして奴は言った。「なあ、ゾージ」奴は膝の間に頭を静かに埋めると、気を失った。

第十九章

ダイビングシューズを履いて体重三十キロというのでなかったら、人は酒四杯で酔いつぶれたりはしないものだ。ダブルの分を数えると五杯か。むろんアルコールの効き目は人によって違う。時と場合によって、同じ人間でも効き具合は違う。だが気を失ったりはしない。

つまり、奴は来る前に飲んでいたのだ。一定量の液体勇気が、俺が奴にやった上等のスコッチの麻酔的基礎を形成していたのだ。また、奴の潜在意識が関連していたとも考えられよう。俺は奴よりガタイも体重も大きい。俺は奴に自白を強要できたかもしれない。だから奴は意識を失ったのだ。

俺は奴の意識を取り戻させるために、お決まりの措置をひととおりやってみた。奴の顔をはたき、黒い髪を引っぱった。両腕で奴をくすぐってみた。まるで砂袋の意識を回復させてるみたいに無反応だった。

聞いたことのある話を思い出した。三人のキャンパーが夕食にいくらか腐りかけの獣肉を食べた。一人がプトマイン中毒になった。彼は地面をのたうち、天井裏の幽霊みたいにうめき声をあげた。シェフは、彼の料理人としての感受性のどん底の底まで傷つき、石炭の火床から煮えたぎった鍋を取り上げると、苦悶のさ中の人物の腹の上に空けたのだ。犠牲者は跳び上がって悲鳴を上げ、シェフを滅茶苦茶殴りつけた。だがプトマイン中毒は収まった。このやり方で泥酔も治るだろうか？

俺は電子グリルの上にヤカンを置いた。お湯が沸いたところで、ポールを仰向けにしてシャツをはだけた。俺は奴の腹の皮膚の柔らかいところに沸騰したお湯少々をかけてみた。

ライオンに待ち伏せされて襲われたどんなにおびえたガゼルだって、これほど速くは動けなかったことだろう。もしトレーラーのドアが内開きだったら、夜の闇の中に飛び出していく奴の輪郭のかたちに大穴が開いていたはずだ。奴の脚が本能的に加速し、遠ざかっていった。数秒のうちに、耳の痛みだけを残し、奴の叫び声はきれいさっぱり消え去ってしまった。

大きな黒い目をした丸い顔が、震えるドアからひょっこり覗いた。ウォリングフォードが俺と俺の手の中で湯気を吹いているヤカンを見ていた。

「ジョージ！」ウォリングフォードが叫んだ。「あの可哀想な男に何をした？」

「あいつの腹にちょっとだけお湯をかけてやっただけさ。ウォーリー、入ってくれ」

「ありがとう、ジョージ。だがわしはここにいる方がいい。逃げられるようにな」

俺はお湯を捨て、グリルの火を消した。「入って。奴からちょっと情報を得ようとしたところだったんだ」

彼はトレーラーの中にこわごわ入ってきた。「わしは何も知らんぞ。質問しようなんて考えるな。あいつの悲鳴を夢に見そうだ」

「気絶してたんだ」俺は言った。「起こしてやっただけだ」俺はこの太っちょの小男ににっこりほほ笑みかけた。「酒は飲むかい？」

「君と応戦しなきゃならんなら、遠慮しとく。ジョージ、そういうことをしていると壁の柔らかい保護房に入らなきゃならなくなるぞ。何日か休みを取ったらどうだ？　緊張のせいでおかしくなってるんじゃないか？」

「この件は忘れてくれ」俺は言った。「そんなのは大して重要なことじゃない。何の話をしたいんだ？」

彼はヤカンにもういっぺん不安げな目を向けると、安心した様子で小心そうに俺に笑いかけてきた。「ジョンだったんだ」彼は言った。

俺は目をぱちぱちさせた。ちょっと困惑していた。「ウォーリー、俺はまったく考えてもみなかったよ。なんと！　ジョンだったのか」

「ほかの連中だってみんなそうだ」彼は心得顔で言った。「ニューヨークとアル・ウィリアムズに電話した。奴なら知ってると思ったんだが、ジェイムズかジェデディアじゃないかって憶測を言ってた。奴の耳許で電話をがちゃんと切ってやった音を聞かせたかったたな。ふん、憶測だと！　遊んでる暇はないんだ。ハリウッドのソル・スパッツがジェフリーじゃないかと思うと言った。それでもういっぺんニューヨークに電話したんだ」

「そこまでの電話代だけで一八ドルはかかってるな」

「だがそれだけの価値はあったんだ、ジョージ。もうわかった。株式市場の秘書に電話したら、そいつはジョンだと言った。実直でいい名前じゃないか、どうだ？」

「ジョンって何のことだ？」俺は訊いた。「オーリー・スピークス（アメリカの作曲家。『マンダレーへの道』（一九〇七）は大ヒットした）のパロディはやめてくれよ」

「わしの名前のJのことだ。ほかに何がある？　J・P・モルガンだ。ジョン・ピアポントだったんだ」

「公立図書館に電話してもわかったんじゃないのか？」俺はそこを指摘した。

「だがニューヨークじゃ開いてなかった」

「じゃああそこのライオンの一頭に電報を打ったってよかったんだ。このヴォードヴィルのお約束笑いはもうよしにしよう、ウォーリー。アイディアがある。俺たちに必要なのは砂嵐だ」

「わしは要らんな、ジョージ。飼い葉桶に魚が要らないくらい砂嵐は要らない」

「映画にってことだ。俺たちは砂漠にいる。もし砂嵐の中を通り抜けなきゃならなかったとすると、みんな疲労困憊するだろう。そこにインディアンの襲撃があったとすると、俺たちの勝利はますます印象づけられる。そこには神秘性があるんだ、ウォーリー。初期開拓者たちはわれらが祖国を勝ち取り、建設しようと堅く決意していた。砂嵐も待ち伏せ攻撃も、人も大自然も、彼らを押しとどめはしなかった。最後の一人まで戦い抜き、その最後の一人が勝利を収めたんだ」

「全員皆殺しにしたら」彼は考えながら言った。「金が浮くな。エキストラ代だけでいい役者数人分はかかってるんだ」

「俺は比喩的な言い方をしている」俺は言った。「いや、誇張的と言うべきだったか？　たった一人しか生き延びられないって言ってるんじゃないんだ。俺が言いたいのは、その場面で少なくとも一人が生き延びようとした意志を見せられるってことだ。その後の日々の中にわれわれに遍く存在したその意志の証左が見いだせる――建物、道路、果樹園、農場」

「そしてハリウッドだ」彼はつけ加えた。「いいアイディアだ、ジョージ。人々が映画や電話を持てるようになるまでに、どれだけのことをくぐり抜けてきたかがわかるだろう。だができない」

「なぜだ？」

彼は立ち上がり、憤激を表わした。「なぜなら、脚本家が見つからないからだ！　奴はエージェントの事務所からスタジオに向かったんだが、その後消息を聞いた者がない。書き直してもらいたい場面があるし、今のこの話もある！　気が遠くなりそうだ。殺人、新聞に醜聞掲載、その上脚本家もいないときた！」

「ただ消え失せたってことはないだろう？」

「クロード・レインズは消えたぞ、ジョージ。『透明人間』のスクリーン上でみんなの目の前でな」

「あれは仕掛けがあった」

「そうかもしれない」彼は憂鬱げに言った。「そうなのかなあ。ときどきわしは思うんだが、われわれはそういうことを実際にしていて、言葉で自分たちをごまかしているだけじゃないのか。今や脚本家は煙の中だ。わしはパンツとスーツを着たままでいるべきなのかな」

「いつか出てくるさ」俺はなぐさめてやった。「その脚本家ってのは誰なんだ?」

「アーサー・コンノーって名だ。週給一〇〇〇ドル支払ってるのに、消えちまった。現実の話とは思えん」

「俺がそいつを見つける力になれるんじゃないかな」

彼は俺に不快そうな顔を向けた。「見つけられるものか。お前はあの可哀想な男を誰が殺したかを見つけようとして、それでマスターフィルムを失くした。それからスクリプターの女の子を亡くした。可哀想に。脚本家探しはやめるんだ、ジョージ。わしを失うことになるかもしれない」

そして彼はむっつりした顔で出ていき、俺はベッドに向かった。

眠るためじゃない。ちがう。俺は身体中の痛む骨のために、このスプリング内蔵マットレスを切望していたのだ。無意識の雲の中で心配事を消してしまえと考えていた。ところがベッドに横たわった瞬間、俺ははっきりと目が冴えてしまった。

ジェイムズが伝記的データを持ち帰るまでフリンの殺人の動機探求についてできることは何もない。だがそれについて考えることはできる。俺は考えずにはいられなかった。カーラはどこに入り込むのだろう?

そうか、ふむ、彼女とポールは結婚するのか。わずかばかり落胆の苦痛が俺の内臓をよじった。カーラは俺の人生の中でものすごく重要というわけではなかったが、自分とポールを比較するのは気にくわなかった。俺の観点からすれば、俺の方がもっと望ましい人物だ。奴の観点からすればきっと奴もそうなのだろう。

それから本当にものすごい考えが突然浮かんできた。ポールがやったのだ。奴がフリンを殺し、銃を俺に押しつけ、俺の銃をカーラの幌馬車の中に放り込んだ。奴は賭けに出たのだ。もし凶器が俺の手許で見つかったら、嫌疑は俺に行く。もしそうでなければ、小道具の拳銃が見つかった時、嫌疑はカーラに向かう。となれば、彼女が有罪判決を下されることはあり得ないとわかっていたから、奴は俺のところにやってきて、簡単に嘘だとわかる告白をしたのだ。それで奴の嫌疑は晴れる。奴はバカだと思われるだろうが、しかし「有罪」とキャプションの付いた写真を新聞の一面に載せられるよりずっといい。

どのようにと、なぜ、は思い浮かばなかったが、しかし心理学的パターンは完璧だ。いつか、どこかで、フリンは奴の憎悪を招いたのだ。たまたま同時に、ポールはカーラに惹かれた。奴は二人の過去の関係を知り、そのことはフリンの世界を排除したいという奴の燃える欲望に油を注いだのだ。それで奴は待ち構えていた。機会が訪れ、奴はそれをつかんだのだ。

なんと巧妙なことか！　奴は一歩一歩計画を進め、ほぼやり遂げたのだ。俺の不眠症がなかったら、成し遂げていたかもしれない。

暗闇の中、俺は自分に向かってほほ笑みかけた。もはやすべては終わった。ジェイムズが持って帰ってくれる事実を用いる他のすべてはだ。それから告発、逮捕、裁判、有罪判決、死刑だ。その死が苦痛に満ちたものであれと俺は願った。奴はペギーを後ろから撃ったのだから。

この問題を論理で包み上げたところで、俺はそいつを頭から追っ払ってうちの電話の問題に向かった。電話を切る方法があるにちがいない。電話をかけてきた側が受話器を置いたら、回路が切断される。さてと、最初の電話が俺の電話を呼応させる電磁石を始動させるようにしてみよう。通話中に電話線を流れるわずかな電波が俺の電話をつないでいる。だが通話が終了したとき、回路は切断され、電磁石の磁場は消失する。となると――

考えられたのはそこまでだった。俺は海に流れ込む水の放出口の夢を見はじめていた。コンノーという名の脚本家で一杯の海だ。

翌朝、セットに着いたところでサミーに会った。「あんた死んでたのか?」奴は訊いてきた。

「十分遅刻だぞ」

「夢の真っ最中で目が覚めたんだ。二度寝して続きを見直さなきゃならなかった」

「急いでメイクを仕上げろ」奴は俺を急かした。「リーゲルマンの機嫌が悪い。みんなあんたを待ってるんだ」

俺は楽屋に急ぎ、投げつけるみたいに衣裳を大慌てで着た。拳銃をベルトに装着し、カメラに向かいに出た。

新しいスクリプターの女の子が来ていた。新品のノートを持っている。それでもなお、その椅子は空っぽに見えた。俺はそこでペギーが手をさっと挙げ、身体を引きつらせ、倒れるのを見たのだ。

われわれは昨日俺がシーンを中断した地点に位置取った。リーゲルマンが開始の合図を送ろうとしたが、中止して俺をにらみつけた。

「その忌々しいクラヴァットはどこから持ってきた？」彼は叫んだ。

俺は馬から降り、彼のところへ歩いていった。新人のスクリプターの女の子が俺に向かってにっこりした。彼女はかわいくて小柄で、黒髪だった。俺は彼女にウインクした。「楽屋からだ」俺はリーゲルマンに言った。「何か問題か？」

「何でもない、ジョージ」彼はやさしく言った。「素晴らしいネクタイだ。だがたまたまだが、そいつはこの映画には使われてないんだ。昨日、君は黒のストリング・タイをしていた。シーンのほとんどは撮影済みだ。再開しようとしたら、君がアスコットタイを締めてるのに気づいたわけだ。銃弾から身をかわしながら、どうやってネクタイを替えたのかときっと誰かが訊くことだろうな」

「あなたの言うとおりだ」俺は言った。「気づかなかった」

俺はネクタイを替えた。なんとリーゲルマンらしくないことかと思いながらだ。彼はいつも細部については何も言わない。また手厳しい皮肉屋でいることもいつもはない。しかしここ二日というもの、彼は進行を中断させられている。二つの殺人は彼の心の平安にいささかも影響を及ぼさなかったが、どうやら彼の観察力を鋭敏にしたようだ。

あごひげの男が俺の楽屋の前で待っていた。俺を待っていたわけではない。何かを待っていたわけではないのだ。彼はただトレーラーの横にもたれかかり、目を据えて虚空を見つめていた。その体勢でも彼は長身で、身をかがめていた。

「ハロー」俺は言った。「すねてるのか？」

あごひげの男はきらめく黒い目をこちらに上げた。「我慢できない」陰気に彼は言った。「僕は馬になんか乗ったことがないんだ。もう二度と乗るもんか」

俺は驚いて彼を見た。「そんな言い訳がエージェントに通るのか？　向こうは馬に乗れなきゃいけないって言ってなかったのか？」

「まったく言ってなかった」あごひげの男は言った。「そんなことが必要だってわかってたら、こんな仕事は絶対に受けなかった。サンダースさん、僕は一番列車でハリウッドに帰りますよ」

「おいおい」俺はできる限り陽気に言った。「そんな簡単にあきらめるんじゃない。がんばれよ。勇敢な闘士よ、とかさ」

彼はうめき声を放ち、首を横に振った。「僕の年齢じゃあ、腹這いで寝るのに慣れたりなんかできない。一晩中目を閉じられなかった。座れないし、全然何もわからないのに我慢することにも疲れた」

「残念だな」俺は言った。なんとなく「元気出せよ」と俺は言い、その場を離れた。

俺は馬に跨がり、昨日中断した時点からシーンを再開した。俺は全速力で行ったり来たりし、カーラへの情熱をセルロイドフィルムに記録しようと取りかかったところで、ポールのことを考えた。俺の表情がどんなだったかはわからないが、いずれにせよそいつは燃えるがごときものではあり得なかった。

リーゲルマンがホイッスルを吹いた。演技が止まった。彼は俺の方へ歩いてきた。「人は普通、愛する女を薄目で見たりはしないものだ」彼は俺をたしなめた。「愛は大きく見開かれた澄んだ目から伝わるんだ。残念だが、ジョージ、君は銀行の出納係に金をよこせと命令しているように見える。もういっぺんやっていいかな？　君はこの女性と恋に落ちているんだ、ジョージ。どうかそのことを思い出してくれ」

彼は真相に近づいたのだろうかと俺は思った。俺がカーラを見たとき、俺のうちにささやかな勝利の炎がきらめいたのだ。俺は彼女からシラミ野郎を駆除してやるつもりだった。

われわれはもう一度、このシーンにトライした。リーゲルマンは再びそれを中断した。

「ジョージ」彼は言った。「君はおびえているように見える。恐怖も見開いた目に表れる。もっと情欲を露わにするんだ！　あの女は戦い奪い獲るだけの価値のある女だ。人を殺すだけの価値のある女なんだ！」

俺たちはそのシーンをもう一度撮り直した。結果は同じだった。

「今日はここまで」リーゲルマンがうんざりして言った。「後で私のところに来てくれるか、ジョージ？」

第二十章

俺がサミーのオフィスになっているトレーラーに入っていったとき、サミーとマクガイアはやや口論じみたことになっていた。この小道具係チーフは顔をしかめていた。

「あれを明日持ってくることって覚えてるようにな」彼は言った。「いや、もっといい考えがある。俺が今夜お前の部屋に取りに行く」

俺が話に割って入り、サミーは明らかに安堵した。「何を取ってくるんだって？　お前が自分の部屋に今日いられるかわからないな、サミー。俺たちには砂嵐が必要だし、俺はそのシーンをお前と作り上げたい。俺たちでやらなきゃならない。だって脚本家がいないんだからな」

「ああ、そうだ」サミーが答えた。まるで何の話をしてるのか承知してますとでもいうみたいにだ。「砂嵐だな。ちょっと待っててくれ、マック。明日拳銃はお前のところに届ける。絶対にだ。わかった、ジョージ。さあ始めよう」

マクガイアは出ていった。サミーが訊いた。「砂嵐って、何だ？」

俺はアイディアを説明した。奴は大いに乗り気だったし、俺よりいいアイディアがあった。「それで砂丘を見てまわる正当な言い訳ができるな。拳銃を見つけられるかもしれないし、そしたら砂嵐の必要もなくなる」

俺が打ち込んだ杭のところに二人して行って、それらの指し示すとおりに、俺たちは大砂丘の方向へと向かった。サミーは一歩ごとに足首まで砂に埋まり、機関車みたいに砂を吹き散らかしていた。俺たちは二人共そのことについては何も言わなかった。気の利いた洒落を飛ばし合う気分じゃなかったのだ。

キャンプから見えないところまで来ると、その孤独で偉大な広がりは、大いに気鬱を招いた。これなるは太古の大地だ。灰褐色の荒廃は時のうつろいのうちに自らの居場所を失っている。耕作地において、時間は成長のサイクルの中にある。種が生育し、発芽し、生長し、死にゆく。春には小川が幅を広げ、夏には乾上がる。ひな鳥たちは柔毛を失い、より実用的な羽毛へと換羽し、つがい、食べ、飛び、そして死ぬ。毛虫、繭、蝶へと変わるリズムは、時間の足跡を留める。

ここには命も死もない。ただ生々流転の形なき様式の永遠性があるばかりだ。風は一握の砂を不注意な親類縁者の許から不注意な赤の他人の許へと否応なく動かす。そしてまた別の風がまた別の一握の砂を動かす、そしてまた別の風が――と続くのだ。動きは、ある。だが収穫や蒔種、涙と笑いといった生と死の時間はない。

とはいえ俺たちに涙の時は十分あった。トラック何台分かの砂を指の間ですくい取った後に、そいつは訪れた。何も知らない穀物を動かした風は、その位置を推理、演繹するわれわれのみじめな力を越えて拳銃を覆い隠していた。

「俺は降参だ」サミーが結論を言った。「いったいどこにあるんだ?」

「風だけが知っている」俺は言った。

俺たちは太陽に焼かれつつそこに立ち尽くし、互いに叙情詩を投げつけあった。

「じゃあ風になってしゃべろう」サミーが宣言した。「だってこの風は——ここのこの風は——地獄じみてアホみたいだ」

「送風機になってしゃべるんだったらいい」俺は答えた。「進歩、機械の時代、その他だ。サミー、俺たちは真っ当じゃない。太陽にちょっと当たり過ぎたんじゃないか。たぶんな。日よけのところまで戻ろうじゃないか」

俺たちはとぼとぼとそこを立ち去った。「それでなんだって?」サミーが訊いた。

「俺はこのアイディアをリーゲルマンに売り込む。今日の午後リーゲルマンに会うんだ。あのシーンをめちゃくちゃにした件でたっぷりお説教されるんだと思う。だがどうしようもなかった。あの役に集中できなかった」

サミーは同情するようにブツブツ言った。「あの子が倒れたとき、あんたはあの子を見てたんだからな」

俺たちは黙って歩き続けた。

あごひげの男たちは皆ひげ剃りをもう一日先送りにしに、そして主役たちと偉いさんたちは何であれ他人が見てない時にすることをしに、帰っていった後だった。幌馬車とトレーラーのまわりには数名の技術担当者がぶらついているだけだった。風下の作り物のパドックの中で、一頭の馬がいなないた。俺はメイキャップを落とし、街へでかけた。

俺はリーゲルマンに会いにホテルに立ち寄った。車から降りようとしたところで、ウォリングフォードと出くわした。

「ジョージ、何とかせにゃならん!」彼はわけのわからないことをべちゃくちゃ言いだした。「わしは死んだ方がましだ。もう一ぺんと頼んでるのに。もう一ぺんだけなんだ。何だってしてやる。歴史を作ってやる。さあ、何とかしろ!」

俺は彼の手をとった。俺のコートをしわくちゃにしていたのだ「たのむ、ウォーリー。ぎゅっとつかまないでくれ。今あんたのポリッジを食べてるのは誰なんだ?」

「君の言うとおりだ」彼は鋭く言った。「かわいいゴールディロックス（童話で三匹のクマの家に入ってポリッジを食べた金髪の女の子）だ。誰かがロサンジェルスの新聞に、彼女が留置場で取調べを受けてるって話したんだ! 記者だっていう君の友達に電話してわしの代わりに――」

「自分で言ったらどうです? 彼女はあなたの持ち物で、俺のじゃない」

「自分で言ったさ。だが電話を切られた」

「記者にはやさしくしなきゃいけない」

「やさしくしてやるとも!」彼は激昂した。「新しいスーツ（訴訟）だって買ってやる。ダブルの名誉毀損だ。これがわしの最終通告だ」

「ウォーリー、このままじゃあんたの声帯が飛び出してきてあんたを鞭で打つんじゃないか。俺が電話してやるから、落ち着くんだ」

〈スミス〉の言葉は途轍もない衝撃だった。「最初あの記事は潰したんだ」彼は言った。「ワンダは大したネタじゃないからな。マザーハバードじゃ劣情は催されん。だが、なんてこった！　彼女がにっこり笑いと脚のほかはほとんど何も身につけていない写真を今朝受け取った。なんて脚なんだろうなあ！」

「ニセもんだ」できる限り反撃しようと、俺は言った。

「そうか？　いつかあれを見ることだ。作りものだとしたって、俺は腺熱が出る」

「ああ、彼女の脚はいい」俺は認めた。「だがあんた、古い手にすっかりやられちゃいないか？」

「どういうわけか」彼は叙情的になった。「俺にとって脚は永遠なんだ。脚は決して齢をとらない。ふくらはぎの曲線、くるぶしの鋭利、太ももの豊穣のきらめきにはつねに新鮮さがある。俺は脚が好きだ！」

「だが新聞屋として、あんた宣伝屋の犬に紙面をやったりしないだろう。こんなのは彼女に大衆の目を向けさせるためのただの冗談なんだ。あんた、ワンダに笑われるぞ」

「本人じきじきに、俺を笑い者にしてもらえたらなあ――どうしてそうだとわかる？」

「彼女がうまくやれるよう、俺が手伝ったんだ」俺は即席で言った。「ある晩話していて、どんな俳優も、いつもの役柄からかけ離れたことをすると大いに宣伝になるって説を俺は展開した。罰当たりだが、俺が宣教師の服を着たとして、それで添えものの記事さえ何とかなれば、その事実だけで輪転グラビア印刷写真ページに仕立ててもらえるって言ったんだ。彼女が俺の説を検証するためだけに殺人事件に関わり合いになったとは思わない。だがわが友よ、言わせてもらおう。

彼女はこの殺人とはまったく関係ない。俺の名誉にかけて言わせてもらう」

「君の言葉を引用してもいいか？」

「もちろんだ。ほかの新聞にも電話してくれるか？」

「もし君がその解決策で状況を変えてくれるならな。まったく、編集長が競争相手に電話して、よけいな首を突っ込むなって警告するなんて、そうあることじゃない」

「状況を変えるとも」俺は約束した。「機会があればな」

俺のした説明は俺には実にもっともらしく思えた。俺は電話を切ってそれについて考えた。それからもう一ぺん〈スミス〉に電話した。

「あの話をどこから手に入れた？」

「うちの通信員がそこにいるんだ」彼は言った。「そいつが電話してきた」

「誰だ？　どうやったらそいつを見つけられる？」

「そいつのことはあんまり知らない。前にいくつか地元の話題を送ってきたことがある。名前はラザラス・フォーテスキューだ」

「バカ言うな。そんな名前があるわけがない」

「記事になった時には、その名前宛に小切手を送ってる」

「そいつは電話ではどんな様子だ？」

「牛の郡通信員みたいだ。ほかには何か？」

「ありがとう」俺は電話を切り、フロントデスクに向かった。ウォリングフォードは「それで？」

を俺に大量に投げかけながら歩き回っていた。俺は彼を無視した。なじみのデスククラークは電話交換台にプラグを差し込んでいた。「ラザラス・フォーテスキューはどこにいる?」俺は訊いた。

彼はヘッドホンを外した。「なんだい?　何のご用かな?」

「俺の質問が聞こえなかったのか?」

「俺の名前が聞こえたんで答えたんだが、ちがったかい?」

「あんたがラザラス・フォーテスキューなのか?」

「偽者はおらんだろう?」

俺はウォリングフォードの質問の流れを呪った。「もう大丈夫」俺は言った。「片づいた」

「ジョージ」彼は言った。「君はいつだってわしには息子みたいなものだ。映画が終わったら、プレゼントを買ってやろう。何が欲しいか言ってくれ。幾らかかったっていい」

俺は言葉を止め、彼に向かってにやっと笑った。俺にはウォーリーがわかっている。こう言ったからには、自家用ヨット、あるいはペットのワニ、あるいはバッキンガム宮殿みやげが欲しいと言ったってかなえてくれるだろう。抗しきれない誘惑だった。

「言ってくれ、ジョージ」彼はまた言った。

「わかった」俺は無頓着なふうに言った。「経緯儀が欲しい。二十二インチのアクロマティック（色収差補正）だ」

彼はノートを取り出し、走り書きを始めた。「何だって?」

俺はもういっぺん繰り返した。ウォーリーは目をぱちぱちさせたが、それを書きとめた。「ジョージ、必ず贈るとも。君の喜ぶ物ならなんだってだ」

「さてと」俺は言った。「リーゲルマンの部屋に行って、俺がそっちに向かうところだと言ってくれないか？　先にちょっと情報を手に入れたいんだ」

彼は歩き去った。「さあ始めよう」俺はラザラス・フォーテスキューに言った。「ワンダ・ウェイトのこの作り話は何だ？」

「作り話じゃない」彼は言った。「真実だ」

「よしわかった。どこで手に入れた？」

「彼女から受け取った。彼女はそのことで嘘は言わない。ほかのことでは嘘を言うかもしれないが。女ってのは大抵そうだ。前に赤毛の女がいた——嘘ってのは——」

「彼女が新聞社に電話しろと頼んだのか？」

「そうだ。水差しを持ってくるよう頼まれた時だ」彼は低く口笛を鳴らした。「上の階にいるボスが呼んだらいつでも、俺はいつだって行く用意ができてる。ぜんぶわかってるんだからな」

「今、彼女は部屋にいるか？」

彼はキーラックをちらっと見た。「ああ。会いに行くのかい？」

「そのつもりだ」俺は階段に向かって歩き出した。

「俺があと二十年若けりゃ」彼は言った。「彼女を獲り合ってあんたと戦うんだがなあ」

ワンダは今は誘惑的ではなかった。可愛らしい女性が通常誘惑的であるという以上の意味ではだ。彼女はまたキルトの部屋着を着て、髪を下ろしていた。俺を部屋に招じ入れる時、俺の表情を見て彼女の目はわずかに細められた。彼女は手を振って俺に椅子に座るよう促し、ベッドの上に膝を抱えて座り、俺が話しだすのを待った。

ゆっくりと、俺は話をはじめた。「俺はいつだって探偵ってものを最大限に賞賛してきた。素人探偵でも、そうじゃなくてもだ。彼らは衣裳ダンスの扉の後ろに隠れて、部屋の中で起こっていることをすべて見られる。誰かがいつ扉を開けるかもしれないって危険は別にしても、半インチのドアの割れ目から多くを見るのは信じられないくらい難しいんだ。たまに自分でやってみればわかる。だから、俺は君に訊かなきゃならない——」

わざと、俺は言葉を止めてタバコに火を点け、『ファルコン』が可愛い女性に質問するとき必ずまとう表情で彼女を見つめた。

「セヴランス・フリンの部屋から何を盗った?」俺は訊いた。

彼女は冷たく俺を見た。「何も盗ってないわ」

「君はペギー・ウィッティアーの部屋からも、何も盗ってない」

彼女は首を横に振った。

「だが、君は何かをそこに遺してきた」俺は言った。「それもわざとだ。指紋だ。部屋中につけてきた。君は壁に自分の名前を書く以外のことはぜんぶやってきた。俺に言わせてもらえば、偽の手がかりをつかませるには、実に洗練を欠いたやり方だった」

こう言うと彼女は背筋をピンと伸ばした。彼女の目は見開かれた。彼女は言った。「ジョージ

――！」

「俺は今朝、ある新聞記者に言い逃れをした。そいつに作り話をしてやったんだ。話し終えた後で、それは本当なんじゃないかって直感がした。そしたら本当だったってわかった。本当のことを言ってくれ、ワンダ。君は危険な状況の中でめちゃくちゃに動き回っている。なぜかを知りたい。そしたらあれこれ考えて時間を無駄にしなくてすむ。どうして君はこんなニセの作り話を振りまいてまわってるんだ？」

「本当のことよ」彼女は静かに言った。

「その意味するところは嘘だった。なぜだ？　それとこの妖婦の真似はなぜなんだ？　人目がある度にだ」

彼女は長いこと黙り込んでいた。彼女の大きな青い目は思いと――苦々しさだろうか？――に満ちていた。困惑した表情。それから彼女は立ち上がり、ローブを脱いだ。彼女は白いホルターとショーツを身に着けていた。彼女は立って、俺を見た。

俺は臨床的に彼女を見た。そういう雰囲気だったのだ。彼女は俺に指輪を見せてくれてるみたいに、何気なかった。彼女が望んでいたのは価値査定だったし、俺はそれを提供した。俺たちは何も言わなかった。

彼女はガキ連中が言うところの、巨乳だった。彼女は細部に贅沢を好む目で組み立てられていた。彼女の肩は硬く、日に焼けて、まっすぐだった。彼女は全身日焼けしていた。ほんのわずかに身につけているものの下までもだと、俺はにらんだ。彼女の腕は長く先細りで、彼女の胸はまろやかで喜びに満ち、ウエストは細く、おなかはぺったんこで堅く、そして脚はどこまで行っても終わりがないようだった。〈スミス〉の言ったとおりだ。これを見た後じゃ、ラザラス・フォーテスキューが墓の中まで付いていきたいと夢見るのももっともだ。

「実にきれいだ」俺は言った。

彼女は部屋着をまとった。「どこも悪くないでしょ」彼女は言った。それは質問ではなかった。「この骨組みでなら、何にだって賭けられるわ。それがどう？ ハリウッドの天才連中はわたしをマザーハバードで覆うのよ。わたしは宣教師。わたしは牧師の妻。わたしがお熱くできるのは、炭ストーブだけ。わたしは善良な女はもういやだし飽き飽きなの。わたしは悪女になりたいの！」

俺は黙って待った。言葉を挟んだって無意味だ。

「わたしが男たちの血を沸き立たせられることは認めるでしょう」彼女は続けて言った。「だけどわたし、いっぺん善良な女性の仕事をする間違いを犯したの。そしたら後はそういう仕事ばっかり。だからわたしは変わろうって思ったの。わたしが窮地に陥って、でもこの世界から追放するまではいかないってことになったら、そしたら頭の弱いプロデューサーたちも、わたしのこと別の目で見てくれるんじゃないかしらって。わたしはいい女優よ。わたし、高級な喜劇だってできるわ。わたしはそういうのがやりたいの。だけどマザーハバードを着てたんじゃ、居間の恋の戯れシーンは演れないわ」

「君を見てると、俺を思い出すよ、ベイビー」俺は言った。「車のバックファイアの音を聞く度に、自動的に虫眼鏡を取り出す癖がついちまった。俺も型を決められた。俺は脱却できたが、自分の努力のせいじゃない」俺は言葉を止めた。「君は俺のトレーラーからあのフィルムを持ちだしただろう。なぜだ？」

「あそこにはわたしの無実の証拠があったからよ。わたしの最後の切り札なの。わかるでしょ、ジョージ。わたしは悪女をやるのは素人でしょ。だからもしやり過ぎて本当に逮捕されたら、ただの冗談だったのよって証拠が出せると思ったの」

「あれが証拠になるとどうしてわかったんだ？」俺は訊いた。

彼女は肩をすくめた。「フリンが撃たれた時に自分がどこにいたかも、何をしてたかもわたしにはわかってる。彼が倒れて死んだところが写っているのと同じフィルムが、その瞬間わたしの手に銃がなかったことを証明してくれるの」彼女は皮肉たっぷりに笑った。「ひと様の死を、自分の名前を一番上に持ってくるためのスプリングボードに使うなんて、ちょっと残酷だけど。でも彼は死んでるんだし、もう傷つけようがないんだわ」

「そうだ。だが君のせいで全体像がわかりにくくなった。そうだな、この映画が完成したら君のために何ができるかやってみよう。君の気持ちはよくわかるし、俺は君を優秀な女優だと思っている。君は大ブレイクに値する。じゃあ、こういうバカな真似はやめて、フィルムを返してくれるかい？」

「いいわよ」彼女は言った。「ショーが終わるまでいい子でいてあげる。だけどその後は、なんてこと、わたし、ひどい女になるんだわ！　そしたらもっと稼げる！」

「そういうもんだ」

彼女はゴミ箱のところに行ってかき回しだした。探しに探した。彼女は蒼白になって、振り向いた。

彼女は静かに言った。「誰かがわたしを本当の窮地に落とし込もうとしてる。ないわ」

第二十一章

ワンダが逮捕された夜、俺はこの部屋を探した。天井のハエのフン以外は何もかも、中も下もぜんぶ見た。

俺は憶測するようにワンダを見た。俺は自分のした捜索のことを話した。俺の眉毛はおそらく、彼女が嘘をついている、とほのめかしていたのだろう。

「わたし、あの晩あれをゴミ箱に入れたのよ」彼女は言った。「ちょうど底にぴったりはまって、ゴミ箱の底に見えるの。ゴミ箱を空にする時に外れないよう、しっかり堅く押しつけたわ。それからゴミ箱の中に入ってた物をまた入れておいたの。使用済みのクリネックスとか、タバコの空き箱とか、古新聞とか、そんなモノよ」

俺はゴミ箱の中を見たかどうか思い出せなかった。見なかったような気がした。

スーパー探偵サンダースが聞いてあきれる！

「俺は時々大間抜けなんだ」俺は言った。「まあいい、あれは消えた。これからはそっと歩かなきゃいけないな。注意して、この件をひっかき回すのはもうやめるんだ。犯人は危険な人物だ。

俺が出ていったら部屋の鍵を閉めて、夜の間じゅう鍵を掛けておくことだ」

「そんなの無理よ」もっともなことに、彼女は言った。「誰だってわたしを知ってるわ。犯人とはきっと友達よ。わたし、友達を部屋から追い出せない」

彼女の言うとおりだ。全員が容疑者か、全員そうでないかのどちらかだ。彼女は全員に向かって部屋のドアを閉ざすわけにはいかない。

俺はため息をついた。「君がこんなことに関わり合いになって、残念だ」俺は言った。「だが、なったからには嘆いたって仕方ない。とにかく気をつけて」

俺はリーゲルマンの部屋に行った。お説教を聞かされる覚悟でだ。俺が席に着くと、タバコが回された。彼は高いひたいを曇らせ、青い目を不幸で満たしていた。

「私は不幸な状況にある」彼は話しはじめた。「重要なフィルムが消えうせた。撮り直しが予算にボディーブローみたいに効いてくることを別にすれば、普通ならそんなのはたいした問題じゃない」

彼は言葉を止めた。俺はやや居心地が悪い思いだった。俺の責任で持っている間に、あのフィルムは消えたのだ。

「しかしながら」彼は続けて言った。「うちのスクリプターのノートも消えた。ジョージ、知ってのとおり、あそこにはすべてのアクション、衣裳、動きの重要な詳細が書かれていた。矛盾が生じる危険は冒せない。すべて始めから撮り直す以外に、避ける手だてはない。ここでの撮影スケジュールは三日間だった。それを使い果たしてしまった上に、隊列が日の出の砂漠を進むロングショット以外、何も撮れていない。多分あれは使えるだろう。今朝、やかましいことを言って悪かったと謝りたいんだ、ジョージ。いつもなら私は心理的な真実性以外、シーンのことは何も覚えていない。たまたま、まったくたまたまたま君のネクタイを覚えていたんだ。かんしゃくを起こして、すまなかった」

「そうなる理由はあったんです」俺は言った。「俺の演技はひどかった」

「ああそうだ」彼は同意した。「ひどかった。そうなる理由もあった。どちらの殺人も、君がカメラに向かっている時に起こった。ペギーが硬直し、死んでだらんとなったのを君は思い出さずにはいられなかった。かわいそうに。それでまた最初から撮り直す理由ができたわけだ」

彼は言葉を止め、陰気さを失った目で俺を突き通した。「君はわかっているか？」彼は訊いた。「犯人はファーストカメラの後ろにいたにちがいないんだ。奴の存在はペギー以外の誰かに印象づけられているはずだ。おそらく無意識のうちに。それでもなお、それが誰かを知っている者が誰かいる。そしてオリジナルに近いシーンを作り直せれば、知っている人物の脳裡にそれを思い出させることができるかもしれない」

「それじゃあ今度はあなたが探偵役ですか？」

「エキストラの死が問題である限り」彼は断固として言った。「私は心を動かされなかった。私は彼を知らなかった。だが私はペギーを知っている。それでこの件は個人的な問題になった。私は彼女の復讐をしたい。犯人の観点からすれば、彼女の死が必要だったのだろうし、もしかして嫌々ながら殺したのかもしれない。だがあれは殺人だ」彼は言葉を止めた。「被害者を知っていて初めて、殺人に見えてくるものなのかもしれない。犯人が正当な報いを受けるのを見たら気分がいいだろうと思うようになったのも、そのせいなんだろう」

「あなたのお考えに賛成だ」俺は言った。「俺にもそれを更に補う考えが二、三ある。この件に関わらない約束を俺はあなたとしたんだが、その約束は守らなくていいと、そういうことでいいですか？」

　彼の長い顔は一瞬険しくなったが、また緩んだ。「君にペギーを殺した犯人を見つける手助けをするなとは頼めない。君に助けてもらいたいことがあるんだ、ジョージ。あのシーンをもう一度撮る前に、われわれはリストから抹消して大丈夫と思われる全員と話をしなきゃならない。シーンを撮り直すから、最初に見ていたすべての細部を思い出してみてくれと彼らに頼むんだ。シーンが終了したら、一人一人と個人的に話し合える。そうやって、われわれは真実に至れるかもしれない」

「経費がどれくらいになるかお考えになったんですか？」俺は訊いた。

「経費だと！」彼は鼻をフンと鳴らした。「世界中の金があればペギーは帰ってくるのか？　もし数ドルで彼女を殺した犯人がわかるなら、普通よりよっぽどいい金の使い方をしたことになるさ」

「リーゲルマン」俺は言った。「俺はあなたのことを誤解していた。あやまりますよ」

　彼は俺の手を握った。「ありがとう、ジョージ」彼の許を立ち去る俺に、リーゲルマンは彼には稀な笑みを送ってくれた。

俺はビールを飲みながら彼の提案について考えようと、近くのバーに席を移した。犯人リストから確実に抹消できるのは俺、ワンダ、それと——それと？　サミーはダメだ。俺は奴の潔白を確信しているが、証拠がない。ふん、サミーには一か八か賭けていい。

俺は突如嫌悪の思いに襲われ、頭を振った。ポールが殺したのだ。後は奴を罠にかけるだけだ。ラマール・ジェイムズが帰ってきたら、そのささやかな仕事をすればいい。

とはいえリーゲルマンのアイディアには利点があった。確かに誰かが犯人を見たのだ。おそらく思い出させることは可能だろう。それから誰に訊くべきだろうか？　カーティスか？　彼はいい奴だ。そうだ、カーティスだ。マクガイアは？　彼はシーンのそばにすらいなかった。照明係とクレーン係、それとそう、音響係だ。

俺はビールの琥珀色の深みに埋没し、バーにいた他の三、四人の客には目もくれないでいた。それでいやに気取った説諭の声を耳にするまで、フレッドとメルヴァに気づかなかった。

「バーテンダーさん、どうかわたくしを牧師様とはお呼びにならないでください」

隣人たちを見回すと、ビールを持ち上げながらフレッドの馬面がさも高潔そうな作り顔をしているのが目に入った。またメルヴァは隣りの椅子で天使みたいな顔つきでいた。フレッドは唇にやさしげな笑みを浮かべ、メルヴァの緑の目は穏やかで慎み深かった。彼女のすぐ左で、中年男がぶ厚いメガネ越しに彼女を見つめていた。バーテンダーは手に持ったグラスとバー・タオルで動きを封じられ、丸い顔をフレッドに対する驚きで一杯にしていた。彼は何も言わなかった。

「シスター・ベロウズとわたくしは」メルヴァを指し示しながら、フレッドは更に続けて言った。

「時おり同胞人間になろうと努力し、あー、いわゆる大衆の一人となろうと望んでおるのです。よろしければ一般の客として扱っていただきたくお願いいたします。よろしければビールのおかわりを」

「かしこまりました。牧師さ――」

フレッドが余分な肉のつかない手で、彼を黙らせた。「どうか牧師様とは言わないでいただきたい。わたくしはカスター・ベロウズです。学生時代はカスと呼ばれたものでした」奴はメルヴァの隣りの男をじっと見た。「ブラザー。あなたの心には悩みごとがある。おそらくシスター・ベロウズが慰めの言葉をかけてくれることでしょう」

「喜んでそうさせていただきますわ」メルヴァがささやき、その双眸の輝きを全開にしてそのメガネの男を見た。「お困りでしたら、ブラザー、わたくしに助言をさせてくださいませ」

その中年男はメガネを外した。「困りごとなどありません」彼はぼそぼそと言い、スイングドアから出ていった。

フレッドとメルヴァはくっくと笑い出した。「あの男、彼女にバカげた妄想を抱きやがって」フレッドがバーテンダーに説明した。「ああいう手合いを追っ払う、いい方法を見つけたんだ」

「もうちょっとであたしはタオルを投げ入れるところでしたよ」バーテンダーが言った。「するとあれは冗談だったんで？」

「まったくの冗談さ」

「こいつは店のおごりです」バーテンダーは言った。

「あらいいわね」メルヴァが申し出た。そこで初めて俺に気づいたようだった。「ジョージ！　こっちに来てビールを半分こしましょ」

俺の頭の中にあったアイディアはプライヴァシーを必要とした。俺は二人をテーブルに誘った。席に着いたところで、俺は言った。「お前たち二人に、仕事がある」

「ハリウッドに帰らなきゃいけない仕事なら」メルヴァが言った。「お断りよ。あなたが帰るまであたしたちここに残るわ」

俺は彼女を無視した。鉛筆とノートを取って、名前のリストを拵えた。それをフレッドに渡して言った。「必要なら、私立探偵を雇え。俺はここに挙げた人物のすべてが知りたい。誕生から現在まですべてだ。一人ずつ、別々のレポートに年代順に並べて欲しい。死ぬほど重要なことだ。二人とも行ってくれ」

「あたしたちが出ていく度に、あなたトラブルに巻き込まれるんだもの」メルヴァが反対した。

「あたしは残って、あたしの食券を守るわ」

「君の食券は君が出ていかないと自動的にぶん殴りを開始するんだ」俺は彼女に言った。「この情報が可能な限り早く必要だ。ここに君は要らない」

「どうしてこれがそんなに重要なの？」メルヴァが訊いた。

「この中の一人がペギーを殺した犯人だ。そしてそいつの過去のどこかに、セヴランス・フリンを殺した動機が見つかるはずだ」

「あなた、約束したでしょ、ジョージ！」

「そして俺は約束を破った。まじめな話なんだ、メルヴァ。頼むからやってくれ」

彼女はからかうような態度をやめた。「わかったわ。あなたがそんなに真剣なら、ジョージ、しょうがないわ」彼女はフレッドに言った。「馬に馬具をつけて」

「終わったら、こっちに持って帰るのか？」フレッドが訊いた。

「君たちの捜査が終わる前に、俺はハリウッドに戻ってるはずだ」本当にそうかな、と俺は思った。キャラハン保安官は誰かわからない殺人犯が彼の管轄区域を出ていくのを喜ばないだろう。未解決犯罪に関するデータが集められて埃をかぶってる間、一行全員がこの地に無期限滞在するという未来像が突如俺の脳裡に浮かんだ。

ラマール・ジェイムズはその日の午後遅くに戻った。彼は俺のトレーラーにやってきた。俺はリーゲルマンの提案を選ばれし数人に伝え終えたところで、『大衆機械学』誌を読んでいた。

「さてと」彼は言った。「フリンについての情報を集めてきた。ずいぶんあった」

俺は飲み物を拵えた。「聞こう」

彼は手帳を取り出した。「だいぶ行ったり来たり走りまわらなきゃならなかった。電話で奴の母親とも話した。ここにある。奴は三月に二十九歳になった。農場で育ち、中学、高校に行き、地元の州立大に進んで科学的農業を勉強した。バーバンク（ルーサー・バーバンク（一八四九～一九二六）、アメリカの植物学者。ジャガイモの育種で有名）の再来になりたかったみたいだ。新学説を試したら、親爺さんが大騒ぎして、それで家を出たんだな。家族には四年くらい、葉書を送ってくる他は何も報せてこなかった。葉書はシカゴ、ニューヨーク、ニューオリンズから届いて、最後にハリウッドから来た。奴を知ってる連中一ダースと話したが、みんな口を揃えて同じことを言った。いい奴だった。女性とは遊び回らなかった。酒を飲み過ぎはしなかったが、友達のためにはだいぶ金を遣った。奴がどこから金を稼いでたのかは誰も知らなかったようだ。あんまり働いてなかったからな。下宿代も遅れがちだったが、下宿屋の女主人はあんまり心配しなかった。仕事が入れば支払ったからだ。仕事と仕事の間は、友達のためにパーティーを開いてた。奴がここに来てることは新聞で読むまで誰も知らなかったそうだ。みんな残念がってた。誰も奴に敵がいるなんて考えられないと言っていた」

彼は俺に手帳をよこした。「奴が生まれてから知り合った人間全員のリストだ。数年間いなかった分を除いてな。これには手が付けられなかった。だいぶ金がかかるし、あんたがそれだけの金を遣いたいかどうかわからなかったからな」

俺はそのリストにざっと目を走らせた。「ハーマン・スミスはどこだ？　彼は特に会ってくるべき人物の中にいたはずだ。奴の報告書がないぞ」

「奴は消えたんだ」ジェイムズが言った。「大気中にただ消え失せちまった。跡形もなくだ」

第二十二章

翌朝ロケ地に出勤した時、俺は疲れ果てていた。消えたハーマン・スミスとその意味についてあれこれ考えながらほとんど一晩中横になったまま眠れずにいたのだ。彼は直接の接点だった。彼は重要な情報を提供できたはずだ。そして彼は消えてしまった。

ポールはフリンの死の可能な説明をひとつ提案してくれた。もし誰かがスミスをロケ地に出発する前夜にわざと泥酔させたとしたら、その人物が犯人だと仮定できる。フリンに質問するわけにはいかない。スミスに電話するよう彼が言われたのか、それともスミスが彼に電話するよう言われたのか、もはや知る術もない。

そして今やスミスも消えてしまった。殺されたのか？　見つけださなければ。彼は今や決定的に重要だ。

俺は疲れていた。俺の両目は縁が赤くなって腫れ上がって充血し、月曜の朝仕様になっていた。ウォリングフォードともリーゲルマンとも議論ができるような状態じゃなかった。

二人は砂嵐を巡って膠着状態にあった。俺はリーゲルマンに話すのを忘れていて、彼はウォリングフォードの提案にショックを受け、反対していた。サミーはというと、静かに心配し、事態を見つめていた。

俺が口論に割って入ったのはサミーの表情のせいだと思う。奴の丸い顔はこわばり、奴の目は苦く、また希望に満ちてもいた。奴はまるで自分が溺れていて、俺が最後の望みの藁を持った男だとでもいうみたいに俺を見た。

「それがどれだけのことを意味するか考えてみてくれ」ウォリングフォードが言った。「われわれが表現しようとしていることすべてを意味するんだ。彼らはわれわれにハイウェイ一〇一号線、サンドスプリングス、そしてハリウッド大通りとヴァイン街の交差点を与えるために戦い抜いた。何者も彼らを止めることはできない。いかなる困難ですらだ」

「私はいやだ」リーゲルマンが答えた。「まず第一に、われわれの手許には脚本がない。また三百人もの人間が一斉に勝手に動くだなんて考えるだけでも身の毛がよだつ。われわれは脚本家を見つけなきゃならない」

サミーは俺に向かって懇願した。奴は何も言わなかったが、その目はマクガイアと消えた拳銃のことを語っていた。

「映画の初期時代には」俺はリーゲルマンに言った。「撮りながら話を作ってくってやり方をしてたそうだ。ほぼ台詞の要らないシーンなら撮れる。俺はウォーリーに賛成だな。最高にイカしたアイディアだと思う」

ウォリングフォードが俺に向かってほほえんだ。このアイディアの功績を独り占めしながらだ。「わしにはそういう発想力があるんだ」彼は言った。

リーゲルマンは両手をさっと伸ばした。「わかった」彼は言った。「あんたの金だ。やってくれ」

俺たちは細部を詰めた。ほとんど俺が一人で話していた。サミーは外に送風機を取りに行き、カメラが設置された。

それはスクリーンでは短い場面になるはずだった。われわれは一瞬で起こり、消え去る、突然の砂嵐でいくことに決めた。われわれが見せたかったのは開拓者たちの鋼鉄の決意であり、嵐の中での彼らの態度は、それが数分で終わろうと数日続こうと象徴的だろう。

われわれはまた、加工ショットを撮るのではなく、役者たちに本当の爆風の中を通り抜けさせることに決めた。せいぜい十五分間くらいのことだから、誰も怪我はしまい。彼らが砂嵐から身を守る様はますます迫真的だろう。

とうとうわれわれは開始の準備を整え、出発地点は俺が打ち込んだ二本の杭付近となった。送風機は大きな砂丘上に雲を巻き上げはじめ、俺たちはその中をよろめき歩き出した。

カーラと俺は一緒だった。俺はフランクを隊列の別の位置に送ってあった。クローズアップで、カーラと俺は意味深な一瞥を交わし合った。

難しいシーンだった。暗黒の嵐の中に足を踏み入れて十五歩も歩かないうちに、俺はリアリズムを追求したことを後悔していた。俺は鼻と口をバンダナで覆い、手で目をかばった。俺はリストレスが拳銃を放り投げた場所に十分以内でたどり着かねばならないのだ。

だが俺はこのシーンの歴史的意義に胸を衝かれる思いだった。われわれが描き出そうとしている男と女たちがこの砂漠の端にやってきたとき、この砂漠がどこまで続くものか、彼らは知らなかったのだ。彼らに見えたのは砂と、まばらな砂漠の拡がり、そして周囲の地面を平らにする風食の流れに逆らって茶色い岩々が裸の頭を突き出している、その様だけだった。この男と女たちはもし水があるとして、いつになったらそこに行き当たるものか知らなかったのだ。彼らは自分たちが死に、その骨は砂漠の顔の白いイボのように点在する家畜の頭蓋骨たちと共に風に晒されることになるのか知らなかったのだ。彼らは勇気を高く持って前進を続けたのだ。

そのシーンの俺の演技はとてもよかったと言われている。それが本当なら、それは自分が演じている男に対し、俺が突如強烈な親近感を覚えたせいだろう。ヒラリー・ウエストンは自らに目的を課した。俺は自分に目的を課した。彼の目的とは一か八か生命を勝ち取ることだった。俺の目的も似たようなものだ。彼は緑の谷間や肥沃の畑という観点で考えたが、俺は監獄からの自由や小道具係の怒りの鎮静という観点で考えた。われわれの目指すところはひとつだったのだ。

俺たちは一インチ進む毎に百万本の歯を持つ風と戦った。俺たちは演技していなかった。大自然の作用と格闘していたのだ。それは人工のものであったが、われわれにとっては大自然の盲目の威力と同じ効果をもっていた。

俺が捜索を開始すべき地点で、カーラと俺はいつの間にか離ればなれになっていた。この偶然ゆえに、俺の行動はこの映画のハイライトシーンになったのだった。

俺は猛烈な風を背に受けながら、今やはるか背後にとおり過ぎてしまった杭の位置を見つけようとした。無論、視界は二十フィートにも及ばず、俺は少々パニックに陥った。これだけ念入りに準備をした後で、俺は失敗する運命なのだろうか。俺は闇雲に辺りを見回し、大砂丘を見つけようとした。俺はあちらこちらに、すばやく、不確かな歩を進めた。

このシークエンスがスクリーンに映し出されたとき、これを観た誰もが、ヒラリー・ウエストンは死に包囲され、苦痛に満ちた絶命の恐怖に直面しながらも、カーラのことを思っていたのだと理解した。そうだ、彼は自分の隊を救出しなければならなかったが、またこの美しい女性を手に入れなければならなかったのだ。

実際には、俺のカーラに対する思いは完全に付け足しだった。よろよろあっちに行ったりこっちに行ったりしていたのは、恐怖ゆえだ。俺はバラバラになった感情を寄せ集め、あるべき場所にぎゅうぎゅうと収納した。そして風に向かい、前進した。

ここはプレヴューのとき、散発的な拍手を受けた。ヒラリー・ウエストンが自らの欲望と不動の目的の狭間で引き裂かれつつ、たとえカーラを含む数名を置き去りにしようとも、最大多数の安全を選び取ることを決意したのは明らかだった。

俺は眼前に大砂丘のぼんやり霞んだ、暗い影を見た。俺はその裾野沿いによろめき進み、前日サミーと二人で捜索したと思われる場所に向かった。俺はふらつき、片膝で崩れ落ち、探し物をする目を隠すために腕をさっと振り上げた。俺は起き上がり、ふたたび前に倒れた。

鈍い光が俺の目をとらえた。俺はそいつに覆いかぶさった。そいつは拳銃の一つだった。俺はカメラを背に身を横たえて微動だにせず、砂の中を手で探った。もう一つの銃も見つけた。俺は続けて大きく胸を上下させた。俺はそいつの上に乱暴に身を投じ、ベルトに拳銃二挺を押し込んだ。俺は膝を立て、そして立ち上がった。俺は相変わらずレンズに向かってよろめきながら前進を続けた。その双眸から邪悪な勝利の煌めきを放ちながら。

よろめき歩いた全員が目的地にたどり着くと、カーティスが近寄ってきて俺の砂だらけの手を握りしめた。「あるシーンがスクリーン上でどう見えるか、俺にわかってる限りで言わせてもらうと」彼は熱く言った。「あんたは最高に素晴らしい。すべて撮らせてもらった」

サミーが近寄ってきて耳を寄せて言った。「ゲットしたか?」

俺が次の戦闘シーンのリテイク用のメイクをしている間、楽屋でサミーはスミス&ウェッソンを見つめていた。

「するとこれがそいつなんだな」奴が言った。

「完全装塡済みだ」俺は指摘した。「一発を除いてな。そいつがフリンをやった一発だ」

「さてとこいつをどうしたもんか」

「いずれジェイムズに渡すとして、しばらくは見せびらかすとしよう」

サミーは無表情だった。

「次のシーンでこの銃を持つことにする。どうせはじめから撮り直すんだから、犯人以外誰も俺が銃を取り替えたなんて気がつくまい。だが犯人は絶対に気づく。前にも言ったが、奴は細部に行き届く目の持ち主だ。俺がこの銃を持っていれば、奴は間違いなく気づくし行動開始するだろう。この銃のことを犯人が気にしてるのは確かだ。奴は俺にこいつを押しつけ、それは消えた。

その後は音沙汰なしだ。俺が昨日四十五口径を持ってたのに、犯人は気づいている。そこに俺が凶器をホルスターに提げて現れる。そんな展開はまったく説明不能だ。だから犯人は何らかのかたちで馬脚を表わすことになる。このシーンの間、目を開けていてくれと、少なくとも四人の人間に言っておいた。お前は撮影中の演技には注目しなくていい。ファーストカメラの後ろにいる全員に目を配るんだ。犯人は何らかの行動を密かにとるはずだ」

「この銃を発砲しちゃダメだ、ジョージ。実弾が装填されてる」

「サミー」辛抱強く俺は言った。「空弾を持ってきてくれ。こっちは当然、証拠品としてとっておかなきゃならない。さあ行ってくれ。俺の用意はだいたいできた。そうだ、ところで」何気なさそうに俺はつけ加えた。「ポールに俺が会いたがってると伝えてくれ」

俺はファーストカメラの横で待機した。二挺の拳銃は無頓着に見せびらかされていた。誰ひとりそいつをちらりとでも見る者はなかった。照明係は反射板を設置していたし、カーティスは距離を測っていた。リーゲルマンは新しいスクリプターの女の子と話していた。音響係はクレーン係と打ち合わせを詰めていた。馬たちは幌馬車の囲いの中に連れていかれた。

サミーとポールが戻ってきた。俺は二挺の銃に弾を装填した。ポールは無関心にそれを見ていた。

「謝りたいんだ」俺は言った。「昨日の晩の、俺の英雄的な行為をさ」

「俺はもう二度とベルトができない身体になった」奴はうなるように言った。「それに俺はサスペンダーは嫌いなんだ。あんた、どういうわけで揃いじゃない拳銃を使ってるんだ?」

俺はじっくり奴を見た。「こいつの一方には感傷的な価値がある」俺は言った。

奴はまばたきし、肩をすくめ、回れ右して去っていった。俺の望んだとおり、俺が位置につくまで奴はファーストカメラ近くに居残っていた。

静粛を求める笛が鳴った。リーゲルマンは拡声設備の中に入り放送機材に向かって話しだした。彼の声は一語一句明瞭に響いた。

「紳士淑女諸君、このシーンの撮り直しはこれが最後になる。指示を繰り返す必要はあるまい。君たちは自分の役柄を理解している。君たちがうまく演じてくれることを信じているよ。それでは用意はいいか？」

サミーが合図を出し、アクション開始となった。

俺は犯人のことを念頭から追っ払った。容疑者リストの全員を誰かしらの目が吟味検討している。俺はヒラリー・ウエストンになった。とはいえ凶器を見せびらかす際には注意した。俺は博物館級の拳銃の銃把を手で覆い、スミス&ウェッソンをできる限り何度もカメラに向けた。こいつがポールから不穏な行為を引き出せなかったとしても、明日のラッシュでクローズアップで見れば、何か起きるかもしれない。

シーン半ばを過ぎたところで、俺は奴がペギーを殺した拳銃をまだ持っているに違いないことに思い当たった。俺がカメラにまっすぐ向かったとき、奴は撃ってくるだろうか？　その可能性はある。奴は銃に気づいたし、そう言った。奴は無慈悲だし、俺は無防備だ。

激情のクローズアップのため振り返ったとき、俺の背中には冷たい汗が流れていたと告白しなければならない。ここは二人の人間が殺された場所だ。次は俺の番か？

俺のひたいの玉の汗は本物だった。両手の震えはパントマイムではない。シーンは残り数秒だ。と、そこで俺は、俺史上最高とされる演技をした。だがここで言っておきたいのはそれが演技ではなかったという点だ。俺は自分が映画の中にいることすら意識していなかった。俺がカメラを見たとき、カメラが記録したのは情欲ではなく、死に物狂いの必死さだ。確かにそいつはスクリーン上では情欲に見えた。戦闘の最中にあってすら、俺がこの先に訪れる秘密のよろこびを十分に味わっているのは明らかだった。また俺が目を細めてカメラ横の一団に銃口を向けたとき、俺の脳裡を横切ったのは忍び寄るインディアンたちのことではなかった。

その一団にはポールがいて、奴の浅黒い手が、上着のポケットの中にあったのだ。俺が奴に狙いをつけたのは身体反射だった。また奴に向けて発射した銃が装塡されていますようにと、心の底から俺は願った。

俺の表情とアクションは、何週間か後、プレヴューの観客たちにはっと息を吞ませた。カーラのごく近くに迫ったまさかりを持って忍び寄るインディアンの短いカットがそうだったように。だが、そいつは脚本にない俺の動きを説明するため投入された後知恵だったのだ。俺がしようとしていたのはただ、ポールをびっくりさせて奴の目的を揺さぶり、奴の目標を過たさせる、ひとえにそれだけだった。

その結果はなんだか豪華絢爛たるものだった。その一団にいた全員が両脇にさっと動いた。地面に這いつくばる者もいれば、突発的に片側に身を寄せる者もあった。ポールは空っぽの両手を顔の前で振った。俺の危険は過ぎ去った。そして俺がレンズに向けて放った安堵の笑みは、プレヴューの観客たちに、大きく柔らかなため息としてしごくもっともに解釈された。

終わりのホイッスルが吹き鳴らされたとき、誰も彼もが俺のまわりに群がり、賞賛を投げかけてよこした。

「ジョージ、あんたは最高だ！」

「……実に、最高の……」

「知らなかった、君の無言の演技がこんなに最……」

「一万語の台詞に等しい演技だった！」

リーゲルマンはシーンを見聞きしていた音声機材内部から飛び出してきて、俺の肩に腕を回した。「ジョージ、なんて奴だ、このシーンで受賞間違いなしだ。アカデミー賞が何もしなくたって、私が賞をくれてやる」

俺の手を数多の手が握り、数多の手が俺の肩を叩いた。俺はちょっとばかり茫然としていた。俺は自分の命を守る以外、何もしていないのだから。

「だが、私が知りたいのは」リーゲルマンが続けて言った。「なぜ君があそこで撃ったかだ。私の記憶の限り脚本にはない動きだった。それに一昨日は拳銃を脇に提げたままこのシーンを演じていただろう」

その時、俺はこっそり忍び寄るまさかり担いだインディアンのことを思いついたのだった。リーゲルマンは頬を紅潮させた。「素晴らしい仕上げの一筆だ。すぐ撮ろうじゃないか」彼はインディアン役の一人とカーティスを手招きして呼んだ。彼らはそいつを撮りに去っていった。

俺のまわりの群衆は解散していった。サミーが俺の腕をとった。「俺は死んだと思ったよ」奴は言った。「あんた、自分の顔を見た方がいい。俺はあの銃に弾が入っていたのを知ってたんだ」

「何か見たか？」俺は訊いた。

「その件はゆっくり話し合おう」サミーが言った。「あんたなら俺が見たことをなんとか解釈できるんじゃないか。この銃は二挺とも、俺が片づけといた方がいいか？」

俺はそれを手に取ろうとした。俺の左手が空っぽのホルスターに触れた。誰かが俺のスミス&ウェッソンを盗っていったのだ。

第二十三章

「お前のオフィスに行っててくれ」俺は言った。「すぐそっちへ向かうから」

「いったいどうしたんだ？　あんた石炭酸のビンのラベルみたいな顔してるぞ」

「無理やり連れ回されるのに疲れたんだ」俺は言い、砂を蹴立てて立ち去った。

ポールは奴のオフィスで一人だった。俺の顔を見て奴はいぶかしげに目を細めた。奴の両手は机の上に緊張してピンと置かれていた。

「あれはどこだ？」俺は訊いた。

「何がどこだって？」

「お前が俺のホルスターから盗っていった拳銃だ。返さないならお前とこのオフィスをバラバラにしてやる」

奴は口をあんぐりと開け、椅子の背にもたれかかった。「もういっぺん言ってくれるか？」

「俺は言い合いはしたくない」俺は奴に言った。「とにかく拳銃を返せ。そしたらお前は無傷でいられるかもしれない。かもしれない、だがな。まだ決定じゃあない」

「ジョージ、あんたが何の話をしてるのか俺にはわからない。あんたが真剣なのはわかるんだ。だが、何か暗号で話してるんじゃないのか」

俺は奴のシャツのたるみを片手でつかみ、引き起こして立たせた。「ポール、俺はお前を本当に傷つけたくないんだ。だが、急いでくれないといやな思い出を残すことになる」

奴はじたばたしなかった。奴の黒い目は反抗的ではなく、当惑していた。「ジョージ、俺にはあんたを止められない。あんたのガタイは俺の二倍はあるし、俺は調子がよくないんだ。だが、神かけて真実を言うが、あんたが何を言ってるのか俺にはわからない」

奴は真実を語っているように見えた。俺の内側で、小さな疑念が首をもたげた。一瞬、奴をつかむ手の力が緩み、奴はぐいと身を引いて逃げた。俺は跳び上がって奴を追いかけ、部屋の隅に追いつめた。

「お前、殺人を自白しただろう」俺は言った。「だがお前は自分が嘘をついているとわざと俺に信じさせようとした。俺はそう信じ、お前を考慮の対象から外した。だが、お前のしたのはこうだ。お前がフリンを撃ち殺した。お前が俺の拳銃をすり替えた。お前がカーラの幌馬車にあの小道具の拳銃を仕込んだ。お前はフリンの身元を知らないと言い立てた。お前はあの晩俺のトレーラーにやってきて、あのフィルムに自分にとって不利なことが写ってないか確かめようとした。それからお前はペギーを自分の銃で撃った。なぜなら彼女がお前を見たのを知ってたからだ。それからお前は虚偽の事実に基づいて、俺に告白をした。俺を混乱させるためにだ。だが今や俺にはお見通しだ。さあ、拳銃はどこだ？」

奴の黒い目は潤みはじめていた。奴は自分を弁護しようという努力をまったくしなかった。「俺は……誰も殺してない！」奴はあえぎあえぎ言った。「俺は……カーラが告発されると思って。銃のことは何にも……知らなかった。だが聞いてくれ……俺に考えがある」

俺は両手を降ろしたが、奴を部屋の隅に追いつめたままでいた。

「思いついたんだが」奴は言った。「ハーマン・スミスは一種の二重生活を送ってたんだ。この枠組みにぴたりとはまる説明を思いついた」

「『一種の』ってのは、どういう意味だ？」

「ジョージ、聞いてくれ」奴は真剣に言った。「どういう意味かを正確に説明するのは難しいんだ。あんたがどうやってそういう結論に飛びついたか、俺にはわかる。だがあんたは間違ってる。もしやりたきゃ、この部屋を探せるだけ探していい。もし俺があんたから拳銃を奪ったなら、そいつをどうこうする時間は俺にはなかった。だからここにあるはずだ。だがないんだ。あんたが探すのを手伝ったっていい」

奴は本気だった。とすると拳銃はここにはないことになる。奴は俺の半笑いを正しく解釈していた。

「あえて言わせてもらう」奴は言った。「俺を容疑者リストから外してもらわなきゃならない。俺は誰も殺しちゃいないし、これがその証明になるはずだ」

俺たちはオフィスの隅々まで捜索した――今回はゴミ箱を含めてだ。拳銃はどこにもなかった。

「トラックのどれかの中に放り込んだってこともあり得る」俺は言った。

「それはほかの誰にだってできた。もしトラックのどれかで銃が見つかったとしても、だからって必然的に俺がやったことにはならない。ジョージ、あんたは俺が何らかのかたちで関わってるという証拠を持ってない。だから俺の考えを聞かなきゃならないんだ。俺に考えがある」

「聞かせてもらおう」

「だめだ。まだぼんやりした考えだからな。うまくいかなけりゃ、あんたを脇道にそらすことになる。今日俺が真相を解明して、今夜あんたのトレーラーに行くことにする」

俺は気分がむかむかした。奴が言うとおり、俺には何もできない。俺の見解は演繹と心理学の応用に基づいている。キャラハン保安官のところにそんなモノを持っていくわけにはいかない。

「保安官、ご覧下さい。まったく証拠はないんですが、奴がやったんです。俺の胸のここで感じるんです。動機は一つも見つかりませんでしたし、奴に機会があったことを証明もできません。ですが俺は確信しています。ですから俺の直感に基づいてこいつを殺人の容疑で逮捕してくれませんか？」

キャラハンは、キャラハンですら、俺に向かって鼻をフンと鳴らすことだろう。

「お前がこれから何をしようとしてるのか、ちょっと教えてくれないか」俺は言った。

「そいつは結局」奴は言った。「ハーマン・スミスが何者か次第なんだ。俺は噂を聞いたことがある。そいつを確認したい。もし本当なら、動機が見つけられる」

「その噂ってのは何だ？」

「直に聞いた噂じゃないんだ。ハリウッドで何人かに確認してみなきゃならない。その後で今夜あんたに話そう」

俺にどうしようがあったろう？　俺は言うとおりにした。「わかった。だがその相手が嘘をついてたとしたら、どうしようもない。ポール、お前はこの件に首まで浸かってる。お前を尋問に付すことだってできるんだ。行く前にカーラとフリンについていくらかもっと話してくれたほうがいいんじゃないか」

「いやだ。そうしなきゃならないならともかくな」奴は言った。「彼女を容疑から解放する以外、そのことを表沙汰にすべき理由はないんだ。彼女には偉大な未来がある。もしぜんぶ明るみに出たら、彼女は商業的に傷を負うことになる」

「もしお前が彼女と結婚するなら、彼女の稼ぎ力が損なわれて欲しくはないと、そういうことか？」

奴は率直ににっこり笑った。「そんなようなところだ」奴は突然警戒したように俺を見た。「疑うのはやめるんだ、ジョージ！　俺は本当にあの娘を愛している。彼女は素晴らしいと思ってる」

結局俺は肩をすくめるしかなかった。女の子が金を稼げるから結婚するってのは初めてのことじゃないし、そんなのは俺の知ったことじゃない。

「ところで」奴はくだけた調子で言った。「あんたは現場にいたってことだろ。あんたは凶器を持っていたと言った。あんたはこのラストシーンをそれを携帯しながら演じたわけだ。誰かがあんたにそいつを押しつけたって証拠を見つけ出せなきゃ、あんたの立場はずいぶんと不利になると思うんだが？」

それはあからさまな脅迫ではなかったが、奴の抜け目なさそうな目は言外の意味を大いに含んでいた。俺は何も言わなかった。長いことじっとにらみつけた後、俺はその場を去った。

サミーは両手で頭を抱えていた。俺が入っていくと、奴は顔を上げた。「まあ、とにかく博物館級のお宝の方はまだあんたが持ってるわけだ、ジョージ。俺たちはあの保安官代理から、もう一挺を取り返さなきゃならない」

「それは今日やる」

俺は椅子に腰を降ろした。俺たちは何も言わなかった。何も言うことがなかったのだ。捜査の道はすべて閉ざされたように俺には思えた。俺があの拳銃をしっかりつかまえていたら、あるいは誰があれを俺から盗ったか見ていれば、問題は解決していたことだろう。お定まりの手続き開始になっていたはずだ。製造番号をチェックして、その銃の持ち主から真実を聞きだせていたことだろう。結局のところ、誰が盗ったか見ていれば、俺は殺人犯を見たわけだ。

俺にはお手上げだったし、そのことがわかっていた。それを認めるのは悲しいことだった。俺はずっと自信を持ってきた。メロドラマ的に指を差して「この人を見よ（エッケ・ホモ）！」と言うまで、ほんの数時間のところだったのだ。一時、俺はすべての要素をかなり明瞭に理解していた。ある集団の一人が殺人犯だった。その集団の何名かの行動が俺の注目を引いた。それは疑いとなり、雲散霧消して何物でもなくなってしまった。結局のところ決定的な容疑者は相変わらずいないままで無関係な行為に関する知識しかなく、拳銃もない。俺は立ち上がり、サミーには何も言わず外に出た。俺が出ていったのに気づいたとは思わない。

ラマール・ジェイムズは奴の研究所にいた。彼は椅子の背にもたれ、両脚を顕微鏡の二台載ったテーブル上に投げ出し、両目は遠くの空間に据えていた。彼は俺を見てちょっとにっこりした。

「数学的均衡を達成しようとしているところなんだ、ジョージ。だがもう二年もやっている。何を考えてるんだ?」

「あんたの助けが欲しい」

俺は椅子に座った。彼は戸棚から化学分析アルコールのビンを取り出し、二つのグラスのそれぞれにティースプーン一杯ずつ入れて水を満たし、一方を俺にくれた。そいつはちょっとジンみたいな味で、のどから下の食道をあたためてくれた。

「フリンが殺された時」俺は話しはじめた。「俺は貴重な拳銃を二挺持っていた。そいつは四十五口径フレームのコルト三十八口径で銃把にパール装飾があった」彼の黒い目がきらめいた。彼はもう一つの戸棚をちらりと見た。「あのシーンの後の騒ぎの間に」俺は続けて言った。「誰かがその銃の片方を持っていった。そいつは代わりにフリンを殺した凶器と思われる銃を残していった。サミーが俺からその二挺を持っていって、見たこともない銃に気づいた。奴は両方とも自分のオフィスに持って帰り、後で俺にそのことを訊こうと決めた。奴がこの拳銃のことで心配しているのを知った奴の恋人が、誰かが撃たれて死んだと聞いて二挺の拳銃を大砂丘の向こう側に放り捨てた。俺たちはそれを見つけ出せなかった。と、それからあんたが博物館級の拳銃のもう一方をカーラの幌馬車の中で見つけた」

「あんたはあれがそこにあるのを知ってたんだろう」ジェイムズが話に割って入った。「フリンにかける毛布を取ってきたとき、あんたはあれを見た。後でそのことに気づいたんだ。あの時そう言ってくれるべきだった」

「だが俺の立場も考えてくれ。あの保安官は早まった行動をとりがちだ。俺を逮捕してたかもしれないんだ」

「公務執行妨害で、今逮捕したっていい」

「俺の話が終わるまで待ってくれ」俺は言った。「それから何でもいい、一番いいと思ったことをするんだ」

俺はその晩俺のトレーラーにやってきた一連の人々のことを話し、彼らとの会話を伝えた。彼は中断なしで話を聞いた。

「俺はお手上げして自分の知ってることを話そうと思ったんだ」俺は言った。「俺があのシーンで四十五口径を持って撮り直したら、ペギーが気づくことはわかってた。そしたら彼女が殺された。俺は冷静さを失ったんだと思う。この件は個人的な問題になった。フリンは俺にとってなんにも意味しなかった。俺が捜査に関わったのはひとえに自己防衛の手段としてだ。だがペギーが背中を撃たれた時、俺は怒り狂った。俺は復讐を望んだ。個人的な復讐をだ。そして俺はあんたよりも多く事件の成りゆきを知っていた。あんたと組むより、一人でやった方がうまく動けると思ったんだ。消えた拳銃の問題もまだあったことだし」

ポールのことと俺の結論とを、俺は彼に話した。ポールが俺のトレーラーにやってくることを彼に伝えた。

ジェイムズは長いこと黙って考えていた。ようやく彼は言った。「俺が行って、彼が何と言うか聞くとしよう。だがジョージ、これだけは言わせてもらう。あんたはシロと決まったわけじゃない。潔白を示す証拠は一つもないんだ。フィルムは消えた。あんたがウィッティアー嬢を撃った可能性もある。彼女はすべてを止めるために手を挙げ、それから倒れたとあんたは言う。彼女が後ろにいる誰か、たとえばリーゲルマンに向かってそれを言わなかったかどうか、どうやって証明するのかわからないし、だとしたらあんたが彼女にそいつを食らわせたんだ」

「だが俺はあの時四十五口径を持ってたんだ。それは証明できる」

「だがあんたがスミス&ウェッソン三十八スペシャルも持ってなかったと証明はできるか?」

「俺にやれたはずない。カメラにクローズアップで写されてたんだ」

「俺は――何て言ったっけか? ラッシュか? それを見た。あんたのその重要なカットはクローズアップで、頭と肩しか写ってない。両腕がどうだったかなんて、誰にもわからない」

「冗談だろう!」

「半分も冗談じゃない」彼は言い返した。「あんたのことは容疑者とみなさねばならない。どれだけ理由があることか、見てもらいたいな。あんたはフィルムを持ちだした。そいつは自分の無実を証明するものだとあんたは主張している。それはあんたの占有時になくなった。あんたがそれを処分したかった可能性もある」

「だけど」俺は言った。「俺はこのことをはっきりさせようと、自分の自由意志でここに来たんだ。今や俺たちは脇道に脱線している。俺はフリンを殺してない。それまで一度も会ったことだってなかったんだ」

「誰も彼もがそう言ってる」ジェイムズが辛抱強く言った。「誰かが嘘を言ってるんだ。だから俺は誰も信じられない」

「俺には証人がいる。サミーとネルソン嬢だ」

「連中に何が証言できるっていうんだ？　一人はあんたが銃を持っていたと証言し、もう一人は自分がそれを投げ捨てましたと言う。それで何かが証明されるのか？」

「じゃあどうするつもりだ？」

「何もしない——今のところはだ。俺に幾つかアイディアがある。しばらくはそれに乗ってみる」

「もし俺がまだ逮捕されてないってことなら、外に食事に行きたいんだが」

「行ってくれ。あんたのトレーラーで会おう」

俺はホテルの中のレストランに行った。ウォリングフォード、リーゲルマン、ポール、サミーが同じテーブルに着いていた。俺も彼らに混じった。

「日没は陳腐だ」ウォリングフォードが言っていた。「そのシーンは暗い地下室で撮った方がいい。何かを意味してくれるはずだ」

「私は日没なんかどうだっていい」リーゲルマンがうんざりしたように言った。「私が欲しいのは〝何か〟の方だ。コンノーを見つけようと六〇ドル以上電話に使ってきた。彼を見つけるまでどのシーンも撮れない」

ウォリングフォードが突如決定を下した。「全員荷造りだ。明日の朝ここを発つ。ここで必要なものはぜんぶ手に入れたし、わしに言わせてもらえれば、最高だった」

「俺は今夜のうちに車で行こうと思う」俺は言った。「一時間後に約束があるんだが」俺はポールを見た。奴はかすかにうなずいた。「それを済ませたら、もう用はない」

俺は自分のトレーラーに向かい、待っていたジェイムズに会った。電灯を点けるための自作の電子眼装置の説明を俺はし、その流れで自作の電話装置の話題をすることになった。俺が何をしようとしているかを彼に話した。

「現時点でかかってくる電話を取るところまではできるんだな?」彼は訊いた。

「そうだ。だが、電話を切るためには電話機の底を開けなきゃならない。戻れて嬉しいよ。この小さい問題を片づけるんだ」

ジェイムズはじれったそうに時計を見た。「ポールはどこだ?」

「そろそろやってくる頃だ」

外からパンという音がした。だいぶ距離のあるところからのようだ。高速道路のバックファイアーかもしれない。俺たちは緊張して座っていた。

「あれは銃声だ」ジェイムズが言った。「見てみよう」

俺たちは表に出た。急な暗闇で何も見えなかったが、目が慣れてくると撒き散らかされた星々が明かりの役目を果たしてくれた。星々はビロードの帳のあちこちに散らばったほんの一握りの宝石に過ぎなかったが、それでも二〇フィートほど先の黒い塊を照らし出してくれていた。

その塊はポールだった。奴は背中を撃たれ、死んでいた。

「じゃあこいつが言ってたことは本当だったんだ」ゆっくりと、俺は言った。「あんな態度をとって悪かったたな」

俺たちはジェイムズの車に乗り、後部座席にはポールが乗せられた。サイレンの音に先導され、俺たちは轟音を立てながら街に入った。市立病院の車寄せの庇の下に滑り込むと、係員がポールを中に運んだ。ジェイムズと俺は医師が弾を取り出している間、待っていた。

やがてそれは彼の許に運ばれてきた。そして俺たちは二人して彼の研究所に行った。彼は比較顕微鏡の下でしばらく精査し、それから俺を見た。

「さてと」彼は言った。「こいつはフリンを殺したのと同じ拳銃から発射されている。あんたのところから今日盗まれたと言っていた拳銃だ」

「俺が言ったやつは盗まれたんだ」俺は言った。「いいか、ジェイムズ。いくらあんただって、これがポールに使われた時に俺があんたといっしょだったってことは認めざるを得ないだろう。それとも何人か証人を集めてくるべきか?」

ジェイムズはうなずいた。「証人はいい、ジョージ。これであんたはシロだ」

俺は実際に感じたほど安堵したように聞こえないよう心がけた。「じゃあ俺は行かせてもらう。ここからはあんたの仕事だ。俺はもうこの件を引っかき回し過ぎた。俺は探偵向きにはできてなかったってことだな」俺は潔く認めた。

「悪いがあんたには残ってもらった方がいい」彼が言った。「一連の殺人事件はわが郡で発生した。犯人判明まで誰も別の郡に行かせるわけにはいかない」

「撮影チーム全員をここに残らせるなんてできない！」

「できないだと？」彼は険しい顔で聞き返した。「まあ見てるんだな」

第二十四章

ウォリングフォードの人気の理由の一つは、彼が自分のもののために戦う人物だということだ。今回彼は自分の撮影スケジュールのために戦っていた。だが彼は仲間のために、何度も同じくらい激しく戦ってきた。何度もだ。ある有名なコメディアンが泥酔した件を大々的に報道され、映画界の大立て者たちが彼との契約をキャンセルしたことがあった。ウォリングフォードはライオンの檻の中に雄々しく乗り込んでいくサーカスの曲芸師みたいに副社長のオフィスに突撃したのだ。

「新聞の大見出しなんてどこへ行く？」彼は叫んだものだ。「死体置き場に行くんだ！　だが映画は現代美術館に行く！　永遠不朽以上に貴いものがあるか？　わしが監獄の鉄格子を嚙み切ってやる。そしたら奴は映画を撮り終えるだろう。あんたに一〇万ドル払ってもらうことになるとしてもな！　それに奴はいい奴だ。誰だって時にはちょっと余計に飲みすぎることはある。それはそれとして、ガラス瓶で生計を立ててる人間は石を投げるべきじゃない！　これがわしの最終通告だ！」

ポールの死の翌朝、彼は〝俺をジェリーと呼んでくれ〟・キャラハンをダマスカス流にねめつけた。

「あんたはわれわれ全員を逮捕するつもりですか？　われわれに飯も食わせてくれるってことですな？　保安官さん、聞いてください、われわれはこの撮影に投資した。われわれの自由を奪うには誰かが金を払わなきゃならないし、それはわしではない。これがわしの最終通告です！」

「あのねえ、ウォリングフォードさん」キャラハンがなだめるように言った。「こっちの立場もわかってくださいよ。あなたがたのうちの一人が犯人だ。それで俺はここの管轄だ。犯人が誰だろうと、俺は皆さんをお引き止めしなきゃならないんですよ」

「わしを保釈金の金貸しみたいに見るのはやめてもらいたい！」ウォリングフォードがぴしゃりと言った。「あのエキストラが殺されたとき、わしはまだここに到着すらしてなかったんだ！」

「だが俺は危ない橋を渡るわけにはいかない」キャラハンが続けて言った。「わかってるのは、おたくの一団の誰かがやったってことだけだ。いつだって逮捕するつもりですよ」

「どうやって？」ウォリングフォードが詰問した。「ジョージにもわからない。彼は頭のいい男なのに。水晶玉と鎖をどこかにお持ちなんですかな？」

「われわれにはわれわれのやり方があります」キャラハンは居心地悪げに言った。

「ちょっとわしの話を聞いてもらいたい」ウォリングフォードが言った。「われわれがここに来て今日で五日目になる。最初の二日は続けて殺人が起こった。昨夜また起こった。それでわしが見てる限り、あんたはでんと腰を据えて座ってる以外何もしていない。あんたは殺人犯が動脈硬化で死んでいまわの際に告白するまで待ってるつもりですか？　保安官、われわれにとって時は金なんですよ。わしとしては個人的におたくの有権者の皆さんの前にでかけていって、あんたが何をしたか話してやったっていい。わし個人としては、あのホテルのクラークの孫に保安官になってもらった方がよっぽどいい」

「あの子はまだ年齢要件に達してませんよ」キャラハンは勝ち誇ったように言った。

「齢ならとらしてやるとも！　あの子にオフィスであんたの記録を読ませようじゃないか。そしたらあのビリヤードボール頭にも白髪が生えるはずだ」

「あなた方にはここに留まっていただかないといけません」保安官は頑強に言った。

俺が二人の間に割って入った。ウォリングフォードの脳卒中を防ぐためにだ。「ちょっと待ってください、紳士の皆さん。お見せしたいものがあるんです」

俺はその朝届いた電報をキャラハンに見せた。彼はそれを読み、俺に向かって眉をひそめ、またそれを読んだ。

「ポール・リビア（独立戦争時にイギリス軍の出動を伝え、真夜中の騎行をした愛国者）は死んだんじゃなかったか？」彼は好戦的な調子で尋ねた。

「われわれのうちの誰かがやったなんて、言わせんぞ」ウォリングフォードがすばやく言った。

「その署名は」俺は言った。「俺のプレス・エージェントの風変わりなお笑い感覚なんだ。だがその電報は手がかりになる。そいつによると俺たちの問題の核心はハリウッドにある。だからぜったいに――」

「そんなことはどこにも書いてない」キャラハンが話を遮った。「書いてあるのは――」彼はメッセージを覗き込んだ。「こうだ。〈イギリス軍が来ている。ポール・リビア署名〉。この話には提灯のことが何か出てきたんじゃなかったか？」

「一個なら陸路、二個なら海路だ（ロングフェローの詩「ポール・リビアの騎行」の一節）」俺は言った。「だが、俺が言おうとしてたのは――」

「うちの姪っ子は」ウォリングフォードが口を挟んだ。「そいつを暗唱してるんだ。まだ五歳だぞ。だがあの子は言うんだ〈子ろもの皆しゃん、お聞きくらしゃい〉――あの子はこんなにはっきりは話せないんだが、とにかく話せるんだ――〈しょれではお聞きくだしゃい〉で、どれだけ離れてたって聞こえる」

「まったく詩情あふれるお話ですな」キャラハン保安官が言った。「ああいう連中がどうやって韻文を考えつくものか、想像もつきませんよ。俺には無理だ。一度やってみましたがね、リボルバーと韻を踏む言葉を一つも思いつかなかった。この中のどこかに入れといたはずだが」彼は机の中をかき回しはじめた。「あなたにならお手伝いいただけるんじゃないですかねえ、サンダースさん。あなたは大ボラで言葉を使うから」

俺は歯ぎしりした。口を開けずに俺は言った。「よろこんで手伝いますよ、保安官」

彼は俺に一枚の紙を手渡した。それはこう一行ぞんざいに殴り書きされていたほかは、真っ白だった。

マリブのガキはリボルバーを取り出した。

「そこで詰まっちゃってね」彼は言った。「そこまではいいと思わんかね?」

「アクションがありますね」俺は言った。「まだストーリーが明らかになってないけど。彼が二股かけた女の子を撃とうとしてるんだとしましょう。こんなのはどうです?

マリブのガキはリボルバーを取り出した。

奴はそいつをキャリコ・リーに向けた。

奴は彼女に赦しを与えに牧師を呼んだ。

奴は二股かけは許さない。そうだとも。

このまま続けて、彼女が彼と長談義の末にどうその場を脱したか、最後にお涙頂戴の抱擁と接吻にいかに至ったかを語ればいいんですよ」

「なんと!」キャラハンは叫んだ。「すごい。ちょっとメモさせてくださいよ。うちの奥さんに、俺の手書きで見せたいんでね」

われわれは彼の鉛筆のカリカリいう音が止まるのを待った。彼は俺を親しげに見た。「いや、本当にありがとう、サンダースさん。それでなんとおっしゃってましたかな?」

「ここでは犯人は見つからない。ハリウッドに行かなくちゃと言ってたんです」

「だが犯人はハリウッドにはいない。ここにいるんです。またそいつがハリウッドに行ってしまったら、もう見つかりませんよ。俺の義理の兄の甥っ子ですがね——妻子あるいい若者でした——五年前にウィルコックス・ストリートのバーに入ったが最後、それっきり誰も見た者はいません」

「そういう意味で言ってるんじゃないんです、保安官」俺は辛抱強く言った。「動機はハリウッドにあるってことです。必要なのは動機だ。それが犯人を教えてくれる」

「だが、三百人の連中をハリウッドに野放しにしたとなったら、有権者は怒りますよ」

「保安官代理も同行させればいい。われわれの名前と住所は記録に残ってます。誰かがもしずらかったら、捕まえるのは簡単だ。それに逮捕はジェイムズがしてくれるわけですし」

「保安官代理の旅費割当はないんですよ」

「じゃあ彼の分はうちで支払います」俺は辛抱ならないというふうに言った。

「ならば話は違いますな」キャラハンは応えた。「おいくらです。少なくとも日額一二ドル五〇セントは必要ですが」

「いいエキストラ並の支払いじゃないか！」ウォリングフォードが叫んだ。「あいつに演技はできんだろう？　七・五ドルが上限だ。ガソリン代は自前で払ってもらう！」

「だったら皆さんにはここにいていただくことになりますな」キャラハンは宣言した。「一二ドル五〇セントか、行かないかのどちらかです」

「だがあいつに一二ドル五〇セントの値打ちはないですぞ、保安官。まるまる大損だ。まるまる損するなら、七ドル五〇セント以上の損はできない」

「いいじゃないですか？」キャラハンが叫んだ。「あんた金ならどっさり持ってるんでしょう！」

「保安官代理にドライブさせるための金じゃない」ウォリングフォードは断固として言った。

「ほんの数日なんだ、ウォーリー」俺が言った。

「数時間だろうと同じことだ、ジョージ。原理じゃない。金の問題だ。警官一人買うのにそんな金はかからなかったもんだし、今どきの警官が昔よりよくなってるわけがない。物価が昔より上がってるとしてもだ。高すぎる。七ドル五〇セント、それが最終決定だ」

「一〇ドルならどうです？」キャラハンが提案した。「それで一週間以内に彼を帰らせたら俺にボーナスってことじゃ？」

「八ドルだ」ウォリングフォードが返した。

キャラハンは考えていた。「だめだ」彼はとうとう言った。「最安値で九ドル五〇セント」

「八ドル二五セント」

「九ドル二五セント」

「八ドル三三セント」ウォリングフォードが言った。

「九ドル」保安官は必死になってきた。

「それじゃあうちは大損だ」ウォリングフォードが悲しげに言った。「だが八ドル五〇セントだ」

「ウォリングフォードさん、いいじゃないですか。思いやりを見せてくださいよ。じゃあ八ドル七五セントで手を打ちましょう。それ以下はダメです！」

ウォリングフォードは譲らなかった。「八ドル六六セント。これで交渉終了だ」

「それは呑めない。無理だ」

「それと三分の二！」ウォリングフォードが吐き出すように言った。

キャラハン保安官はにっこり笑った。「それが最高値ですかね。いいでしょう」彼はくっくと笑った。「六ドルでも手を打ったのに。いい取引ができましたよ」

「ハッ！」ウォリングフォードが嚙みつくように言った。「五〇ドルだって払ってやれたのに」

午前九時半。おそらくカーラはまだ起きていないだろう。誰かが彼女に言わねばならないし、おそらくバーゲン・ハンターたちが保安官オフィスで詳細の交渉をしている今がその時だろう。

俺はホテルに行ってみた。と、ロサンゼルスのレポーターたちの四人組が俺に飛びついてきた。

「調子はどうですか、ジョージ？」

「もう捕まえましたか？」

「ファンの皆さんのために何か一言。あなたがこの事件を解決すると宣言してからの報道はご覧ですね？」

「女性有権者の票は総取りですね、ジョージ。それとギャラリー一杯の写真もですよ」

俺は彼らに振り向いて手を振った。「新展開はありません」俺は形式的に言った。「だが間もなく、途轍もない宣言がされるはずです」

「おやおや、待ってくださいよ、ジョージ。何か一言、お願いします。何か持っていかないと、うちのデスクに耳をかじり取られちまう」

「わかったわかった。うちの広報エージェントにこんな目に遭わされて、もう毒食わば皿までだ。ここまでは教えよう。三件の殺人事件の犯人は同一人物だ」

彼らは口をあんぐりさせた。

「俺に何が言える？」俺は理性的に訊いた。「俺たちは犯人を捕まえてない。そいつを捕まえられるかもしれないし捕まえられないかもしれない。現状はその程度だ」

「そんなのが記事になると思ってるんですか、ジョージ？」

「悪いか？　真相はおたくの読者にとっては目新しいはずだが」

「いいですか、サンダースさん。われわれはあなたがこの件をどう処理するかなんて大して関心はないんだ。あなたが颯爽と格好よく見える機会を提供しているんですよ。あなたがこの事件に名探偵として登場したことはちょっとしたセンセーションを巻き起こした。あなたは大衆とともにスポットライトを浴びてるんです。あなたが発信しなきゃ、人気をなくしますよ。われわれに協力的でいてくれたら、失敗したって体裁よくごまかしてあげます。だが協力してくれないなら、きつい形容詞を大量投入してあなたの息の根を止めてやりますから」

それはまったくの真理だった。そいつは立ちあがって俺の銀行口座に一発お見舞いしてきたのだ。

「失敗するだと？」俺は冷たく言った。「失敗なんかしない。逮捕が近いっていう普通のゴミ記事のほかは、お聞かせできる情報はないんだ。だがどうしてもって言うなら、予言をしよう。俺は明後日、犯人に逮捕状を突きつける」

「そんな発言は職業的な自殺ですよ、ジョージ！　話していただいてない情報が沢山あるんじゃなきゃ、そんなこと不可能だ。これじゃあ自殺だ！」

「そうせざるを得ないんだ」俺は断固として言った。「予感があって、それでやってみてる。今のところそいつを働かせてきた。勘で行ってみる」

「運任せで行かれるなら、われわれはそういう見出しで行きますよ。契約がどうなったとしても、しょうがないですね」

「サンダース家の幸運が、味方してくれるさ」俺は言った。「撮影隊はもうここを引き上げる。保安官代理が同行してくれることになってる。技術的逮捕って言えるんじゃないか。それでなんとかしてくれ」

「その保安官代理はどこにいるんです?」

俺は連中に教えてやった。みんなドアから群れなして出ていった。「できるかぎり手加減して書きますよ、ジョージ」そう呼びかける声がした。

「フォルサム嬢はいるか?」俺はラザラス・フォーテスキューに訊いた。

「何か知りたいのかい?」彼は訊いてきた。「俺はここに陣取って見ている。いろんな奴を見てきた。十年以上もだ。ありとあらゆる種類の連中だ。だがあんた方以上におかしな連中は見たことがない。ワイルドなハリウッドはいったいどこへ行ったんだ?」

「三件、殺人事件があったが」

「そんなことじゃない。そんなのは婦人洋裁サークルでだって起こる。いいことだしな。俺が言いたいのは誰も彼もが一人部屋を取ってそこにいるってことだ。それであんたらはご婦人の部屋に上がると、ただ話をして帰ってくるだけだ。トミーが教えてくれた。あいつは聞いてたんだ」

「あの子は報道エージェントになって勉強してるのか?」

「いや。あいつは見つかったら途轍もなくぶっ叩かれるって知ってるから、立ち聞きするんだ。昨日は俺にぶっ叩かれた。俺が叱ったからあと一週間は顔を出せないはずだ。盗みはダメだ。立ち聞きは面白いが、盗みは仕置きしないといかん。ただの古ぼけた平たいブリキの缶だとて、盗むのはいかん」

話しはじめても大丈夫だと確信するまでにかかった時間はおそらく三十秒くらいだったが、三十年にも感じられた。俺はまるで何ともなさそうに言った。「変なモノを盗むもんだな。どこにあるか知ってるかい？　ちょっと見たいんでね」

「ああ、ここにある。誰かが訊いてくると思ったんでな」

彼はそいつを机の上に置いた。消えたフィルムのリールだ。無傷だった。

「あの子はこれをどこから持ってきたんだ？」

「覚えてないと言うんだ。返してこいと言ったんだが、どの部屋にあったかわからないと言う。ぶっ叩いてやったがまだ言わない。あんたが口を割らせるのは無理だと思うがな。ラバみたいに強情だ」

「本当に重要なことなんだ」俺は言った。「あの子をここに連れてきて、話をさせてくれ」

「そこのドアから顔を出してごらんよ。俺が入れてやるまでその辺でうろうろしてるはずだから」

トミーはそこにいた。嫌々ながら入ってくると、祖父に対してしかめっ面をした。「大っ嫌いだ！」奴は言った。

「おいトミー、ぶん殴るぞ」

「知るもんか」トミーはうなり声をあげた。「どっちにしたって嫌いなんだ」

俺はこの家庭内紛争シーンに割って入った。「トミー、君があのブリキの缶をどこかの部屋から取ってきたそうだが、どの部屋だったか教えてもらいたいんだ」

奴は俺をにらみつけた。「もうとっくにぶたれてるんだ」

「誰も君をぶったりなんかしないさ、トミー。もし教えてくれたら一ドルやるくらいだ」

「一ドルなんかいらない。二五セント玉がいい」

「二五セント玉をやろう。教えてくれるかい？」

奴はずる賢そうに俺を見た。「かもね」

「かもね、ってのはどういう意味だい？」

「まだ二五セント玉をもらってない」

俺は二五セント玉を一つやった。奴はそいつを歯でかじると、ポケットにしまい込んだ。「見せたら、もう一個くれるかい？」

「ああ、もう一個やろう」

「見せてくれよ」奴は要求した。

「いったいお宅じゃあ」俺は彼の祖父に訊いた。「いつもこの子に嘘ばっかりついてるのか？　こんなに疑り深い子供は初めて見た」

「この子の母ちゃんが、医者に脚の脱臼を治してもらうとき、痛くないって言ったんだ。嘘はつくべきじゃあなかった。子供は責められん」

「さてとトミー、ここにもう一つ二十五セント玉がある。この缶をどこから持ってきたか話してくれたら君にやる」

俺はフィルム缶を脇にはさんで奴の後についていった。奴はワンダのドアの前に俺を案内した。「ゴミ箱の中にあったんだ」奴はささやいた。「盗みになるなんて思わなかった。二十五セント玉をおくれよ」

俺がそいつを奴に渡すと、奴は階段を走って降りていった。


俺を部屋に招じ入れた後、カーラはメイキャップの仕上げをやった。俺は鏡に映った彼女の姿を見ていた。彼女はポールのことを知らない。そのことは明らかだった。彼女の黒い目は陽気で、肌は明るい乳白色だった。

「じゃあわたしたち、帰れるのね」彼女は言った。

「ああ。それで俺の車に乗るかいって、誘いにきた」

彼女の目は鏡の中の俺に向かってきらめいた。「ありがと。でも乗せてもらう当てがあるの」

「カーラ、話があるんだ。いい話じゃない。ポールが死んだ」

彼女は息を詰めた。彼女の顔からありとあらゆる色が消えた。彼女は双眸を鏡の中の俺に向けた。彼女は長いこと動かなかった。そしてようやく、ささやき声で言った。「いつ？」

「昨日の晩だ。だいたい八時頃」

彼女は少し安堵したようだった。「どういうふうに？」

「フリンを殺したのと同じ拳銃で撃たれた」

彼女は俺の方にぐるっと椅子を回転させた。「やめて！」彼女はあえぎながら言った。「あんまり過ぎるわ。とにかくあんまり過ぎる」

「君は婚約者の死を、ずいぶんと気楽に受けとめてやしないか？」

「どうして知ってるの？」彼女は問い質した。「あの人が言ったのね。あの人は危ない橋は渡らないわ。そうね、わたし、気楽に受けとめてるわ」

「ぜんぶ話しちゃくれないかな。それとも警察に話す方がいいか？」

彼女の口は苦くゆがんだ。「話さなきゃいけないみたいね。ポールにも話さなきゃいけなかった。同じ手を使わないでくれるといいんだけど」

彼女が話しはじめるまで、だいぶ待った。

「わたしがブルックリンから出てきた女の子だったって話はしたわね、ジョージ。もうじき十六歳になろうって頃、わたしセヴ・フリンに会ったの。ああいう人にそれまで会ったことがなかった。夢一杯で、とってもやさしくて同時に野心的で。わたしたち恋に落ちた。それでバスの上とか廊下とかでひそひそ声で話すのに疲れちゃったの。結婚したかったわ。でもわたしは法定年齢に達してなかったし、家族がぜったい同意してくれないことはわかってた。だけどあの人、結婚っていうのは二人の人間と神との間の契約以上のものじゃないんだって説明してくれた。とっても美しいことに聞こえたわ。わたしは彼のしたいようにするって同意したの」

彼女は言葉を止めると、ちょっと顔を歪めてほほ笑んだ。可愛らしかった。「わたしたちフェリー船に乗って」彼女は話をつづけた。「トップデッキに上ったわ。そこで厳粛に誓いを立てたの。『我、セヴランスは汝、ミルドレッド——わたしの本名よ——を正式な妻とする』、とかそういうのよ。素敵だったわ。新しい経験もぜんぶ素敵だった。小さい部屋を一部屋借りるお金はあったし、二人してニューヨークに姿を消したの。わたしが名前を変えたのもその頃よ。家族が探すってわかってたから。三年して、家族と連絡をとるようになった。タバコをいただいていい？」

俺は二本に火を点けて、一本彼女にやった。彼女はうなずき、話をつづけた。「彼は技師になりたかったの。それで学費を稼ぐために働いてた。わたしは働きに出て、週給一六ドルで二人の暮らしを立ててた。わたしは主婦だった——わたしは妻、女だった——わたし泣いたわ。時々、しあわせ過ぎて。わたしは彼に夢中だったし、彼もわたしに夢中みたいだった」

「ある日彼が帰ってきて、もう戻らないって言ったの。試験に失敗して、それでもう技師としてはたいした将来はないって言うの。未来は航空学にあるって。彼は飛行場に行って飛行訓練のための飛行機を洗ってた。偉大なパイロットになるんですって。手当たり次第飛行士たちの話を読んでたわ。彼、一度詩を書いたの。『名追撃手の歌』って題名よ。航空雑誌に載ったの。詩の連載を三カ月くれたわ」彼女は言葉を止め、それから考え込むように言った。「そんなにいい詩じゃなかったけど」

俺は言った。「それから？」

「それから突然彼は離陸するのが怖くなったの。何があったのかは知らない。だけど彼、動揺しちゃって。その話、しようともしないの。銀行で働くことにしたわ。安全な仕事だからって。だけど就職できなくって、それから電気掃除機を一戸ずつ売り歩く仕事を始めたの。彼は、歴史に名を残すセールスマンになるはずだったの」

「でも、売れなくって、その頃には——もう四年近く経ってた——わたし、つくづく嫌になってたの。まだ彼のことは愛してた……と思う。だけどケンカするようになって。彼はわたしが彼のこと能なしだって思ってるって責めた。だけど待ってろ、いつか見せてやるって。何時間も何時間もそんなのが、わたしが叫びだすまで続いたの」

「その頃だったわ、ゲイリー・ブレイクが道でわたしを呼び止めたの。その話はしたわね。初めて重要な役をもらったすぐ後、セヴから手紙が来たわ。彼、わかったって言った。わたしには何も要求しないって。二人の人間が平和に暮らせなくなったら、別れるべきなんだって彼は言った。それで自分は役者になるために生まれた、って考えるようになったって。ハリウッドに来て、本当の演技ってものを見せてやるんですって。だから旅費を送ってくれるか、って」

彼女は俺を見た。やさしい哀しみとでも言ったものが目に宿っていた。「それがどういう意味かはわかってた。だけどそこから逃げ出せなかった。つまりわたしは一生あの人を養って生きてくってこと。わたしは旅費を送って、それから定期的に彼にお金を〝貸した〟。彼、一度、自分で稼いだお金で暮らしてるってわたしに言ったわ。わたしに養われるのはプライドが許さなかったの。わたしがあげたお金は投資に回したって言ってたわ」

俺はラマール・ジェイムズの報告書のことを考えていた。フリンはその金を友人たちのためのパーティーに「投資」していたのだ。

「さてと」彼女は言った。「わたしはおかしな立場に置かれることになった。わたしたちはコモンロー上正式な夫婦と見なされるのに十分なくらい長く同居したわ。だけどもしその状況が知られたら、わたしにとってはよくない。わたしにとってはひどいダメージよ」

「そこで決定的なことが起こったの」

「ポールとは何度も話したことがあった。一度、いい役を回してくれたこともあったわ。その後、彼、セヴに偶然会ったの。セヴは酔っぱらって、ポールにわたしのことを話したの。それでポールがわたしを脅して結婚する約束をさせたの。そしてごく親しい数人の友達に秘密を打ち明けた。でもわたし、一度も正式に結婚したわけじゃない男と、離婚ができなかったの。バカみたいだけど、そうだったの。セヴがこの映画に潜り込んで殺されたのを知ってわたしがあんなに脅えたのは、だからよ。彼はわたしとポールが結婚する邪魔になってた、ただ一人の人間よ。それであの拳銃がわたしの幌馬車の中で見つかったとき——」

「君はポールを疑わなかったのかい？」

「いいえ。ポールは人殺しじゃないわ。そんな勇気はないもの。わたし、誰も疑ったりしなかった。わたしにわかってたのは、わたしが完璧な容疑者だってこと。動機から何からぜんぶある……」

俺は新しいタバコを提供した。これは本当の話だろうか？　ありうる。だがその一方で、彼女にはこの作り話をでっち上げる能力がある。信じたいのは山々だが、無条件で受け入れるわけにはいかない。俺がポールは死んだと告げたとき、彼女は脅えたのだ。

「ポールの話をしたとき、どうして君はあんなに怖がったんだい？」俺は訊いてみた。「〝いつ？〟と訊いたのはなぜだ？」

「なぜって、わたしは七時から九時までレストランにいたからよ。わたしは一階で夕食をとっていて、それを証明できるわ。わたしが最初に思ったのは、誰かがわたしたち三人のことを知っていて、わたしに殺人を押しつけようとしてるってことだったの。わたしには動機がある、それは認めなきゃならないわ。だけどセヴとポールが同じ拳銃で殺されたのは——わたしには信じられない。どうしてそうなったの？」

「俺はあれが犯人のお気に入りの武器なんだとばっかり思ってた」俺は言った。「ハリウッドまで、俺の車で帰るかい？」

「ええ、そうね」彼女は重苦しく言った。「誰かが出発前にあなたを殺してなきゃね。わたしって運の悪い女みたいだから」

第二十五章

霧にけぶる海を右手にサンタ・バーバラ北部の丘の連なりを走り抜けながら、俺は言った。「君の言うとおりだ、カーラ。君の話だと今のところ動機があるのは君だけってことになる」

彼女はこちらに顔を向けなかった。「そのことをずっと考えていたのだけど」ささやきに似た声で彼女は言った。「わたしに二人とも殺せたわけはないの。わたし、セヴにお金を渡すのは嫌じゃなかった。結婚してたとき、そういう習慣がついちゃったの。それにポールについては、あの人のやり方は嫌だったけど、あの人本当にわたしを愛していてほかに方法がないからわたしをああいう立場に追い込んだんだと思うの。特別彼と結婚したかったわけじゃないけど――もしできるならばよ――でも、特別結婚したくなかったわけでもないの」

「君が真実を語っているとして――」

彼女はこう聞いて顔をこっちに向けた。「として、ですって？」彼女は鋭く訊いてきた。「あなた、わたしの言うことを信じないの？」

「信じたいさ。だけどどうして信じられる？　俺は君のことをそんなに知らない。俺たちは本当に親密な友達ってわけじゃないし、そうだったこともない。君の私生活がどんなふうかなんてどうやって俺に知りようがある？　君が認めるとおり、君はその役にぴったり当てはまるんだ。君には動機がある。そして君に手段と機会がなかった証拠はない。君はフリンが撃たれたところからほんの数フィートしか離れてないところにいたし、カメラの撮影範囲の外にいたんだ」

「じゃあペギーは？」彼女は訊いてきた。「あなた、わたしがペギーを後ろから撃ったって言う気なの？」

「俺だってやったと責められかかったんだ」俺は言った。「もし俺にやれたなら、君にだってやれたはずだ」

「じゃあ、ポールはどう？　彼を撃った人はセヴも撃ってなきゃいけないのよ。わたし、ポールを撃ってないって証明できるわ」

「ああ、そのとおりだ」俺はむっつりして言った。

「わたしじゃなくて残念だ、みたいな言い方しなくていいのよ！」

「君だなんて考えてもみなかった。俺は今消去してるんだ。何か話してくれ。フリンが撃たれたとき、俺のすぐ後に君のクローズアップがあるはずだった。カメラに向かったとき何を見たか、すべて思い出してみるんだ」

彼女はユーカリの長い並木道のつづく間、黙り込んでいた。俺は定期的にトレーラーを見るために、顔を外に突き出した。彼女は火のついたタバコを俺の口に突っ込むと、通行中の車を不機嫌そうに見つめていた。タバコの煙はユーカリの芳香と快く混じりあった。

「まず最初に、カーティスさんを見たわ」ようやく彼女は言った。「わたしは彼を見てるはずだったの。それからカメラで撮影してる人、それからペギー、彼女の後ろに立っていたリーゲルマン。それから照明係何人か――ジョーとチャーリー、そういう名前だった――それとクレーンを操作する人たち。それともちろんサミー。音響ワゴンの中に音響の人が一人見えたわ。それで全員だと思う」

「彼らの後ろには？」俺は促してみた。「よく考えて」

「誰か見えたとしても」彼女は言った。「きっと気づかなかったはずよ。わたしの気分がどんなだったかはわかるでしょ。わたしはあなたを見ていることになってたのよ。衣裳係の小柄なブロンドの女の子も見たような気がするけど、確かじゃないわ」

「その中の誰が何をしてたか、気がついたか？」

「いいえ、気にしてなかったもの」

「絶対に」俺は彼女に対してというよりは、自分に対して言った。「君が挙げた名前の中に犯人がいるはずなんだ。この中の誰かが、殺人を犯してる」

「だけど、どうして？　セヴはあの人たちのことを知ってもいないのよ。彼が知らなかったってことはわかってるの。あの人、別の仲間と騒ぎまわってたもの。ポールのほかは、あの人この撮影隊の誰も知らなかった――何人かのエキストラのほかにはね。それにポールに殺人を押しつけるわけにはいかないでしょ」

俺は話しはじめる前に、石油トラックを追い越せるよう言葉の切れ目を待った。半分追い越したところで、俺の車線に轟音を立てて大型車が迫ってきて、急な車線変更をしなきゃならないのがわかった。石油トラックの運転手が親切にも減速して俺を前に入れてくれた。俺は感謝の警笛を鳴らし、先に進んだ。

「順番に考えてみよう」俺は言った。「君はカーティスの名を挙げた。俺には彼は善良な小男に見える。彼は容疑者リストから外していいんじゃないかな。とはいえ、彼は決まった動きのパターンに従ってない。彼が一歩脇に寄って誰かを撃っても、誰も気づかないだろう」

「だけどセヴは彼を知らなかったわ。それは確かよ」

「フリンが誰かを知ってたのは確かなんだ」俺は我慢ならないというふうに言った。「それが誰なのかを見つけようとしてるんだ」

「でも彼はちがうわ。だけど、続けて」

「さてと、次はリーゲルマンだ。彼も自由に動き回れた。カーティスよりもっと機会が多くあったはずだ。フリンが彼を知らなかったのは確かかい？」

「もちろん確かよ。ねえ、ジョージ。まだ話してなかったことがあるの。わたしたちが着いた晩、セヴがわたしの部屋に来たの。この仕事を受けて悪かったって謝りたかったんですって。わたしが出てるって知ってたら、この仕事は受けなかったのにって。その時、誰も知らないとも言ってたの。来る途中の汽車でワンダと話したけど、ただのおしゃべりをしただけだって。だからセットにいっしょに出ていっても危険はないだろうって、了解したの。あの人いつも状況に注意し過ぎだったの。ポールといっしょに飲み過ぎたときは別にしてよ。絶対にわたしと結びつけられないようにって、それはそれは注意してたのよ」

「じゃあリーゲルマンに動機はないことになるし、フリンを殺した人物が誰であれ、そいつは一番大きな動機を持っていた。なんてこった」いやになって俺は言った。「それじゃあ誰にも動機がないことになる。ネルソンお嬢さんじゃない限りはだ。それにフリンは彼女を知ってるとは君に言ってなかった」

「どのお嬢さんですって？」

「衣裳係のブロンドだ」

このことについてしばらく俺は考えた。リストレスに動機があったとしよう。そして彼女に拳銃が撃てたとしよう。とすると、彼女には手段と機会があった。そのすぐ後に、彼女は彼女がしたような行動をしただろうか？　おそらくはだ。彼女は凶器を処分しようとしただろう。だが――。

いや、だったらあれをどこに捨てたか、彼女は俺たちに言わなかったはずだ。彼女は俺たちを間違った方向に向けることができたのだし、そしたら凶器は見つからなかった。

俺は自問した。これらすべてはハーマン・スミスが何者かに関わってくるのだろうか？　ポールは噂を聞いたと言ったし、調べた後で俺に教えてくれると言っていた。それは何を意味するのか？

また、フレッドのふざけた電報は、奴が情報を求めてあちこち行ったり来たりしている以上のことを何か意味するのだろうか？

俺にはお手上げだった。残りの帰り道、俺たちは映画とほかの役者たちの欠点についてあれこれしゃべっただけだった。

メルヴァのオフィスで、俺は報告書を見た。「これがそれか」俺は言った。

「そう、それがそれよ。聞いて、ジョージ、あたしあなたのことだいたいは利口って思ってきたの。今日まではね。あなた何やってるの？　自分をお笑いのネタにしてるってこと？　切符売り場でお金を払ってもらってない人には、あなたを笑い物にしてもらうわけにはいかないの。タダで笑われちゃ、おまんまの食い上げなのよ」

俺は照明係のチャーリーに関する報告書から目を上げた。「洒落で言ってるのか？」

「明後日ですって、まったくもう！　あなた自分のこと、何だと思ってるの？　エラリー・クイーン？」

「エラリー・クイーンは神話(ミス)だ」

「バカ言わないで。彼は男性(ミスター)で、探偵よ。言うことはそれだけ？」

「俺だってある程度、適任だ。急いでるんだ、かわい子ちゃん。フレッドはどこだい？　報告書がぜんぶここにないのはどうしてだ？」

「あの人、休みを取りに行ってるわ。この切り抜きを見てって伝言だった。見ればわかるだろうって」

彼女は地元社交界の新星ヘイク卿セシルに関する社交ページを見せてよこした。その一段記事は背が高く、細身で幸福な笑みを浮かべた若者に関するものだった。彼の目は憂いとは無縁だった。彼は俺の知らない男だったが、彼の顔の特徴の一つがマックラッケンを思い出させた。それで事情が突然明らかになった。フリンがなぜ殺されたのか、俺にはわかったのだ。

俺はフリンの部屋のバッグの中から見つけた切り抜きをポケットから取り出してメルヴァに見せた。「どこの切り抜き会社から取り寄せたかわかるかい？」

「たぶんミラーだと思うわ」彼女は断言した。「あなたがもっと人気者になってたら、あたしももっと懇意にしてるはずなんだけど」

「俺からだっていってそこに電話して、ちょっと部屋を外してもらえないか？」

「だけど、ニューヨークの会社よ！」

「ニューヨークにだって電話はあるんじゃないかと思うんだよ、かわい子ちゃん」

「あたし、結局救貧院で死ぬんだわ」彼女は言った。「殺人であなたのキャリアはめちゃくちゃになりそうだし、今度は長距離電話ですって」

かなりの遅延と電話代の末に、俺は欲しかった情報を手に入れた。次に俺はヘイク卿に電話した。彼はホテルのバーにいた。

「ヘイクだ」彼は言った。

「こちらはジョージ・サンダースです、セシル卿。たぶんあなたと俺には共通の知り合いがいるんじゃないかと思うんですよ。パーシー・ウェレズレイみたいな」

「ああ、彼なら知ってる」

「ほかには？」俺は訊いてみた。

「たぶんね」

「何人か友達を呼んで今夜パーティーするんですが、いらっしゃいますか？」

「社交のお茶の会とは違って面白そうだな、サンダースさん。八時頃でいいかな？」

第二十六章

フレッドとメルヴァはレコードが終わるといつものサンバをやめ、俺の作り付けのバーにやってきた。メルヴァは黒のハイネックを着、髪は赤金の王冠に結い上げていた。

お洒落な一行だった。ウォリングフォード以外は全員が何らかのフォーマルドレスを着ていたし、リーゲルマンに至ってはホワイトタイにテイルコート姿だった。一同はファッションの全領域を網羅していた。背中の開いた青いドレスを着たリストレスから、白ジャケットと硬く糊付けした白シャツを着た照明係に至るまでだ。

みんな小さい集団になって座ったり立ったりしていた。時々、穏やかながやがや音の中から宝石を放るように、張り上げられる声があった。

「彼女のドレスは古い消防用ホースみたいに見えると思ったわ」

「……それに彼の演説は強風の中のタガログ語みたいに聞こえたし」

「……シーロスじゃない、トロックでだった」

フレッドとメルヴァは腰掛けに座っていた。奴の長い顔は厳粛だった。「わたくしを牧師様と呼ばないでいただきたい、バーテンダー君。わたくしはほかの普通の連中と同じようにしていたいのだよ。シスター・ベロウズとわたくしは、悪人を装った時にこそ、最善の働きができるとわかったのでね」

「証明書をお持ちですか?」俺は訊いてみた。

「もちろんですとも」

彼は一束の書類を俺によこした。それはカーラ、リーゲルマン、ワンダに関する報告書だった。俺はそいつを読みはじめた。

「おっほん」メルヴァが言った。「あたくしたち咽喉がカラカラでは最高の仕事はできませんのよ。ジンジャーエールを一杯下さいな」

「わたくしはスコッチだけで、バーテンダー君」フレッドが言った。「わたくしの胃は炭酸飲料に弱いものでね」

俺は二人に飲み物を拵え、報告書にざっと目を通した。重要そうなことは何もなかった。

「これで終わりか?」俺はフレッドに訊いた。

「時間がこれだけじゃこれで精一杯だ。もっと欲しいのか?」

「もう必要ないと思う」

「犯人がわかったってことか?」フレッドが聞き質した。

「そう思う。今夜決着をつける。お前の電報にヘイク卿が何者かについてヒントが書いてあっただろ。どうやって知ったんだ?」

「どこかであいつを見た気がしたんだ」フレッドが言った。「あの電報、あんたなら翻訳するだろうって思ってた。誰が犯人か教えてくれよ、ジョージ。そしたら俺がプレスリリースを用意する。この乱痴気部屋にタイプライターはあるか？」

「待て、フレッド。まだ確信はないんだ。俺はゲームを始めたい。ヘイク卿が数分以内にここに来なかったら、彼なしで始めることにする」

「ポーカーか？　それともブラックジャックか？　まあいい、俺も入れてくれ」

「綴り方ゲームなんだ」俺は言った。

「ジョージ！　高校のピクニックみたいだぞ」

「そうする理由があるんだ」俺は言った。「お前の反論は受けつけない」

「あんたに俺が考えるのを止められやしないさ」

「あたしはあなたが考えはじめるようにって頑張ってるのよ」メルヴァが言った。「あなたがあの貨車をけとばすのを見て以来ね」

幸福そうに言い争いながら、二人はたち去った。そして俺はセシル卿のご来駕を宣言するドアベルの音を待った。クレーン操作係の三人が一杯飲みにやってきた。ワンダは身体にぴったりした緑のサテンのドレス姿で、ゆらゆらさまよっていた。彼女はまたもや妖婦になっていた。

時間が経過した。ヘイク卿は現れない。俺はバーをどんどん叩いた。

「お祭り前の最後のお呼び出しです」俺は言った。

誰も動かなかった。みんな俺を何となく見ていた。

「俺が考えていたのはこういうことです」俺は続けて言った。「これから十セントの賭けをします。俺は皆さんに順々に三文字を割りふります。十五秒以内に、この三文字を含む単語を言ってください。十五秒を越えると、十セント取り上げられるし、逆も同じです。たとえば俺がc、q、xを割り振ったとしますよ。皆さんは俺に〝ドンキホーテ的〟とか、この文字の入った何か別の言葉をばしっと言って返してくださるわけです。くださらないと、十セントの損になります」

「もう十セントやるよ、ジョージ」ウォリングフォードが言った。「貸し付けしてやったっていいんだぞ。君がここの家賃を払えないようならな」

「チャーリーは字が書けない」ジョーという名の照明係が言った。奴は自分の印を付けるだけでいいかな?」

「ダメだ。聞いてくれ」俺は言った。「俺は真剣だ。これは面白いゲームだし、みんな気に入るさ」

「室内ゲームを面白がるには、俺はもっと呑まなきゃダメだ」サミーが宣言した。奴はやってきた。軽快な、驚くほどの優美さで巨体を移動させながらだ。「もう始めた方がいい」

「でも、〝キホーテ的〟ってどういう意味?」リストレスがウォリングフォードに訊ねた。

「君はクエーカーのオートミールを食べたことがないのか?」彼が応えた。

「俺はゲームがしたい」カーティスが申し出た。「それに結局さ、サンダース氏がわれわれの招待主なんだしな」

「それがどうした?」ジョーが聞き質した。「このパーティーが気に入らなきゃ、どこかよそへ行かせちまおうぜ」

「遺憾ながら」俺は断固として言った。「皆さんにはこのゲームに参加してもらうよう、是非にとお願いしなきゃならないんだ」

「ちょっと子供っぽいとは思わんかね、ジョージ？」

俺はリーゲルマンをにらみつけた。彼はケープハートの服を着て、クールで上品な姿で立っていた。そして、面白そうに人を見下ろすような態度で俺を見た。

「俺は子供っぽくなんかありませんよ」俺はぴしゃりと言った。「このゲームをやってもらいたいというのには、ちゃんと健全な理由があるんです」

「わたしあなたといっしょにゲームしたいわ」情熱的な声で、ワンダが言った。「でも綴り方コンテストじゃなくてよ」

俺の目の端っこで、ウォリングフォードがこれまで一度も彼女を見たことがないかのように彼女を見るのが見えた。

「あなたが彼に注目しなけりゃ」ジョージが助言した。「そのうちあきらめるさ」

「ジョージ」ウォリングフォードが言った。「うまいコーヒーをブラックで飲んで、そこのカウチでちょっと寝るんだ。わしは移動するから」

「酒なんか一杯も飲んでませんよ——」俺は言った。

ジョージがぴょんと跳び上がった。奴は静かにふらついた。「じゃあ、来たれ、杯を満たさん」奴は朗々と詩を朗唱しはじめた。「そして春の炎のうちに、君よ何かのなんとかを脱ぎ捨てよだ（オマル・ハイヤーム『ルバイヤート』第七歌）」

みんな俺に詰め寄ってきた。そしてリストレスがウォリングフォードに言った。「あたしあれ知ってるわ。サミーがあたしに朗読してくれたの。『時の小鳥はなんとかしかできなくって。その小鳥は飛んでいる』ねえ、なんて言ったかしら、サミー？」

「なんてこった！」ウォリングフォードが言った。

ジョーとチャーリーがバーの後ろにやってきた。

「落ち着くんだ」俺は言った。「俺は腹が立ってきた」

二人は俺をぎゅっとつかんだ。俺は抵抗しなかった。俺はこの場がめちゃくちゃになるのがいやだったのだ。二人は俺を引っぱりだして、バーの向こう側から動かした。二人の引っぱりにはリズムがあった。キューの合図があったかのように、二人は歌いだした。

「ごろごろ樽を出せ、お楽しみが樽一杯」

クレーン操作係がやってきて気まぐれなハーモニーに加わった。サミーはリストレスをつかんで、スネークダンスを始めた。間もなく誰も彼もがそれに加わり、インディアン流に俺のまわりをぐるぐると、俺の大嫌いな『ビア樽ポルカ』のステップで回りだした。

俺は笑わなきゃならなかった。この状況は完全にバカげてる。俺の堅く握りしめられた両手が緩んだ。チャーリーとジョーは俺を低いカウチに案内してくれ、クッションを重ねた上でやさしく俺の身体を休ませてくれた。そしてカーラが俺の足許に座りにきた。誰かが俺の手に飲み物を押しつけ、全員が元通りおしゃべりに戻った。

「素敵なパーティーね」カーラが言った。

俺はにっこり笑わなきゃならなかったが、俺の意志力がそのにっこり笑いを一瞬で拭い去った。「君で試させてくれよ、カーラ。これがいいゲームだと思うかどうか見てみよう」

彼女の黒い目はあきらめの色になった。「いいわ」彼女はため息をついた。

「m、d、u」俺は言った。

彼女はおそらく三秒くらい眉をひそめていたが、それから明るい顔になって言った。「謀殺(murder)？」

俺は彼女に十セント玉をやった。

「どうしてあたしをそんなふうに見てるの」彼女は問い質した。「あなた、病気なの、ジョージ？」

「かもしれない」俺は言った。「失礼」

俺はバーに行って自分用に飲み物を拵えた。ワンダがやってきた。「ジョージ、ウォーリーがわたしをちがう目で見てくれてるの。あの人と今目が合ったんだけど、見る目が違ってたわ。これでマザーハバードとはお別れできますように！」

「俺もそう願ってるよ、ワンダ」放心状態で、俺は言った。俺は彼女に集中した。「俺のゲームを試させてくれよ」

「まあ、ジョージったら。わたしこんなに楽しんでるのに」

「一秒もかかりやしないさ」俺は断固として言った。「n、e、n。やってみて？」

「わかったわ」彼女はぶつぶつ言った。「フリン(Flynne)。固有名詞でもいいのかしら？」

俺は彼女に十セント玉をやった。「みんな読心術ができるのかなあ？」俺はつぶやき、集団に戻った。ワンダには失礼も言わなかった。

リーゲルマンは離れたところで立って眺めていた。長身で威厳がある。俺は女の子をはじめてのデートに誘う学生みたいな気分になってきていた。「楽しんでますか？」俺は訊いた。

「とてもいいパーティーだな」彼は愉快そうに言った。「照明係たちは実に面白い」

「変わり者で面白い奴らですよ」

「連中のおふざけのお蔭で、次の映画のシーンのアイディアが一つ浮かんだ。できる限り早く君と話し合いたい。もちろん、ここではダメだ。明日の夕食はどうだね？」

「ここに来たらどうです？　俺はなかなか腕のいい料理人なんですよ」

「よろこんで。八時でいいか？」

「よしきたですよ。聞いてください、リーゲルマンさん。さっきの俺のゲームはまったく子供っぽくなんかないんです。見せてあげましょう。俺がするのはただ――」

彼の青い目はどこからか角氷をまとい、それから氷が溶けた。彼は束の間笑った。「さあこい、マクダフ（『マクベス』五幕八場）」

「m、d、c」

彼は眉をひそめ、グラスを覗き込んだ。彼は天井を見上げ、顔をしかめた。何秒も過ぎていった。俺はいくらか心が昂揚し、疑念がふくらむのを感じた。このためらいは精神医学的連想テストにおける小休止と同じくらいの重要性を帯びはじめてきたのだ。彼は意識に近い言葉を思いついたのだが、彼の無意識は彼が「殺人（homicide）」と言うことを許さないのだ。

十八秒で、彼は突然にっこり笑い、言った。「殺人。しばらくミッドチャンネル（midchannel）以外の言葉を思いつかなくって、それが許されるとは思わなかったものでな。何秒かかった？」

俺は彼に秒数を言い、彼は俺に十セント玉をよこした。「このゲームには可能性があるな、ジョージ、なあ」

子供時代の話をするリストレスから逃げ出そうとするウォリングフォードがいる部屋の一角へとさまよい歩いていきながら、俺の顔は険しくなりはじめていた。彼は俺を見た。「会いたかったんだ」彼は叫んだ。「失礼するよ、お嬢さん。ジョージと話があるんでね」

俺たちは歩き去り、やがて電動馬にもたれかかった。「どうして女ってものは、はいはいして歯もなかった頃のことをみんな覚えてなきゃならんのだ？」彼は聞き質した。「お下げ髪だと！　あの娘は衣裳を掛けてまわる仕事に専念した方がいい」

「あの子はいい子だ、ウォーリー」

「わしは女の子は歯が生えてる方が好きだな。話だけでもだ」

「ウォーリー、俺のゲームを試させてくれ。思うにあんたは――」

「ジョージ、聞いてくれ」彼は腕時計を見た。「行かなきゃならん。赤ん坊を風呂に入れなきゃならないんだ」

「夜中の十一時にか？」

「寝てる時の方が入れやすいんだ。ジョージ、いいパーティーだった。それに――」

「ウォーリー、十五秒もかからないんだぞ」

彼はため息をついた。「大の男なれども」彼はつぶやいた。

「l、g、l」俺は言った。

たちまち彼は一覧を列挙した。「殺す（killing）、転がる（rolling）、叫ぶ（calling）、引っぱる（pulling）、ガロン（gallon）だ。さあ、十セント玉をよこすんだ、ジョージ。そしてこれを教訓にするんだな。人形でも切り抜いてる方がいい。そっちの方が安上がりだからな。とはいえ」彼は考え込むように、つけ加えた。「人形にもよるか」

俺はあきらめた。バーに歩いていき、スツールに座った。誰もが死か殺人に関連した語を思いついた。それを避ける代わりに、みんなそいつに飛びついたのだ。華麗なるサンダース、賢明なるサンダース、偉大なる心理学者サンダース。

ドアベルが鳴り、俺は一番重要なゲストがまだ到着していないことを思い出した。今度はヘイク卿に違いない。俺は大騒ぎ部屋のドアを後ろ手に閉め、ベルに応えた。

「あんたは犯罪を磁石で引きつけてるのか？」ラマール・ジェイムズが訊いた。「電話はどこだ？」

「どういう意味だ？　ここで何をしてる？」

「電話だ！」彼は鋭く言った。

俺は彼を書斎に案内し、電話にくっついた音声増幅装置を取り外した。彼は救急車を呼んだ。電話を切り、彼は俺を見た。

「ほぼ死体がそこにあるぞ、ジョージ」

俺は彼について外に出た。アジサイの列の下に夜会用正装姿の身体があった。ジェイムズはフラッシュライトで金色の髪を血まみれにした若い男の身体を照らした。

ヘイク卿だった。

第二十七章

とうとう殺人課のアーチャー警部補とラマール・ジェイムズ、そして俺以外はみな帰っていった。アーチャーは手帳をしまいながら言った。

「これで終了」彼は言った。「どこかの暴漢がこいつを殴り倒して金を奪ったんだな」

「ではなぜ殴打を重ねたんですか？」ジェイムズが反論した。「殺人未遂に見えます」

アーチャーはさも寛容そうに笑った。「俺くらい沢山犯罪の証拠を見てくると、明白なことはそれとして受け入れるようになるんだ。ここじゃあ軽微な犯罪に可能な限り最悪の解釈をしたりはしないのさ」

ジェイムズは顔を紅潮させたが、何も言わなかった。

「誰も何も見てないし、お宅の客人は皆二人以上のグループで到着してる」アーチャーが言った。「到着後は誰も外に出てない。ジェイムズ保安官代理がベルを鳴らした後で入口階段でぐずぐずしてなきゃ、見つからなかったはずだ。救急車の医者が言ってたが、あの男は四時間か五時間はあそこに転がってたに違いないそうだ。つまりはこういうことになる。彼はおそらく最初の客だ。それで道路から見えなくなるお宅の歩道のあそこの角を曲がろうとして強く殴打された。この可哀想な男が意識を回復したら、その点は確認できるだろう。じゃあ、そういうことで失礼。名前と住所は全部控えてある。もっと質問したくなったら、どこで会えるかは全員わかってる」

俺は彼を外に出した。戻ってきて飲み物を混ぜている俺を、ジェイムズは見つめた。「さあて？」やがて彼は言った。

「何がさあてだ？」

「今度はどんな話をでっち上げてくれるんだ？」

俺は眉をひそめて彼を見た。「いやな言い方をするな、ジェイムズ」

「俺もお前の口先だけの説明がいやなんだ、サンダース。ヘイク卿はハーマン・スミスだった。そうじゃないか？」

「どうしてそう思うんだ？」俺は言い逃れようとした。

「奴の顔の下半分の色が薄い。最近あごひげを剃り落したんだ。スミスにはあごひげがあった。スミスはイギリスであの事故の直後に姿を消した。きっと仕送りをもらってた弟なんだろう。兄貴がダイムラーを大破させたとき、相続したんだ」

「俺の結論もそうだ。ニューヨークの切り抜きサービス会社に電話して、彼が誰かは確認した」

「お前が今夜彼をここに招待したのか？」

「ああ、だがそのことは他に誰も知らない」

「お前は知っていた」彼が言った。

「だからどうだっていうんだ？」

「お前が北のロケ先であのヨタ話を俺に話して聞かせたとき」ジェイムズは見知らぬ他人に向かっているかのように、冷静に言った。「あの話はうさん臭いと俺は言った。消えた拳銃、消えたフィルム。お前はポールを殺してない——だが俺はそのことも考えてみたんだ。お前がずっと話してる発明の数々だ。お前には遠隔操作で奴を殺せるような何かを急ごしらえする能力が十分ある」

俺は開いた口がふさがらなかった。「暗闇でか？　しかも離れた距離から？」

「たしかにちょっと無理筋だってことは認める」彼は言った。「だが犯罪発見器だってそうだ」

「俺はからかってたんだ」

「お前はそう言う。ペギーが撃たれたとき、カメラはお前の手を撮ってなかったと言ったろう。お前は彼女を撃つことができたんだ」

「バカ言うな！」

「俺はバカじゃない。お前はイギリス人だ。ヘイクもイギリス人だ。奴には金が入った。お前はフリンのバッグから取ったと主張する切り抜きを俺に見せたろう。それがそこにあったってことが、どうしてわかる？」

「まったく明白じゃないか？」俺は熱くなって訊いた。「スミスがフリンにあのバッグを貸した。切り抜きはその中にあったんだ」

「お前の説明はすらすら調子がよすぎるんだ、サンダース。こういうことなんじゃないか。お前はスミスの顔を知らなかった。だから誰かが出勤票を手渡したとき、お前はそいつをスミスだと思い込んだ。それで奴を撃ったんだ。それから別人だったと知った。お前はペギーが自分を見たのを知っていた。お前は彼女を撃った。ポールが事情を了解して、お前を脅迫しようとした。お前は奴を撃った。だがまだお前は追いかけている男を捕まえてない。だから保安官を説得してこっちに帰ってきた。お前はヘイクをパーティーに招待し、他の連中より前に来るよう告げた。お前は奴を待ち伏せして、パーティーが終わるまで見つからない場所に転がしておいた。俺の仕事は今や終了したと思う」

「言い合いしてるヒマはないんだが」俺は言った。「証拠がある。俺は消えたフィルムを見つけたんだ」

「見つけただって、ほおー?」彼は母音を引き延ばして言った。

「そのことも証明できる」俺はぴしゃりと言った。「なぜなら今すぐそいつをあんたのために上映するからだ」彼の顔に浮かんだ驚きの表情は俺をよろこばせた。「ロケから帰ってきて俺が最初にやったのが、こいつを現像することだ。だからゆったり座って、ご鑑賞いただきたい」

「ちょっと待て。じゃあ電気は消さなきゃならんだろう?」

「当然だ」

「だったら手錠を掛けさせてもらう。お前が無実なら、気にしないだろう」

「気にしないとも」俺はとげとげしく言った。「先に映写機をセットしていいか?」

「ああ。見はってるからな。おかしな動きをするんじゃないぞ」

フィルムを映写機に入れながら、俺は冷静になれと自分に言い聞かせた。この状況じゃ、ジェイムズがたるみきった結論に飛びつくのもしょうがない。

彼は俺に手錠をした。俺は電気を消し、映写機をスタートさせた。彼は黙って見ていた。

幌馬車の列が日の出の中、砂丘を越えて到着した。俺はクリーム色のアラブ馬の美しい姿や、カーラと俺とがお上品な人たちが「了解」として呼びならわす関係にあることを明らかに示すためのクローズアップはカットした。

そうして決定的なシーンが始まった。俺は当然ながら前景にいたが、ぼやけた後景にいるセヴランス・フリンの姿は見えた。俺はギャロップで行ったり来たりしながら叫び、指さし、銀をほどこしたピストルを発射していた。俺が欲望に満ちた目で枠外のカーラを見つめながらカメラと向き合う瞬間、セヴランス・フリンが撃たれた。

彼は身をかがめた姿勢から痙攣性の動きで身体をまっすぐに起こし、落馬して何フィートも跳び、何回か脚を蹴り上げ、動かなくなった。そのアクションはあまりにもリアルで、俺のクローズアップが霞むくらいだった。

終わったとき、俺は明かりをつけた。ジェイムズは悲しげに笑った。

「これで確かにお前はシロになった」彼は言った。「謝るよ」

俺は両腕を差しだした。彼は手錠を外した。俺はまだむかっ腹を立てていた。「あんたのことは部屋の端までぶっ飛ぶ勢いでぶん殴ってやったっていいんだ」

「ああそうだ。だがまずその酒を飲み終えろ。で、どういう流れになってる？　お前は俺に話したよりもっと多くを知ってるんだろ」

「まず第一に、俺はヘイク卿に早く来いとは頼んでない。彼が八時と言ったんだ。俺は他の連中に九時に来るよう言って、みんなそうしたわけだ。俺は幾つか自分の考えを確認したかったし、ヘイクが裏付けを与えてくれるはずだったんだ」

「たとえば？」

「俺には証拠がない」俺は言い返した。「後で電話するつもりだ。もしヘイクの意識が戻れば、奴が話してくれるだろう。そうでなきゃ、何か別のことを試さなきゃならない」

ジェイムズは立ち上がった。「じゃあ、報せてくれ」

「朝になったら撮影セットに来いよ」俺は言った。「その時にはたぶん何かわかってるはずだ」

「わかってなきゃ困るだろう。記者連中にしたあのバカな約束を遂行するまでに、もう二日しかないんだぞ」

彼が去った後、俺の約束について彼がした表現に俺は同意しはじめていた。俺はロンドンに電話をかけた。


翌朝セットで俺が最初に会った人間はあごひげの男だった。俺は奴に軽く頭を下げた。「まだ痛むのか？」

「精神的には、ノーです」彼は言った。「とはいえ座る時用に自前のクッションを持ってきました。サンダースさん、あなたが『七つの夢』でしていらっしゃる仕事に僕がどれだけ感謝してるか、お伝えしたくて」

俺は目をぱちぱちさせた。なぜそんなことを奴が気にする？「ありがとう」俺は短く言った。

リーゲルマンは大型のサウンドステージの中に入り、彼の後に技術者たちが続いた。「クソ作家なんかクソくらえだ」リーゲルマンが言った。「今日は伝道師のショットを撮るはずなんだが。あのコンノーって奴を捕まえられたら。鉛筆を削って尖らせなきゃよかったたって思わせてやる」

あごひげ男が話を遮った。「リーゲルマンさん――」

リーゲルマンは彼に氷のような目を向けた。「今日はお呼びじゃないぞ！　このシーンの登場は主役級だけだ。いったい全体誰がお前をここに入れたんだ？」

「ウォリングフォードさんが連れてきてくれました」

「いったい全体何のために？」リーゲルマンが訊いた。

「昨日の晩、ウォリングフォードさんに会いに行きました。それでお話ししたんですが――」

「わかった」リーゲルマンが無愛想に言った。「それでちょっと役をくれと、説得したんだな。ふん、ここにお前の出番はない。あの能なしの脚本家が出てくるまで待ってもらわなきゃならないし、たとえB・G・ウェクセルご本人が、お前のクローズアップシーンがなくちゃならないとのたまったとしたって、知ったことか。必要になったら、こっちから声を掛ける」

彼は俺の方に顔を向けた。だがあごひげ男は彼の袖をぐいと引っぱった。「リーゲルマンさん、ウォリングフォードさんははっきり僕におっしゃいました――」

リーゲルマンは怒りで顔を蒼白にして、ぐるりと身体を向けた。「言ったろう――」彼は言葉を止めてあごひげ男を薄目で見た。「お前はここで何をしてる？　お前は誰なんだ？」

「僕はアーサー・コンノーです」あごひげ男は言った。

どうにも形容しようのない沈黙があった。

リーゲルマンは完全に動きを止めて、立っていた。彼の顔は途方に暮れているように見えた。ようやく彼は言った。「君は――誰だって？」

「アーサー・コンノーです」あごひげ男は繰り返した。彼は驚いて見えた。あたかもわれわれ全員がずっとそのことを承知でいたはずだと言わんばかりに。

俺は椅子の背もたれをつかみ、しっかりしがみついていた。リーゲルマンは椅子に沈み込み、目を見開いていた。

「君は脚本家のアーサー・コンノーなのか」彼は息を吸った。「それじゃあいったい全体どういうわけで群衆シーンで演技してた？　タイフーンみたいに馬の背でひょこひょこ上下したりして」

「馬の件ではすみませんでした」コンノーがすまなそうに言った。「一度も乗ったことがないんです。僕のせいで映画がめちゃめちゃになってないといいんですが」

「あのフィルムの巻は消えた。幸運にもだ」リーゲルマンが言った。彼の顔に色が戻りはじめていた。「われわれが君を上を下へと大騒ぎで探していたのは知らなかったのか？」

コンノー――俺は依然として彼のことをあごひげ男と思っていたが――は首を横に振って不幸せそうな顔をした。「僕のエージェントがロケ地に行けと言ったんです。向こうに着いたら、誰かが僕を列に押し込んだんです。〝あごひげはこちら〟と書いた看板がありました。僕は映画の仕事のことはあまり知らないんです、リーゲルマンさん。それで言われたことをただやっただけです」

リーゲルマンと俺は顔を見合わせた。それから二人してアーサー・コンノーを見た。誰も彼もが彼を探していたとき、彼は自分の書いた脚本であごひげ男のエキストラを演じていたのだ。それで週給一〇〇〇ドルもらいながらだ。事務局はいったいどうやって予算の辻褄を合わせるのだろうと俺は思った。

「気にするな」とうとうリーゲルマンが言った。とても優しくだ。「この世界じゃ、何があったっておかしくない」

「脚本家は絶対あごひげを生やすべきじゃないな」俺は慰めるように言った。「紛らわしい。それだけじゃない。インクだらけになる」

コンノーの目が一瞬俺の目と合った。初めて、彼の顔に笑みが走るのを見た。

それからリーゲルマンはため息をつき、言った。「さてと、われわれは映画を作っている。あるいは作ろうとしている。われわれにはシーンが必要だ――」

「昨日の晩ウォリングフォードさんのところで徹夜しました」コンノーが言った。「それで、シーンを書いたんです。必要なことはあの方が説明してくれました」

リーゲルマンはイラっとした。「見せてもらえるかな」

「ウォリングフォードさんが謄写版印刷しておいでです」

俺たちは立って待った。コンノーは戸棚の中の蟻みたいに嬉しそうに歩き回っていた。彼は発電機、ケーブル、ライト、そしてカメラを、子供じみた感嘆の表情で見ていた。

ウォリングフォードが片腕に紙の束、片腕にカーラを提げてやってきた。「お静かに！」ウォリングフォードが叫んだ。「われわれは速やかに働かねばならない。北の方ではずっと時間を無駄にしてきたからな」彼は脚本のコピーを俺、コンノー、リーゲルマン、サミー、そして新しいスクリプターの女の子に配ってよこした。「一晩中こいつが仕上がるまでわしは起きてたんだ。多分今日はみんな時間を少し分けてくれるんじゃないかな。八五Aページから開始だ。台詞はあまりない。わしは言葉は好きじゃないんでね。だからリハーサル一度で撮影できるんじゃないか。誰か、あの洞窟を持ってきてくれ」

小道具係が洞窟を持ってきた。美術係がその後ろに砂漠の背景を置いた。照明は明かりを点けろと叫び、カーティスは代役たちに指示し、測量をした。サミーは走り回ってあちこちに指示をした。リーゲルマンは暗い隅っこにさまよい込んだ。コンノーはこの静けさの前の嵐に、嬉しそうににっこり笑った。

俺は静かな場所に引っ込んで、シーンをさらおうとした。と、ラマール・ジェイムズがあいさつしにやってきた。俺は上の空でうなずき、すると彼はコンノーのところに行った。

そのシーンを覚えるのは簡単だった。それは突然の嵐を避けるこの避難所で開始する。カーラと俺はそれを自分たち用に使用している。二人共台詞は半ダース以下しかなかった。嵐の叫び声が彼女の夫が俺たちに近づいていることを先触れするまでは。

「俺は通す準備完了だ」俺はカーラに呼びかけた。彼女は準備はできたとうなずいて示し、俺たちは洞窟に向かって歩いていった。

「わたし、水を一杯飲みたいわ、ジョージ。あなたにも一杯持ってくる?」

「頼む」

彼女はライト背後の暗闇の中へと消えていった。そして俺は彼女と、まだ戻ってこないリーゲルマンを待ちながら座っていた。カーラはすぐに戻って来て、リーゲルマンはそれほど遅れずに到着した。彼はカーラを、心配と驚きでできているらしき不可思議な表情で見つめていた。彼女は俺に水を渡し、俺はその紙コップを唇に当てた。

強烈な、苦い臭気が俺の鼻孔を襲った。俺はもういっぺん臭いを嗅ぐと、カーラを見た。

「どうしたの?」彼女は叫んだ。「わたしをそんなふうに見ないで! どうしたの、ジョージ?」沈黙が訪れ、ラマール・ジェイムズがどすどすと俺に向かってくる足音で、その沈黙は破られた。彼は紙コップを取り、臭いを嗅ぎ、カーラに向かって冷静に話しかけた。

「あなたが発言することはすべてあなたに対して不利に用いられる可能性があることを警告するのが本官の義務であります。あなたは殺人未遂で逮捕されました」

カーラは失神した。小道具係の一人が彼女を支えた。ジェイムズは彼らに彼女を外に運び出すよう言った。彼はウォリングフォードに向き直った。「こちらには化学者がいらっしゃいますね。これを分析していただきたい。確信できるまで、彼女の身柄は連行しません」

ウォリングフォードは打ちひしがれた様子だった。「かわいそうなカーラ」彼は言った。彼の丸い顔はたるんでいた。彼は年老いて見えた。「あの子にはきっとちゃんとした理由があったに違いないんだ。おいで下さい、ジェイムズさん。研究所へはわしがご案内しましょう」

俺はリーゲルマンを見た。彼はジェイムズとウォリングフォードを目で追って見つめていた。俺は彼のところに行った。彼は俺に夢遊病者のような目を向けた。「私は——ああなんてことだ。驚愕している、ジョージ！——」彼は絶望のあまり両腕をだらんと垂らした。「何も言うことはないな」

「俺はありがとうを言えますよ」俺は言った。「あなたの顔にあの表情が浮かばなかったら、俺はあの水をすぐ飲み干していたはずです」

彼は俺を思慮深げに見た。「わかった……」彼は言い、それから肩をすくめて叫んだ。「本日はここまで。撮影がいつ再開されるかはおって連絡する」彼は俺の方に向き直った。「カーラの代役を立てるのは難しいだろう。今夜のディナーの時、映画のことを話し合って、どんどん進める計画を立てた方がいいだろう」

「わかった」緊迫の一瞬、俺たちは互いを冷静に見つめ合った。

俺はラマール・ジェイムズを探しにいった。研究所で彼を見つけたとき、分析は終了していた。

「青酸カリだった」彼は言った。「馬を一、二頭殺せるくらいたっぷりだ」

「俺の電話のことであんたと話したい」俺は言った。

第二十八章

リーゲルマンは八時ではなく七時に到着した。

「今夜は何を食べさせてもらえるのか知りたくてね」俺が彼のコートを受け取ると、彼は説明した。

「ステーキ・アンド・キドニーパイだ」俺は言った。

彼は憶測と知識でできた目で俺を見た。「意味深だな?」彼は言った。

「キッチンに来ていただければ、シェリーを一杯ご馳走しますよ。オーブンに火を入れる前にパイ生地を作ろうとしてたところなんです」

彼は俺についてきて、朝食用のコーナーに座り、俺に向き合った。「意味深ですか?」俺は繰り返した。「よくわからないな。あなたのイディオムの使い方にはなかなか慣れなくて、時々意味が呑み込めないんですよ。ずっと前にあなたがイギリス人だって、わかってなきゃいけなかった」

アイスボックスから俺は小麦粉、ショートニングと水を取り出した。俺は銀のナイフを冷やし、ショートニングを小麦粉の中に切り込みはじめた。

リーゲルマンはシェリーを啜っていた。「いいシェリーだ、ジョージ。とても辛口だ。ああ、君がついに結論にたどり着いたんだと思った。なあ、君はパイ生地を作るのに手を使わないのかい?」

「必要じゃない限り使わない。こうした方が軽いんだ」

「私の母は」彼は言った。「いつも手を使った。計ることもなかった。母は片手一杯のこれと、ひとつまみのあれを取って、それで素晴らしいパイ生地を作ったんだ」

「勘で料理か」俺は言った。「そうする天才もいる。俺はルール通りにやることで最善の仕上がりを得るんだ」俺は冷やしたナイフで小麦粉とショートニングを混ぜ、氷水を一滴ずつ加えた。

「君のために、夕食がうまいことを願うよ、ジョージ」

「うまいとも。ラウンドステーキの代わりにTボーンステーキを使ってる。それに、俺があんたなら、俺の心配はしないな」

「そうか?」彼はつぶやいた。「よしわかった。そのからくり機械は何だ?」彼は電動角切り器を指して言った。

「俺が作った」俺は彼に言った。「ステーキでも、他の何でもさいの目に切れるんだ」俺はアルミニウムのまな板の上で生地を延ばしはじめた。ふるいで小麦粉をその上に時々振りかけながらだ。

「君は創意工夫の才に富んだ男だ、ジョージ。残念ながらな」

「いや、そうかな」俺は気楽に言った。「こんな具合で、俺は気に入ってる」

「だからそう言ってるんだ。君が気に入っていて、残念だ」

「ほら」俺は言った。「軽くて厚いパイ皮ができるぞ。薄皮を重ねたみたいになると思う。さてとステーキだ。いいかい、角切り器をスタートさせてステーキを少しずつそこに入れる。どれだけきれいに均一に切れてるか見てくれよ」

「とてもきれいだ」彼は言った。「どういう種類のキドニーを使うのかな？」

「もちろん仔羊さ。このたまねぎをみじん切りにして、こいつをフライパンに入れるまでちょっと待っててくれ。バターは沢山入れるのが好きかい？」

「たっぷり入れてくれ」リーゲルマンが言った。「この食事は楽しみたいからな」

「シェリーはもっといるかい？」

「頼む。ありがとう」

俺は彼にボトルを渡し、自分用に少々注いだ。風味豊かないい芳香がした。「いいシェリーだ。明日のために乾杯しようか？」

「明日がよい日でありますように、ジョージ」

「ありますように」

俺たちはグラスを当て、飲んだ。俺はステーキをソテーしはじめ、仔羊のキドニーを半ゆでにした。そうしている間に、マッシュルームのソテーを開始した。リーゲルマンは俺を見ていた。

彼の長い顔は後悔に満ちていた。

「君はドレッシングは自分で作るのかい？」彼は訊いた。

「ああ。お気に入りのフランス料理屋からレシピをせしめた。だが生のタイムを手に入れるのが難しい」

「いやはや、ジョージ、君は度胸があるな」

俺は肩をすくめた。「俺には自信がある。それだけだ」

「だが自信をなくす理由は幾らだってあるだろう」

「俺の観点からするとないんだ」

「私の運が悲惨だったことは認めてくれるだろう」

「そんなことは認めない」俺は言った。「不注意だった。それだけだ」

「だが、あいつとは十六歳の時以来会ってなかったし、知ってのとおりあごひげは紛らわしい」

「あんたは彼の従兄弟だ。俺はロンドンのパーシー・ウェレズレイに電話した。彼がそうだと言っていた」

「ああそうだ。なあ、いい匂いじゃないか！」

「これから三十分間オーブンで焼くんだ。居間に行こうか？　もっとシェリーを飲んでくれ」

「ありがとう」彼は俺が前になるよう動き、俺に手を振って大きな椅子に座らせた。彼は俺と向き合い、ソファーに座った。彼の目は今、明るく、きらめいていた。

「君には観察力がありすぎる」彼はおしゃべりするように言った。

「俺には観察力が足りない」俺は彼の言葉を正した。「俺のネクタイを替えさせたとき、あんたがペギーの手帳を持って研究したことは明白だったはずだ」

「あれは大失敗だった」彼は認めた。彼の唇の片隅がゆがみ、状況がちがっていたら笑みだったかもしれないものになった。「フィルムが一巻なくなっていたが、いずれ見つかる気がしていた。君が間違ったネクタイをしていたら、高価なシーンを撮り直さなきゃならなくなる。前の晩に手帳を研究済みだったから、私は自分の本当の役目を突然忘れた。一瞬かそこら、私は予算を気にしなければならない監督になっていたんだ」

「あなたが細部に注意する目を持ってるなんて、俺は知らなかったんだ」俺は言った。「そういうことはペギーがいつもやっていた。あのネクタイの一件の完全な意味をただちに理解しなかったのは俺のまずい失敗だった」

彼は言った。「いや、本当だ、ジョージ。君はよくやった。嘘八百のほかに頼りにできるものがなかったことを思えばな」

「真実は俺の目の前にあった」

「君はやがてそれに気がついたじゃないか。最初の一発がカメラの後ろから発射されたことが、君にはわかっていた。他の誰にもそれを発射できなかったと、とうとう結論づけたんだ」

「いや、そんなに簡単じゃなかった。俺は全員を考察した。衣裳係の女の子に至るまでだ」

「もちろん私じゃなきゃならなかった!」

「今はそうだとわかる」俺は言った。「だが、ずっとわからなかった。俺を混乱させたのはフリンの死に対するあんたの無関心だ」

「どうして私が気にしなきゃならない?」彼はもっともらしく訊いた。「私は間違った人物を撃った。私には動機はなかった。それゆえ、私がすべて忘れている限り、私は疑われない」

「だがペギーが気づいた」

「彼女は私にとって最大の危険だった」彼は認めた。「彼女の手帳はあまりにもすべてを知っていた」

「俺はこう解釈した」俺は言った。「フリンが撃たれた瞬間のことについて、彼女が疑問に思いだして、あんたに質問したんだ。あんたはその場を離れていて、彼女はそのことをメモしていた。翌日、彼女はあんたがいなかったことを思いだして、突然疑問に思いだしたんだ」

「だいたいそんなところだ、ジョージ。フリンの死の断末魔はあまりにも劇的だった。一人のエキストラにシーン全部が持っていかれた。彼女は撮り直すべきだと考えたんだ。もちろん」彼は言った。「俺はあわて過ぎていた。ペギーは本当に何かをわかってたわけじゃないし、その疑問を忘れていたかもしれないんだ。だが私は神経過敏になっていた。彼女が手を口に当てるのを見たとき――」彼は言葉を止めた。「とはいえ、おそらくそうするのが一番だったんだろう。私が一時席を外していた意味を彼女に指摘させる危険は冒せなかった」

「あんたは音響機器の後ろにいた」

「そうだ」

「拳銃はどうした？」

「もちろん一挺は私が持っている」

「弾は同定されるだろう。あんたは逮捕される」

彼はうなずいた。「ああ、これは今や個人的な復讐の問題なんだ。ヘイクは一時間前に意識を取り戻した。彼が保安官代理に事実をすべて話すだろう。私がペギーを殺す大失敗をしたのは君のせいだ。私は貸し借りはなしにしたい」

「どうして俺のせいなんだ?」

「君の名声だ。君は『ファルコン』で『セイント』だ。フリンが人違いだったとわかった後、私は考えた。サンダースが動機が存在しないことを嗅ぎ出して、私が彼をハーマン・スミスだと思い込んだことを見つけ出し、スミスが誰かを見つけ出すだろう。でなきゃ、ペギーを殺すべきじゃなかった」

「俺を確信させたのは、一連の論理的推理じゃなく、あんたの芸術的純一性だ」俺は言った。「昨日あんたはコンノーのことを、馬がまるでタイフーンみたいにひょこひょこ上下したって言って責めた。ペギーがそのことを手帳にメモしてたに違いない。でなきゃ奴に注意を払ってたわけがないんだ。あんたはそういう細部には絶対に気づかない。そういうことはいつも他の誰かにまかせてるんだから」

「あの時までに、君が私に注目していることは確信していた、ジョージ。もちろん、だからカーラが君に渡した水の中に私は青酸カリを入れたんだ。君があれを飲まなかったのは残念だった」

「俺はその意見に反対の学派に属してる」俺は言った。「俺があれを飲まなくて本当によかった。ところで、あんたのお蔭で頭にたんこぶができた。あんたは俺をぶん殴るべきじゃなかった」

「パニックだった」彼は言った。「すぐに後悔した」

「ありがとう。一つわからないことがあるんだ、リーゲルマン。どうして三十八口径を使ったんだ？　他の拳銃は全部四十五口径だったのに」

「君のは違った、ジョージ。君は三十八口径を持っていた。拳銃は君のところで見つかって、すべて事故として処理されるだろうと踏んでいたんだ」

「じゃあどうしてカーラの幌馬車の中に拳銃を仕込んだんだ？」

「仕込んだんじゃない。後で取り出そうと思って入れておいただけだ。君が殺人じゃないかと言い出したお蔭で、そのまま放置して、最善を願わなければならなくなった」

「そして、あんたは殺す相手を間違えた」

「愉快だろう、どうだ？」

「彼にとっては愉快じゃなかったろう」

「あえて言えば」リーゲルマンは考え込むように言った。「その方が彼にとってよかったんじゃないかな。エキストラは多過ぎるから」

「そろそろ料理ができ上がった頃だ」俺は言った。「夕食にしようか？」

彼は立ち上がった。「いや、結構。君はおそらくあの保安官代理が八時に到着してわれわれの会話を立ち聞きするよう手はずを整えてあるんだろう。それで私が不利な供述をしたところで逮捕する、と。だからこちらは一時間前に到着していたんだよ。まあ、もはやどうでもいいことだが」

「あんたが一時間前に到着するだろうとは予測してた」俺は言った。平然を装いつつだ。

「はったりはよくないな、ジョージ。当然、君のことは過小評価していたわけじゃあない。この家に入る前に、まわりを二時間見はっていたんだ。君が何か罠を仕掛けやしないかとね」

彼は台所から漂ってくる魅惑的な芳香に鼻をひくつかせた。「食事のことは残念だった。だが、外に出た方がいいと思うんだよ」

俺も立ち上がり、彼が俺と向き合ったときに開放された寝室のドアに背中が向くよう移動した。「俺はあんたとは行かない、リーゲルマン」

「そうか、そうだと思った」彼は楽しげに言った。「ここで殺されるのはいやなんだな?」

「ここでもどこでもいやだ。実際俺は殺されはしない」

「そうか、そうだと思った」彼はまだ楽しげだった。「私はいささか殺しの味を覚えたようでね。自分が神になったような気がする。生死を掌握する力だ」

「それが理由でポールを殺したわけじゃないだろう。奴がハーマン・スミスについて訊いてきたのが理由だ。奴はスミスが仕送り暮らしの男だってことを思いだしたんだ。それで父親と兄貴が死んだら相続人になるって」

リーゲルマンはうなずいた。「ポールがハリウッドの友達に電話して、事実の裏を取っているところを立ち聞きしたんだ。彼が君のトレーラーに向かう途中で、私は彼を殺した。まだあの時は、罰を逃れたいと思っていたんだ」

「そうか。俺は細部についてはいくらか間違っていたが、正しいドアをくぐり抜けたわけだ」

「君は実によくやったよ。さあ、行くとしようか?」

「ちょっと待ってくれ。セシル卿が俺のパーティーに来るのはどうやって知ったんだ？」

「もちろん私が招待した」

「どうして？　俺も招待してあったんだ」

リーゲルマンはにっこり笑った。「そうだったようだな。君のふりをして電話をかけたんだが、最初は混乱した。自分は——つまり君はってことだ——あまりにも沢山招待したから、うっかり忘れてしまったのだと説明した。すると君と話したいから早く来ると言ったんだ。私が自分の従兄弟で最近親者だとは、じきにわかったろう。称号は私には来ないが、金は来る」

「金はいつだってあんたにとって最重要事項だからな」俺は言った。「あんたは彼を待ち伏せし、殺そうとし、死ぬよう放置し、誰かが到着するのを待ったんだな？」

「通りを車で幾らか下って駐車して、ウォーリーがタクシーで着くまで待ったんだ。彼といっしょに入ってきたのは覚えているだろう？」

「気づかなかった。セシル卿にはハンマーを使ったのか？」

「ああ。うちの工具箱の中にあった。君にはそれをまた使おうか、それとも拳銃にしようかまだ迷っているんだ。君はどちらがいいかな？」

「ハンマーはよくない」俺は言った。「あんただって犯罪史にハンマー殺戮者として名を残したくはないだろ？」俺は何気なさそうに言ったが、ひたいににじみ出す氷のように冷たい汗の玉ひとつひとつを感じとっていた。「それに、あんたは俺を殺さない。セットで昨日あんたの顔つきを見た時から、殺すつもりなのはわかってた。だが当然ながら、俺はそれに反対する」

彼の目はわずかに恍惚の色を湛えた。彼はポケットから拳銃を取り出した。「私は君を殺さねばならない。必要とあれば、今すぐここで」

「あんたは殺さない」俺は言った。「なぜならラマール・ジェイムズがあんたに銃を突きつけているからだ」

リーゲルマンはにっこり笑った。不快な笑みだった。「古い手だな、ジョージ。私が一瞬後ろを振り向くと、そしたら飛びかかる隙ができると思っているんだろう。すまない。その手のことは承知し過ぎているんだ。昔のB級映画で何度も使ってきたんでね」

ラマール・ジェイムズの声が、彼のすぐ背後で言った。「動くな、リーゲルマン。殺しはしない。お前に裁判を受けてもらいたいからだ。だが背骨の付け根を撃つ。痛いぞ」

「彼の顔は灰色になった」というのは文学的な気取った言い方だと俺はいつだって思ってきた。しかしリーゲルマンを見て、そういうことは本当に起こるのだと知った。彼の手の中で拳銃がちょっと傾いた。彼は振り向きはじめた。

「動くな」ラマール・ジェイムズが言った。「銃をジョージに渡すんだ」

リーゲルマンはそうした。俺は銃を握りしめた。手の中でそいつは、心地よく頼もしく感じられた。

「よし」俺は大声で言った。「さあ来て、逮捕してくれ」

「ＯＫ」ラマール・ジェイムズの声が言った。

スピーカーからガチャンと受話器が置かれる音がして、それから発信音が聞こえてきた。リーゲルマンはさっと振り向き、それから憤怒の表情で俺をにらみつけた。「ホテルの部屋で聞いてたんだ」俺は言った。「すぐに来る。あんたが俺の電話装置のことを思いだすんじゃないかと心配したんだが、問題なかったようだな。どっちにしたって俺には対処できたはずだ」

少なくとも『ファルコン』や『セイント』ならいつだってこういう状況には対処できたはずだと俺は思った。「電話装置を使わざるを得なかった」俺は言った。「誰にもここに来させる気はなかったからだ。あんたが見はってるだろうと思ってね」

彼は動き出した。それで俺は銃身を彼の顔にこすりつけた。彼は両手を傷口にあてた。

「今のはペギーのためだ」俺は言った。「あんたは彼女を後ろから撃った。もう動く気はないな？」

第二十九章

そいつはまるで昔風の家族の再会みたいだった。メルヴァは有頂天に見えたし、フレッドは一度に四つの電話に向かって話そうとしていた。ウォリングフォードはカーラが留置場から解放されたのと同時にやってきて、待合室に駆け込んだ。彼女が支離滅裂な感謝の言葉をもごもご言うお決まりの場面じゅう、ウォリングフォードはラマール・ジェイムズと握手していた。なぜなのかは神のみぞ知るだ。

ワンダはウォリングフォードとやってきて、彼女とカーラは同時に俺に飛びついてきた。二人とも俺の首筋に滂沱の涙を流しはじめ、その間ウォリングフォードは看守、フレッド、空のゴミ箱を持って入ってきた男と握手した。一分ばかり何もかも訳がわからないような具合だった。

「素敵じゃなくって！」ワンダが叫んだ。「ウォーリーがあたしを、コメディで使ってくれるの。あなたの次の主演作で、あたし主演女優よ、ジョージ」

「ジョージ」カーラが言った。「わかってたの。あなたがわたしをここに見捨てていったりしないってわかってたわ。本当にありがとう。ありがとう！」

「それであたし、水着を着られるシーンもあるのよ」ワンダが言った。

カーラがたじろいだ。彼女はワンダを冷たく見た。「まあ素敵」彼女は言った。「あなた、いやじゃないの？」

「全然よ」ワンダは氷のように冷たく言った。「あなただってそうでしょ――あたしがあなたなら」

カーラは肩をすくめた。彼女は俺に向かって言った。「お祝いに何をしましょうか、ジョージ？」

俺の動悸はちょっぴり速くなった。彼女はとても美しかった。

「君たち女の子はどこかへ行ってなさい」ウォリングフォードがつっけんどんに言った。「わしはたった今監督を失くしたばっかりでね。映画を仕上げなきゃならない。もうだいぶ投資してるんだ。ジョージ、たぶん君に助けてもらえるんじゃないかな、どうだ？」

俺は両目から歓喜が溢れ出るのを止められなかった。ヒラリー・ウエストンを演れるだけじゃなく、この映画の残りの監督もできるのだ。

「今払ってるギャラじゃダメよ」メルヴァが憤然として言った。

ウォリングフォードが彼女に向かって手を振った。「金の話は明日にしよう」彼はおおらかに言った。「今のところは、葉巻をどうぞ」彼はメルヴァを見、自らを抑制し、そして言った。「よしわかった。タバコをどうぞ。一箱ぜんぶとってくれ。女性はエージェントをやるべきじゃない。あなたのように素敵な女性もな！」

俺は幸福のあまり一種のもうろう状態にあった。俺はまばたきし、ワンダとカーラが俺を見ているのに気づいた。あまり友好的ではない。それから二人は顔を見合わせた。「わかったわ」カーラが言った。「この人はなしでお祝いに行きましょ」

「いいわ」ワンダが言った。「結局、彼はあたしたちより、映画に興味があるのよね」

二人は腕を組んで行ってしまった。俺は二人を呼び戻そうと口を開けたが、言葉が出る前に二人は言った。ほぼユニゾンでだ。「明日会いましょうね、ジョージ」

俺は突然、ものすごく孤独な気がした。

ウォリングフォードに三度も話しかけられて、俺はようやく彼に気づいた。「どうなんだ、ジョージ？　監督はするのか、しないのか？」

「もちろんするとも、ウォーリー。喜んでさせてもらう」

「喜んでいるような声じゃないが」

「聞いてくれ」俺は言った。「うちにディナーがあって、食べてくれって泣き叫んでいるんだ。それに俺は帰って電話を切るために分解しなきゃならない」俺はこう締めた。「二人ともうちに来て、俺とディナーにしないか？」

「あんたがその顔つきどおりの気分でいるとすると」ラマール・ジェイムズは言った。「飯がまずくなるな」

「女の子の心配はやめるんだ」ウォリングフォードが命令口調で言った。「戻ってくるさ。もし戻ってこなかったとしたって、別の誰かがやってくる。君が一カ所に十分長いこと留まってさえいれば、きれいな子がやってくるさ」

「留置場の廊下でか？」俺は訊いた。

ウォリングフォードは興奮した体で留置場の房のドアが並ぶ様をにらみつけた。「この映画が始まってこのかた、どこかの刑務所で長いこと過ごしてきたような気がする！　これが習慣になるようなら、君はクビだ、ジョージ」

彼は俺の腕をつかむと、俺を急き立てて通りに出た。俺たちはラマール・ジェイムズの車に乗り込み、車の流れの中に発進した。ウォリングフォードが振り返って俺を見た。彼はきまり悪そうに見えた。

「ジョージ、悪い報せがある」

「結局、俺に映画の監督はできないってことか？」

彼はにっこりした。「女の子たちのことはもう忘れたようだな。いや、映画のことじゃないんだ、ジョージ。君に約束したプレゼントの件だ。見つからなかった。存在しなかったんだ」

俺は目をぱちぱちさせ、それから二十二インチのアクロマティック（色収差補正）経緯儀を頼んであったことを思いだした。

「冗談だったんだ、ウォーリー。ウィルソン山天文台にあるのは知ってるけど、あれはとっても特別なものだ。あれそっくりのを作るための工学装置一式が入手できるんじゃないかなあ」

「工学だって？」彼は信じられないというように言った。「気は確かか？」

「どうして。大丈夫だとも。工学製品の製造元なら経緯儀を作れるはずだと思ったんだ」

「その経緯儀ってのはいったい何だ？」彼は詰問した。

「二十二インチのアクロマティック経緯儀だ。それを頼んだつもりだが」

「なんと！」彼は大声で叫んだ。「だのにわしは世界中のサーカスに、二十二インチのアクロバット師はいないかって電報を打っとったのか！」

解説

森 英俊

「カンヌ映画祭にはまるで場違いなスクリューボール・コメディのように、クレイグ・ライスは(ユーモアの乏しいものがもてはやされている)ミステリ・シーンに台風のように登場してきた」(ジェフリー・マークスのライス評伝 *Who Was That Lady?* より)

本書は、探偵映画の主人公として人気を博した実在の人気俳優が撮影現場で殺人事件に巻きこまれ、みずからしろうと探偵として解決にあたるという、魅力あふれる設定のミステリ長編である。執筆にあたったのもくだんの俳優という体になっているが、本文の前の献辞に「クレイグ・ライスに。彼女なしには本書は成立しなかったろう」とあるように、実際にはクレイグ・ライスが代筆したもので、随所に彼女らしさが発揮されている。

●ライスと映画界

本書の内容にふれる前に、まずはライスと映画界との関わりについて言及しておくことにしよう。黄金時代にデビューした人気ミステリ作家がハリウッドに招かれ、ミステリ映画の脚本の仕事に就くということは、ライス以前にもあり、フィリップ・マクドナルド、エラリー・クイーン、スチュアート・パーマー、レイモンド・チャンドラー、ジョナサン・ラティマー、ジェームズ・M・ケインなど、そうそうたる顔ぶれが並ぶ。とはいえ、そのだれもが成功を収めたとはいえず、クイーンなどはかなり苦い思いをさせられたようだ。

ライスのハリウッドへの進出は、一九四二年の初頭にロサンゼルスに転居したことがきっかけになっている。その前々年に結婚した三番目の夫（！）、ラリー・リプトンの兄弟（兄なのか弟なのか、確認ができず）がハリウッドの映画業界ですでに働いており、映画がらみの仕事がいかに金になるか、ライス夫妻にしきりに吹きこんだ結果の転居だったらしい。ライスはニューヨークの出版社との契約のためにすでにエージェント（著作権代理人）を雇っていたが、ハリウッドの映画会社への売りこみのために、別のエージェントを雇い入れることにした。

その売りこみの成果として生まれたのが、ライスとなんらかの形で関わりのある、以下の映画である。二本がテレビ放映されただけで、いずれもわが国では未公開だが、動画サイトで全編が公開されているものや、数分間の抜粋映像が紹介されているものもあり、興味をお持ちのかたは、Googleなどで動画検索を。

【ライスが脚本を執筆した映画】＊西暦は米国での公開年

The Falcon's Brother（一九四二）スチュアート・パーマーとの共同脚本

Falcon in Danger（一九四三）フレッド・ニーブロ・ジュニアとの共同脚本

Danger Signal（一九四五）ライスの単独脚本（名前はクレジットされず）

【ライス作品が原作の映画】＊西暦は米国での公開年

Lady of Burlesque（一九四三）『Gストリング殺人事件』の映画化。英国公開時の題名は *Striptease Lady*

Having Wonderful Crime（一九四五）『素晴らしき犯罪』の映画化。テレビ放映時の邦題「ハネムーン騒動」

Home Sweet Homicide（一九四六）『スイート・ホーム殺人事件』の映画化

The Lucky Stiff（一九四九）『幸運な死体』の映画化。テレビ放映時の邦題「ラッキー・スティフ」

Mrs. O'Malley and Mr. Malone（一九五〇）中編「今宵、夢の特急で」の映画化

The Underworld Story（一九五〇）原作不明

The Eddie Cantor Story（一九五三）原作不明

米国の伝説的ストリッパー、ジプシー・ローズ・リー名義で一九四一年に刊行された『Gスト

リング殺人事件』をめぐっては、近年、ライスが代筆したということに疑問を呈する者も出てきた。その代表格がライスの評伝 ***Who Was That Lady?***（二〇〇一）をものしたジェフリー・マークスで、マークスはリー自身が執筆したという説を唱えている。加えて、われこそが『Gストリング殺人事件』の真の作者であると名乗り出たリーのお騒がせ家主などもおり、当時の出版契約が残っていないこともあって、真相はいまとなっては藪のなか。とはいえ同書は、いかにもライスの創造しそうな愉快なキャラクターたちがスクリューボール・コメディを演じ、殺人事件に右往左往するという、まさしくライス調のミステリであり、ここでも便宜上、ライスの手になる作品として扱っておく（そもそも、いかに文才があるとはいえ、ずぶのしろうとにライス調のユーモア・ミステリを書きあげることができるだろうか？）。

その映画版 *Lady of Burlesque* のほうは、当時の米国映画界を代表する大女優バーバラ・スタンウィックをせっかくヒロインのストリッパー役にキャスティングしたにもかかわらず、脚本と演出のまずさによって、原作には遠くおよばない、とんだ凡作に仕上がってしまった。なにより残念なのは、スクリューボール・コメディらしい楽しさが微塵も感じられない点で、シリアス路線で行こうとしたためか、逆に中途半端な出来に終わり、観ていて印象に残るのがガーター姿のスタンウィックの妖艶さ（このときのスタンウィックは三十代も後半にさしかかっていたが、さすがにブロードウェイ・ミュージカルのダンサー役でデビューしたというだけあって、その脚線美には目を奪われる）だけ、というお粗末さ。ちなみに、スタンウィックはこの翌年、ビリー・ワイルダー監督のフィルム・ノワールの傑作「深夜の告白」（原作：ジェームズ・M・ケイン／脚本：ワイルダー&レイモンド・チャンドラー）で殺人をそそのかす人妻の役を演じ、オスカーにノミネートされている。

名優ブライアン・ドンレヴィがマローン弁護士を演じた「ラッキー・スティフ」のほうにはジャスタス夫妻は登場しないので、マローンとジャスタス夫妻のトリオが揃いぶみをした映画はその四年前に公開された「ハネムーン騒動」しかない。こちらでは、シリアスな役を得意としたパット・オブライエンがマローンを、タップの名手ジョージ・マーフィがジェーク・ジャスタスを、恋多き女キャロル・ランディスがヘレン・ジャスタスを演じている。特筆すべきは、まだ二十代半ばのランディスのキュートさで、さすがにその抜群のスタイルと明るさで世の男どもを虜にしただけある。MGMはその映画化権を得るために七千二百五十ドルをライスに対して支払ったというが、このころのハードカバーの印税は（印税率が十パーセントとすると）一冊あたり二十セントだから、本に換算すると実に三万六千二百五十冊分もの印税額（現在の通貨価値でいえば、七百数十万円相当）に該当したわけで、売れっ子作家の彼女にとっても、かなりのまとまった金額であった。

この「ハネムーン騒動」の翌年に公開されたのが、ライス・ファンならぜったいに見逃せない、二十世紀フォックス製作の *Home Sweet Homicide*。一九四四年に刊行された名作『スイート・ホーム殺人事件』の映画化で、脚本もライス自身の手になるもの（実際には脚本の監修という形での参画だったらしい）だ。撮影中には自分の子どもたちを撮影現場に招待し、プレミア上映には親子揃って出席するほどの熱の入れようだったが、映画の出来もすばらしく、巡査部長の子どもの数が九人から六人に減らされているという不可解な変更点はあるものの、大きく原作からは逸脱しておらず、キャスティングも原作のイメージにかなり近い。とりわけ目を瞠らさせられるのが、売れっ子推理作家カーステアズ夫人（三十代半ばのリン・バリが演じている）の三人の子どもたち（子役スターのペギー・アン・ガーナーが長女のダイナ、キッズ・モデル出身で映画界に入ったばかりのコニー・マーシャルが次女のエープリル、一九九〇年代には四年連続アカデミー賞助演男優賞の候補になったディーン・スコットウェルが末っ子のアーチーを演じている）のかわいらしさと演技の達者さで、そのモデルとなったライスの子どもたちも、さぞかし大満足だったことだろう。

ライスがもうひとりの人気ミステリ作家スチュアート・パーマーと共同で脚本を執筆した *The Falcon's Brother* は、戦時色のきわめて強いスパイ・スリラー。ジョージ・サンダースがその当たり役のひとつであった快男児〈ファルコン〉を演じ、ナチスのスパイたちと戦うが、すでにサンダースのシリーズからの降板がきまっていたため、途中から主役が〈ファルコン〉の弟に交替する（くだんの弟役を演じたのはサンダースの実兄トム・コンウェイで、以降は彼を主役にシリーズの続編が製作された）。シリーズの他の作品を観ていないので比較はできないが、少なくとも本作にかぎっていえば、テンポのいい、スリリングな娯楽作品に仕上がっている。

この *The Falcon's Brother* は、脚本料に加えて、ライスにふたつの重要な副産物をもたらした。ひとつ目はスチュアート・パーマーとの関係である。脚本家としてはパーマーのほうが先輩で、*The Falcon's Brother* の脚本執筆の際には指導役もつとめたが、笑いのツボが同じだったため、共同作業は終始なごやかな雰囲気で進められたという。ふたりはよほど馬が合ったらしく、ハリウッド滞在中は毎晩のように飲み歩き、映画の仕事が終わったあとも、そのつき合いはライスがなくなるまで続いた。

友人づき合いの結果、生まれたのが、ふたりのシリーズ探偵、マローンとヒルディガード・ウィザーズとを競演させるという夢の企画。一九五〇年十月号の「今宵、夢の特急で」を皮切りに計六編がエラリー・クイーンの片割れであるフレデリック・ダネイの編集する《エラリー・クイーンズ・ミステリ・マガジン》に掲載され、のちに『被告人、ウィザーズ&マローン』(一九六三／邦訳は〈論創海外ミステリ〉)にまとめられた。

同書の冒頭に「EQの非凡な備忘録より」なる紹介文を寄せたエラリー・クイーン(フレデリック・ダネイ)は、ふたりのミステリ作家の協力関係がもっぱら手紙のやりとりによって成立していたことを明かしている。〈クイーンの定員〉にも選ばれた同書にライスの死後に発表された二編(「ウィザーズとマローン、知恵を絞る(ブレインストーム)」「被告人、ウィザーズとマローン」)が含まれているのも、これらの作品の実際の執筆にあたっていたのがパーマーだったからで、最初のころはライスが原稿の一部を執筆したり、パーマーの初稿に手を入れたり、発端や結末の台詞を示唆していたりしたが、体調が悪化するにつれ、パーマーが単独で執筆するようになったという。

ともあれ、ふたりの人気ミステリ作家がたがいのシリーズ探偵を競演させるというアイディアは前代未聞で、「今宵、夢の特急で」は掲載前からたいへんな評判になり、MGMが映画化権を買い取った。そうして製作されたのがコメディ・タッチの *Mrs. O'Malley and Mr. Malone* で、題名からもわかるように、オールドミスのミス・ウィザーズは未亡人のミセス・オマリーに替えられている。抜粋映像を観た感じでは、事件が列車内で進行する目新しさはあるものの、ミス・ウィザーズの不在に代表されるように、原作の楽しい持ち味は著しく損なわれてしまっている。「全米を大笑いさせるだろう」というのが公開時の謳い文句だったらしいが、探偵役を演じた主演ふたりの演技がどうにも嚙み合わず、観客が笑いを誘われることもなかった。あまりの不評のため、シリーズの続編の企画も流れてしまったという。

副産物のふたつ目は、*The Falcon's Brother* に主演したジョージ・サンダースとの関係である。なんにでも手を出したがりのサンダースは、自分の名前で小説を出してみたいという野望をかねてから抱いており、みずからの映画の脚本を手がけたライスに白羽の矢が立った。かくして生まれたのが本書で、ライス作品の版元のサイモン・アンド・シュスター社がその出版を引き受けることになった。その際、ライスは印税額の半分を受け取るという条件で代筆に取りかかったが、自分自身の作品とのスケジュール調整がうまくいかず、SF作家のクリーヴ・カートミル（Cleve Cartmill）の助けを借りて、ようやく完成にこぎつけた。このふたりは未発表ではあるものの、ミステリ中編の合作もしている。

映画界との関わりはさらに、ライス自身の作品にも少なからず影響を与えている。それがもっとも顕著に感じられるのは別名義の作品群で、*The Falcon's Brother* が公開された次の年に刊行されたダフネ・サンダース（Daphne Sanders）名義の *To Catch a Thief* は、〈ファルコン〉シリーズ顔負けのロマンティック・スリラーに仕上がっている。主人公はジョン・ムーンを名乗る義賊で、株式市場での不正操作によって財を築いた七人の富豪から金銭を盗み取り、そのうちの一割を自分の懐に入れ、残りは株で財を失った人々の救済にあてている。そんな義賊が連続殺人事件に巻きこまれ、みずからの手でそれを解決せざるをえなくなる……といった物語で、ライスにはシリーズ化する意向もあったようだが、第二作は書かれずに終わった。

なお、ヒッチコックにも同書と原題の同じ「泥棒成金」なる映画（一九五五年公開）があり、そちらではケーリー・グラントが「猫」と呼ばれた元宝石泥棒を演じている。この「泥棒成金」がライスの作品に着想を得たという説が一部でささやかれたこともあるが、それはまったくのガセで、実際には映画の三年前に発表されたデイヴィッド・ドッジの同名小説に基づいている。

ロマンティック・スリラーの *To Catch a Thief* よりもさらに顕著な影響の感じられるのが、*The Falcon's Brother* と同じ年に出版された、マイケル・ヴェニング（Michael Venning）名義での最初の長編『眠りをむさぼりすぎた男』（邦訳はライス名義／国書刊行会〈世界探偵小説全集〉）で、映画的手法が随所に採り入れられている。そのため、読んでいて、まるで映画館にでもいるかのように、ひとつひとつの場面を容易にイメージすることができる。

風変わりな屋敷に呼ばれた滞在客たちのひとりひとりが、それぞれ別の理由から、くだんの屋敷の所有者の弟の寝室に入っていき、ベッドのなかで変わりはてている姿を発見する。最初はほかのみんなにも知らせようと考えるものの、やはり別々の理由から、帰りの列車にぶじ乗りこむまで事件のことを伏せておかざるをえなくなる。このあたりのサスペンスとブラック・ユーモアたっぷりの展開は、「泥棒成金」と同じ年に公開されたヒッチコック映画「ハリーの災難」を思わせなくもない。

　登場人物のだれもが上質な映画のキャストのようにいきいきとしているが、とりわけ印象的なのが、わけあって、しらふでありながらいつも飲んだくれの執事の役を演じている元俳優のブレットソンと、灰色ずくめの謎の小男メルヴィル・フェア。ネタバレになってしまうのでくわしくは書けないが、最後まで読み通せば、どうして映画的手法が採り入れられているのか、その必然性に納得がいくはず。

●本書について

　本稿の冒頭部でもふれたように、本書は、探偵映画の主人公として人気を博した実在の人気俳優が撮影現場で殺人事件に巻きこまれ、みずからしろうと探偵として解決にあたるという、魅力あふれる設定のミステリ長編である。それでは、その人気俳優——ジョージ・サンダース（一九〇六～七二）——とはいかなる人物だったのか、まずはそのあたりから話を進めていくことにしよう。

　国籍は英国人だが、生れたのはロシアのサンクトペテルブルク。ロシア革命の直後に英国に戻り、ブライトン・カレッジで学んだのちにマンチェスター工科大学へと進んだ。最初から役者を志していたわけではなく、大学での専攻は織物で、卒業後もそちら方面の仕事に就いた。ところが、飽きっぽい性格が災いして長続きせず、そのあと南米に渡って煙草の投機事業を展開。それもうまくいかず、無職で帰国、生活のために舞台俳優をめざすこととなった。舞台に出演したのち、端役として映画デビュー。その後、本国の映画界ではさほどぱっとしなかったため、思いきってハリウッドへと渡り、映画会社のスクリーンテストを受け、みごと合格。それ以降はさまざまな映画に出演した。

一九三〇年代終わりから四〇年代初めにかけての当たり役が、〈セイント〉ことサイモン・テンプラーと〈ファルコン〉ことゲイ・ローレンスという、ふたりの快男児。どちらも一九五〇年代まで全米映画界の〈ビッグ5〉の一角をなしていたメジャー映画会社ＲＫＯの製作したシリーズで、半悪党的な性格をも併せ持つこの両者は、ある時は冒険家、またある時は探偵として活躍し、世の女性にはモテモテ。サンダース自身も女性関係はかなり派手だったらしく、四度にわたる結婚を経験している（そのあたりは、結婚と離婚をくり返したライスとも共通するものがある）。

サンダースの演じたのは米作家レスリー・チャータリスの創造したヒーロー〈セイント〉の二代目（初代はルネ・クレールが監督したクリスティ映画「そして誰もいなくなった」［一九四五年公開］にも出ているルイス・ヘイワード）で、一九三九年の *The Saint Strikes Back* を皮切りに、翌々年まで五本に出ている。ところが、なにごとにも飽きっぽいサンダースは、型にはまったこのシリーズにもすぐにうんざりしてしまい、それならばとＲＫＯの用意したのが、英作家マイケル・アレンの短編に着想を得た〈ファルコン〉のシリーズであった。サンダースはシリーズ第一作、一九四一年の *The Gay Falcon* から、ライスとパーマーが脚本を手がけた翌年の *The Falcon's Brother* までの四作で、主役をつとめた。

このころがサンダースの人気の絶頂期でもあったが、Ｂ級アクション探偵映画の主役の座に飽き足らず、よりシリアスな役柄を求めて同シリーズを降板、戦後の映画ではヒーローから一転して悪党の役を数多く演じている。その延長線上にあるのが一九五〇年の「イヴの総て」で好演したシニカルで非情なコラムニストの役で、その際の演技が評価され、アカデミー助演男優賞を受賞している。

なにごとにも飽きっぽいサンダースの性格はその風変わりな死にざまにも顕れており、一九七二年にスペインのバルセロナ近郊のホテルで鎮静麻酔薬の大量摂取によって自殺した際には、「退屈だからこの世を去る」という動機が遺書に記されていたという。

こういったキャラクターの強い実在の人物を映画界を背景にしたミステリの語り手兼主人公に起用し、なおかつしろうと探偵を演じさせて、殺人事件の謎を解決させなければならないのだから、全盛期のライスにとってもそうとうな難仕事だったに違いない。『世界の映画作家35 探偵映画の作家と主役』(一九七七)でクレイグ・ライスの項目を担当した双葉十三郎は本書にも言及し、「意外とうまくまとまっており、スターのお遊びにしては上出来だと思った」と、ライスが代作していることを知らずに読んだ際の印象を述べているが、読者の反応もおおむねそんなところだったろう。謎解きの精度とカタルシスという点では若干の不満が残るものの、プロットは破綻なく無難にまとまっており、サンダースのユニークなキャラクターの魅力もひき立っている。

ライス自身にとってもそれなりの自信作だったらしく、一九四四年十月十一日付の《シカゴ・デイリー・ニューズ》紙に寄せた原稿(It's a Mystery to Me)のなかで、その年度を代表する十作のミステリのひとつに選んでいる。このあたりの茶目っ気もライスらしいところで、「きらびやかなハリウッド映画界の描写と心ときめかされる映画人たちとにあふれている。物語はスリリングかつ謎めいており、上質のユーモアで味つけされている」と、手ばなしの褒めようだ。

くり返しになるが、本書は、物語の作者兼語り手であり、映画で探偵を演じたこともある実在の俳優ジョージ・サンダースが主人公兼探偵という、前代未聞の構成の、きわめてユニークなミステリである。読んでいて楽しいのは、全盛期のライスのユーモアが、ギャグやおちょくりやドタバタといった形でいたるところにちりばめられている点で、サンダースにコミカルなふるまいをさせることで、隆盛を迎えつつあったハードボイルド・ミステリをおちょくると同時に、実世界の俳優が探偵を演じることで、既存の探偵小説のパロディにもなっている。

実生活同様、作中のサンダースも探偵なるものにうんざりしているが（「死体にかがみ込んで演繹的推理をしてるフリをするのには、もう飽き飽きしたんだ」「車のバックファイアの音を聞く度に、自動的に虫眼鏡を取り出す癖がついちまった」）、それでもナルシストで自信家（「普通の目なら見逃すかもしれないが、俺の目はごまかせない——この俺様の目は」）ゆえに、いざ撮影現場で事件が起きるや、それまで映画で演じてきた「利口で賢明で恐れを知らない」「スーパー探偵」〈セイント〉や〈ファルコン〉さながらに、事件解決に乗り出さずにはいられない。その勇姿たるや、まるで両探偵が

乗り移ってしまったかのようで、事件を報道した新聞の読者のほとんどが彼のことを名探偵視するのも無理はない。

米版のカバーにはそんなサンダースの姿が漫画チックに描かれている（書影参照）が、その存在は作中でもかなり戯画化されている。とりわけ愉快なのが、彼の手になる珍発明の数々（この部分は、おそらくライスの創造によるものだろう）。実際の役に立つのか立たないのか、はっきりしないものがほとんどだが（笑）、その珍発明のひとつにふたたびスポットライトがあたるにいたり、読者の笑いを誘うための単なるアイテムでなかったことが判明する。これには脱帽するしかない。

そのほかにも、言葉ゲームによる心理試験（わが国の読者なら、江戸川乱歩の「心理試験」を思い浮かべることだろう）、犯人をつきとめる決め手となったごくさりげない手がかり、もうひとりのあごひげの男の存在、姿を消してしまった脚本家の意外な行方など、熱心なミステリ・ファンを楽しませるための演出にも事欠かない。なかでも、エージェントのメルヴァとのオフィスでの下記やりとりのくだりには、思わず吹き出してしまった。

「あなた自分のこと、何だと思ってるの？　エラリー・クイーン？」

「エラリー・クイーンは神話だ」

＊　＊　＊

アルコール依存症と不幸な結婚生活ゆえに、ライスの作品群には光と影が見られる。光の部分を代表するのが、全盛期のマローン&ジャスタス夫妻物やビンゴ・リグス&ハンサム・クザック物、さらにはライスの理想とした家庭の姿が描き出された『スイート・ホーム殺人事件』であり、影の部分を代表するのが、マイケル・ヴェニング名義で刊行されたシリーズならびにライス名義のノンシリーズ長編『居合わせた女』(一九四九)である。『スイート・ホーム殺人事件』と同じ年に出た本書は、まちがいなくライスの光の部分を照らし出した長編で(映画業界の影の部分も描かれてはいるが)、従来の彼女の愛読者たちにも歓迎されるに違いない。

［参考文献］
スチュアート・パーマー&クレイグ・ライス『被告人、ウィザーズ&マローン』(一九六三) 宮澤洋司訳 (論創海外ミステリ/二〇一四)
ジェームズ・ロバート・パリッシュ (James Robert Parish) &マイケル・R・ピッツ (Michael R. Pitts) *The Great Detective Pictures* (The Scarecrow Press/一九九〇)
ジェフリー・マークス (Jeffrey Marks) *Who Was That Lady? :Craig Rice: The Queen of Screwball Mystery* (Delphi Books/二〇〇一)
『世界の映画作家35 探偵映画の作家と主役』(キネマ旬報社/一九七七)

【著者】クレイグ・ライス　*Craig Rice*

1908年〜 1957年、アメリカの小説家。クリスティの独創性とセイヤーズのウィットの複合とも評された黄金期アメリカの代表的女流作家。主な作品に『大あたり殺人事件』『スイート・ホーム殺人事件』『第四の郵便配達夫』など多数。

【訳者】森村たまき　もりむら・たまき

1964 年生まれ。中央大学法学研究科博士後期課程修了。P・G・ウッドハウス『比類なきジーヴス』、『ブランディングズ城の夏の稲妻』、『よりぬきウッドハウス』など、ウッドハウス翻訳書多数。

ヴィンテージ・ミステリ・シリーズ

ジョージ・サンダース殺人事件

●

2015 年 7 月 30 日　第 1 刷

著者…………クレイグ・ライス

訳者…………森村（もりむら）たまき

装幀…………藤田美咲

写真提供…………Rex/PPS 通信社

発行者…………成瀬雅人

発行所…………株式会社原書房

〒 160-0022 東京都新宿区新宿 1-25-13

電話・代表 03 (3354) 0685

http://www.harashobo.co.jp

振替・00150-6-151594

印刷…………新灯印刷株式会社

製本…………東京美術紙工協業組合

ISBN978-4-562-05192-2, Printed in Japan